ANTİK KENTTE AŞK

MÜRVET SARIYILDIZ

Roman

Sayfa6 Yayın No: 53

ANTİK KENTTE AŞK
Mürvet Sarıyıldız

© 2012, **Sayfa6**

Her hakkı saklıdır. Yayıncının yazılı izni
alınmaksızın hiçbir yolla çoğaltılamaz.

Sertifika No: 10614

Editör: Ahmet Bozkurt
Yayıma hazırlayan: Sena Akpınar
Kapak tasarım: Zühal Üçüncü
Sayfa tasarım: Mebruke Bayram

12 13 14 15 8 7 6 5 4 3 2 1

ISBN: 978-975-10-3256-0

Baskı ve Cilt
İnkılâp Kitabevi Baskı Tesisleri
Çobançeşme Mah. Sanayi Cad. Altay Sk. No. 8
34196 Yenibosna – İstanbul
Tel : (0212) 496 11 11 (Pbx)
Faks : (0212) 496 11 12
e-posta: editor@sayfa6.com

Sayfa6 Yayınları, İnkılâp Kitabevi Yay. San. Tic. AŞ'nin tescilli markasıdır.

www.mandolin.com.tr   www.inkilap.com   www.sayfa6.com

Hasat, Tim Davis

Sayfa₆'nda *Aşkın felsefesi...*

İçindekiler

Felsefe Nedir?	*25*
Sokrates	*31*
Platon	*34*
Aristoteles	*62*
Büyük İskender'in İslam Felsefesine Etkisi	*72*
	72
Hellenizm	*85*
Stoacılar	*86*
Felsefe İslam Dünyasına Giriyor	*87*
Beytü'l Hikme	*88*
Materyalizm	*111*
El-Ravendi	*112*
Tabiat Felsefesi (Tabi'iyun)	*117*
Razi	*118*
İhvan'üs-Safâ (Saffet Kardeşler)	*130*
İslamda Rasyonalizmin Doğuşu	*143*
Felsefe Nedir?	*144*
Farabî	*172*
İnsan Denen Meçhul mü?	*176*
Bilginin Devleti	*178*
İbn-i Sina	*194*
Meşşaî Felsefesine Reaksiyon: Gazali	*206*

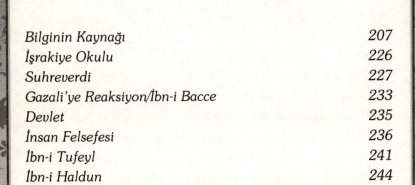

Bilginin Kaynağı	207
İşrakiye Okulu	226
Suhreverdi	227
Gazali'ye Reaksiyon/İbn-i Bacce	233
Devlet	235
İnsan Felsefesi	236
İbn-i Tufeyl	241
İbn-i Haldun	244

Şam'ın sıcak yaz günlerinden biriydi. Hamidiye Çarşısı her zamanki yoğunluğuyla yeni bir güne daha başlıyordu. Araba seslerinin kaldırımda yürüyen insanların gölgelerine karıştığı, çarşıya girenin çıkanın belli olmadığı hareketli bir gündü. İnsanlar güneşin sıcağına aldırmadan gün boyu alışveriş yapıyor, alınlarından süzülen ter taneciklerini kâh mendilleriyle kâh elleriyle silerek çarşının içerisinde heyecanla dolaşıyorlardı. İlginç buldukları eşyaların adını soruyor ve aralarında konuştuktan sonra satın almaya karar veriyorlardı. Bu alışverişleri yapanlar genelde, kıyafetlerinden de anlaşılacağı gibi -kadınlar ince askılı tişört ve kısa şort giyiyorlardı, erkeklerse dizlerinin üstünde olan şortları ve atletleriyle dikkat çekiyorlardı; bu kıyafetler Şam'ın yerlilerine uygun bir giyim tarzı değildi- turlar halinde Şam'ı gezmeye gelen turistlerdi. Kısıtlı bir zaman içinde görebilecekleri yerleri ziyaret edip alabileceklerini aldıktan sonra tekrar ülkelerine dönüyorlardı. Bu esnada ellerinden fotoğraf makineleri hiç düşmüyor, kendilerine ilginç gelen her şeyin fotoğrafını çekiyorlardı.

Yerli halk ise öğlen vakti ve öğleden sonraları genelde evde oturuyor ya da uyuyor, dışarı çıkmak için güneşin çekilmesini ve karanlığın çökmesini bekliyordu. Gün boyunca güneşin etkisiyle ısınan asfaltlar aşırı sıcak yüzünden neredeyse eriyecek hale gelirdi. Akşam dahi asfaltın sıcaklığı insanların yüzüne vurur, günün aslında ne kadar yakıcı geçtiğini anlatmaya çalışırdı. Akşamın karanlığında şehri adımlamaya çıkanlar, gördükleri manzara karşısında şaşırırlardı. Şehir, tamamen yıldızlarla süslenmiş gibi lambalarla parlar ve sokaklar bu güzelliği ile süslü bir gelini andırırdı. Sokaklar, özellikle de yaz ortasında, görülmemiş bir hareketlilik kazanırdı. Ellerindeki malları uygun fiyata satmak isteyen esnaflarla evlerini ilginç el işleri, sedef kakma ya da gelinlik eşyalar ile doldurmak isteyenlerin en gözde mekânıydı Şam.

Dünyanın birçok yerinden gelen dilleri farklı insanları, Şam'ın sıcağından sonra, nargile kokularının felafih kokusuna karıştığı sokaklar karşılardı. Geceleri eğlenmek isteyenleri ise eli boş yollamaz, sokaklarından yerel sanatçılarının seslerinin yükseldiği Hıristiyan ve Ermeni mahalleleri onları kucaklardı.

Eğlencede dökülen terleri gidermenin en güzel yolu ise hamamdı. Bu şehrin en çok sevilen ve ziyaretçi akınına uğrayan yerlerinden biri de tarihi hamamlarıydı. Hamam sefasını sevenler nargile eşliğinde yıkanırken hem hamamın hem de nargilenin keyfini çıkarırlardı. Dış kapısı açık tutulan hamamdan yoldan gelip geçen kalabalık rahatlıkla görülebilirdi. Bazı anlarda da meraklı bakışlarla göz göze gelirdi, hava almak için hamamdan açık alana çıkanlar. Onlar günün yorgunluğunu atadursun, yazın bu aylarında özellikle de gündüz dolaşmak isteyenler, birilerine çarpmadan yürüyemezdi.

*G*üneş doğmak üzereydi. Aren yatağında kımıldamadan uyuyor gibi görünüyordu. Yavaş bir hareketle sağ tarafından soluna döndüğünde başındaki ağrıyı hatırlayarak hafiften gözlerini araladı. Ağır hareketlerle yatağından doğruldu. Başı yere eğilmiş bir halde öylece oturmaya başladı. Ağrı gitgide artıyordu ve o sabah değişiklik yapmaya karar verdiğine bin pişmandı. Başını yerden kaldırmadan, eli istemsiz bir hareketle yanağına gitti; gözlerinden düşen anlamsız gözyaşlarına aldırış etmeden eliyle yanağını okşadı. Boğazına bir düğüm gelip oturdu, öksürmeye çalıştıysa da düğümün gitmeye niyeti yoktu. Yatağın içine kaydı, yorganın altına saklandı. Başını yastığına gömdükçe gömdü. Avuçlarıyla yastığı sıktı. *O sabah,* diye geçirdi içinden, *işe arabayla gitseydim bu yaşananların hiçbiri başıma gelmeyecekti.* Derin bir nefes almaya çalıştı. Fakat buna ne boğazındaki düğüm ne de gözündeki yaşlar izin verdi. Öfkeyle yatağından kalktı, aynanın karşısında durdu; gözleri ağlamaktan kızarmış, her gün bakımlı görmeye alıştığı saçları dağılmıştı, kendisini ilk defa bu kadar dağınık bir halde görüyordu, bu haline daha fazla tahammül edemedi. Aynanın biraz uzağında duran masaya takıldı gözleri. Ani bir hareketle masaya yöneldi ve kül tablasını alarak aynaya fırlattı. Aynaya hızla çarpan kül tablası daha yere düşmeden büyük bir gürültüyle parçalara ayrıldı. Odada gözüne kestirdiği, kaldırıp atabileceği ne kadar eşya varsa hepsini tek tek duvara fırlatarak, içinde biriken öfkesini bastırmaya çalıştı.

Permalı saçlarını, yeni taktırdığı lenslerini gördüğünde Aren'in vereceği tepkiyi düşünerek heyecanla kahvaltı masasında bekleyen Meline, bir anda Aren'in odasından gelen gürültüleri duyunca endişeye kapıldı. Az önceki gülen yanaklarında endişenin izleri ile elinde tuttuğu çay bardağını hızlıca masaya bıraktı ve gürültünün geldiği odaya doğru koşmaya başladı. Merdivenleri nasıl çıktı, Aren'in odasının kapısına nasıl geldi bilmiyordu. Merakla kapıyı açtığında Aren'i belki de daha önce hiç olmadığı kadar derbeder bir halde buldu. Odadaki eşyaların hepsi kırılmış, adeta yer yerinden oynamıştı. Etraf cam kırıklarıyla doluydu. Oğlu ise kırık aynanın karşısında gözleri yaş içerisinde, saçı başı dağınık bir halde öylece duruyordu.

Meline her zaman mutlu görmeye alıştığı oğlunun bu hali karşısında donup kaldı. Bir süre ne diyebileceğini bilemedi, adeta ağzı açık kalmıştı ve söze nasıl başlaması veya ne demesi gerektiğini bir türlü akıl edemiyordu. Gördüklerinin bir rüya mı yoksa kâbus mu olduğuna karar veremiyor, içinden, *bu bir kâbus olmalı*, diyerek gözlerine inanamıyordu. Oğluna, Aren'e ne olmuştu böyle! Evden sadece bir haftalığına uzaklaşmıştı. Tatil dönüşü onu böyle bulacağını söyleseler inanmazdı. Ters giden bir şeyler vardı ve bu her neyse anlaşılan o ki felaketin de ötesinde bir durumdu. Kapıda ne söyleyeceğini bilemez halde duran Meline, çıkardığı seslerden Aren'in boğulduğunu düşündü; biricik oğlu derin derin soluyup hırıltılı sesler çıkarıyordu. Kapıdan odaya doğru birkaç adım atmıştı ki varlığından haberdar olmayan Aren'e yaklaşıp sarılmaya korktu. Onu bu hale getiren neydi? Önce gece alkolü fazla kaçırdığını düşündü Meline. "Fakat Aren özel günler haricinde içmez ki," dedi kendi kendine. Durduğu yerde diğer ihtimalleri düşünmeye çalışıyordu. Belki de kız arkadaşlarından biriyle kavga etmişti ama bu düşünce aklına gelir gelmez hayır anlamında başını salladı. Bu olasılık da mümkün değildi, çünkü oğlunu çok iyi tanıyordu; o çıktığı hiçbir kıza âşık olmazdı ve bu nedenle onlar için üzülmek nedir bilmezdi. Bütün arkadaşlarının evlenip de onun tek başına yaşamasının sebebi de buydu zaten. Demek ki oğlunun içinde bulunduğu durumun kız arkadaşlarıyla da ilgisi yoktu! Peki, o halde onu sabahın erken saatlerinde yatağından kaldırıp saçı başı dağınık halde odasını mahvetmeye sürükleyen şey neydi?

Meline, kendisine aldırış etmeden yatağına dönen Aren'e doğru bir adım daha attıysa da oğlunun kızarmış gözlerindeki öfkeli bakışları görünce olduğu yerde durmak zorunda kaldı. Fakat neler olup bittiğini merak ediyor, onun bu hali içini parçalıyordu. Aren'in bakışlarına aldırmadan yanına yaklaştı, yatağına sırtüstü uzanmış olan Aren derin derin soluyor, Meline yokmuş gibi davranmaya devam ediyordu. Bu haliyle ne birini görmek ne de birileriyle konuşmak istiyordu. Sadece dün geceyi aklından çıkarmak, acılarını silmek ve o anı sonsuza kadar unutmak istiyordu. Konuşmadan yatağın ucuna oturdu Meline, oğlunun saçlarını okşamak, çocukken yaptığı gibi başını dizine dayayıp acısını dindirmek istediyse de Aren gözlerini çevirip ona bakmıyor, o yokmuş gibi hareket ediyordu. Bu nedenle bir türlü sözcükleri toparlayıp konuşmaya başlayamadı. Seni bu hale getiren ne, ne oldu sana diye soracak gücü kendinde bulamadı. Elini uzatıp saçlarına dokunmak istediyse de bundan vazgeçti, sessizce oğlunu izledi; böylece ne kadar zaman geçirdiğini bilmiyordu, hiçbir şey söyleyemeden oturduğu yerden kalktı, çaresizce odadan çıkmak zorundaydı. Kapıyı kapamadan arkasına dönüp yatağında ölü gibi yatan oğluna baktı, ne de olsa anneydi, Aren'i bu halde gördüğü için gözleri doldu, yanaklarına birkaç damla gözyaşı döküldü; kapıyı kapatıp ağır adımlarla merdivenden indi, kahvaltı masasına yöneldi ve çökmüş bir halde sandalyeye oturdu.

Bir Hafta Önce

Aren sabah erkenden kalktı. Yatağında neşe ile gerindikten sonra gözleri, odasına dolan günün ilk ışıklarına takıldı. "Yeni bir gün başlıyor," diyerek yorganı üstünden attığı gibi pencerenin kenarına gitti. Bahçedeki ağaçlar çoktan yeşermeye başlamıştı. Özellikle de küçükken annesiyle birlikte diktikleri elma ağaçlarına ayrı bir sevgiyle baktı. Dallarda yeni yeni boy atmaya başlayan yapraklara tebessüm etti. İçinin huzurla dolduğunu hissetti. Pencereden uzaklaşırken elleriyle dağınık olabileceğini düşündüğü saçlarını düzeltti, aynayı geçiyordu ki eğilip saçlarına baktı, elbise dolabının önüne geldiğinde en sevdiği tişörtünü arayıp buldu. Kendisine bir başka yakıştığını düşündüğü gök mavisi kot pantolonunu da giydikten sonra merdivenleri çifter çifter atlayarak kahvaltı için mutfağa indi. Öyle neşeliydi ki onu görenler âşık olduğunu sanabilirdi. Annesi Meline, yazın bu ilk güzel günlerini fırsat bilmiş, tatil için Antakya'daki yazlıklarına gitmişti. Kendisine kahvaltıyı emektar hizmetçileri Fatma Hanım hazırlamıştı.

Fatma Hanım, Aren'in kahvaltı masasına oturmasıyla birlikte yeni doldurduğu çayı getirdi; dumanları üzerinde tütüyordu. Aren şekerini atıp karıştırdıktan sonra çayını yudumladı, kahvaltıda en çok kızarmış ekmeğin üstüne yağ sürüp yemeyi severdi. Bunu bilen Fatma Hanım, evin tek oğlu gelmeden ekmekleri kızartmıştı. Aren kahvaltısını yaparken kışın ne kadar da sert geçtiğini düşündü. Yaklaşık beş yıldır Şam'a kar yağmamıştı ve bu kış sanki onun acısını çıkarmak istercesine lapa lapa yağmış, yollar günlerce kapalı kalmıştı. Evden dışarı çıkmak dahi mümkün değildi. Oysa Şam'da kışlar genellikle sonbahar havasında geçer, birkaç gün yağmur yağar, arkasından bir rüzgâr çıkar, sonra da havalar yeniden ısınmaya başlardı. Söylenenlere bakılırsa küresel ısınma, etkisini dünyanın her yerinde gösteriyordu. Birçok ülkede seller olmuş, birçok insan sel suyuna kapılarak ölmüştü. Dünyadaki diğer şehirler gibi Şam da küresel ısınmadan nasibini almış, ılık geçmesi beklenen kış bu nedenle çok şiddetli geçmişti.

Çayını yenileyen Fatma Hanım, konuşmayı pek sevmezdi. Aren köylü kıyafetleriyle ortalıkta dolaşan bu orta yaşlı kadının konuşmalarından da anlamazdı. Fatma Hanım, Şam Çerkezlerindendi ve yaşayan yakın bir akrabası kalmadığı için annesi onu evlerine işçi olarak almıştı. Özellikle Çerkezlere yönelik olmasa da içsavaş esnasında yönetimin aldığı kararlar doğrultusunda köyde yaşayan herkes; kadın, çoluk çocuk katledilmişti.

Bir gezi esnasında Meline'nin yolu Fatma Hanım'ın köyüne düşmüş, durumunu öğrenince de Fatma'yı yanına alıp eve getirmişti. Fatma Hanım o günden beri, kendisine söylenenlerin haricinde hiçbir olay ya da konuya karışmadan varlığını sürdürmeye çalışırdı. Evde kimsenin olmadığını düşündüğü anlarda kendince ağıtlar yakar, Aren'in geldiğini duymaz, sessizce ağlardı. Bu anlarda Aren de ses etmeden odasına çıkar, Fatma Hanım'ın acısının dinmesini beklerdi.

Aren kışı ve Fatma Hanım'ı bir yana bıraktı, güneşli bir günün başladığını düşünerek kahvaltısını neşe içerisinde yaptıktan sonra uzun süredir yürüyüş yapmadığını hatırladı; kahvaltı masasından kalktı, Fatma Hanım'a teşekkür edip iş yerine yürüyerek gitmeye karar verdi. Evlerinin bulunduğu caddede sakin adımlarla yürümeye başladı, yanından geçip gitmekte olan arabalara aldırış etmeden yürüyordu, yolun sonundaki kavşaktan karşıya geçti, sola döndü ve işyerinin yolunu tuttu.

Ne zaman yürüyerek bir yerlere gitmek istese aklına çocukken annesinin kendisine evde zorla okuttuğu kitaplar gelirdi. "Çocukluğumdan kalma bir alışkanlık," dedi içini çekerek. Yıllar önce bir kitapta okuduğu o adam canlandı gözlerinin önünde. Unutması imkânsız gibi bir şeydi. Ne zaman yürüyüş yapmaya karar verse bu hayal adam, onu bir gölge gibi takip ederdi. Hiç farkında olmadan sağ elinin işaretparmağını istemsiz bir halde havaya kaldırır, ileri de nereyi gösterdiği belli olmayan bir noktaya yönelirdi parmağı. Yüzüne düşünceli bir ifade vermeye çalışır; bu haline kendi kendine güler, bir türlü o hareketi yapmakta başarılı olamazdı. Sonra derin bir nefes alır, "O kadar da önemli değil yüzümün aldığı ifade," derdi. Tekrar kendi kendine gülümsedi ve her defasında yaptığı gibi, kendisini gören birilerinin olup olmadığını anlamak için sağına soluna baktı. İnsanlar yarı uykulu yollara düşmüş, dalgın halde işlerine gidiyorlardı. Onunla ilgilenen kimse yoktu. Bir kere daha güldü kendine. "Sakın bir daha yolda yapma bu hareketi. Sağ eline sahip çık," dedi. Yürürken düşünmenin faydasını biliyordu. Öğrencilik yıllarında da zor anladığı konuları okula giderken kendi kendine anlatır, gün geçtikçe, anlamadığını düşündüğü konuların aslında ne kadar da basit olduğunu görürdü. Çocukken okuduğu kitaplardan, özellikle de Aristoteles'ten çok etkilenmişti bu noktada. "Aristoteles derslerini hep yürüyerek anlatırmış, buna da Peripatetisme denirmiş," diye mırıldandı.

Gözlerinin önünde çocukluğu belirdi. Çocukken ders çalışmaktan değil de, her gün öğleden sonra evlerinin geniş bahçesinde annesi ile felsefe kitapları okumaktan çok sıkılırdı. Bazen uykusu gelmiş gibi davranır, çimlerin üzerine uzanırdı; bazen de başım ağrıyor, ateşim var gibi yalanlarla Meline'yi kandırmaya çalışır, annesinin kendisine gülümseyerek baktığını gördüğünde bu yalanlarına inanmadığını anlar, bütün çaba ve gayretleri boşa çıktığında ise mecburen kitabın başına geçerdi. Meline felsefe öğretmek amacıyla yanı başına gelir oturur, bahçedeki güllerin kokusu, ağaçlara konan kuşların ötüşü eşliğinde çalışmaya başlarlardı. Bu anlarda dinçliğini korumak için genelde elinde bir bardak süt ya da taze sıkılmış portakal suyu olurdu. Sütü ya da portakal suyunu içtikten sonra konuya kaldıkları yerden devam ederlerdi.

Aren gülümsedi ve ekledi: "Meline benim Sokrates'i anmadan Aristoteles'e geçtiğimi duysaydı kesin çocukken yaptığı gibi bana fazladan bir tabak yemek yeme cezası verirdi," dedi. Ellerini göbeğinin üstünde gezdirdikten sonra kendisini baştan aşağı süzdü. Atletik bir yapısı vardı ve bunu elde edebilmek için de çok çaba harcamıştı. Küçükken yemekle arası iyi olan bir çocuk değildi, hatta iştahsız bile denebilirdi; çok zayıf olduğu için annesi onun öleceğinden korkar, bu düşünceden paniğe kapılır, eline geçirdiği her fırsatta yemek yemesi için Aren'i zorlardı. Aren'in ergenlik dönemine girdiğinde haddinden fazla kilo almasının nedeni de buydu. Gençlik yıllarında Aren'i görenler, küçükkenki o cılız, çelimsiz çocukla aynı kişi olduğuna inanmakta zorluk çekerlerdi. Neyse ki ilerleyen yıllarda fazla kilolarından kurtulmayı başarıp kızların gözdesi bir yakışıklı oldu.

Aren yirmi sekiz yaşında, esmer tenli, uzun boylu bir delikanlıydı. Formuna kavuştuğu günden beridir de hayatına çok sayıda kız girip çıkmış, fakat aradığı aşkı bulup hayal ettiği gibi yaşayamadığı için de hiçbiriyle evlenmemişti, çünkü karşısına çıkan bütün kızlar onunla ya yakışıklılığı ya da zenginliği için flört ediyordu. Hiçbiri onun ruhunun derinliklerine inmeyi başaramamış, orada sakladığı küçük yaramaz çocuğu keşfetme şansına sahip olamamıştı.

Dalgın bir halde yürürken etrafına bakındığında çoktan Emeviye Camii önüne geldiğini fark etti. Cami her gün olduğu gibi bugün de turistlerin akınına uğramıştı. Burası her ne kadar bir cami olsa da Hıristiyanların gözdesi, kutsal bir mabetti. Caminin içerisinde üç minare bulunuyordu; bunlardan ön plana çıkan ve halk için en kıymetli olanı ise Ak Minare'ydi. Hıristiyanların inancına göre Hz. İsa bu minareye inecekti, ayrıca Hz. İsa'nın en yakın arkadaşlarından ve akrabalarından biri olan Vaftizci Yahya'nın kesilen başı da buradaydı. Dönemin kralı Hirodes, Yahya'yı vahşi bir şekilde öldürtmüş, Yahya'yı sevenler onun kesik başını Şam'a getirip buraya gömmüşlerdi. Romalılar kesik başın olduğu bu yerde Jüpiter Tapınağı'nı inşa etmişler, 4. yüzyılda da tapınak kiliseye çevrilmiş, sonra da Emeviye Camii haline getirilmişti. İşin garip yanı kesik baş cami yapılırken bulunmuştu. Aren içinden dua ederek caminin önünden geçerken bir an olduğu yerde kalakaldı. Kalabalık içerisinde bir kız vardı ki hiç kimseye aldırış etmeden elinde tuttuğu balonla arkadaşının fotoğraf makinesine poz veriyordu. Uzun saçlarıyla, çocuk gibi elinde balon tutan bu genç kıza dikkatle bakmaya başladı. Onun hayat dolu bakışları ve gülüşleri yüreğine öylesine dokundu ki nerede olduğunu unuttu. Kendisine çarpıp geçen insanların farkına bile varmadı. Uzun boylu ve oldukça güzel denilebilecek kız, hayat dolu bakışlarıyla çevresini süzüyor, nerede olduğunu unutarak çocuklar gibi gülüyor, etrafına neşe saçıyordu. Beyaz tenini saran, son dönemde çok moda olan rengârenk şalıyla kendi etrafında dönüyor, arada bir elinde tuttuğu balonun ipine asılıyordu. Krem rengi pantolonunun altında kırmızı ayakkabıları da ayrıca dikkat çekiyordu.

Aren bakışlarını kızın kırmızı ayakkabılarından alamadı. *Neden kadınlar kırmızı ayakkabı giymeye meraklıdırlar ki,* diye düşünmeden de edemedi. Annesinin özellikle çok mutlu olduğu günlerde kırmızı ağırlıklı giyindiğini hatırladı. "Kırmızı beni çok çekici yapıyor, hele de şu dudaklarımdaki ruj yok mu," diye kahkaha attığı anları anımsadı. Kırmızı gerçekten kadınları çekici mi gösteriyordu, yoksa kadınlar mı öyle inanıyorlardı? Bunu hiçbir zaman anlayamamıştı. "Yaz kış bir kırmızı hastalığı var bu kadınlarda," diyerek gülümsedi. Meline'nin ya çantası, ya ayakkabısı ya da atkı veya şalı mutlaka kırmızı olurdu. Kendi kendine, "Bir insanın mutlu olup olmadığını anlamak için kıyafetindeki renklere bakmak lazım galiba!" dedi. Gözleri bir an kendi üstüne kaydı. Tişörtünün altına giydiği kotu ve koyu renkli montu dikkatini çekti. Ayağında ise spor ayakkabısı vardı. Bakışlarını birkaç saniye kendi üstünde dolaştırdıktan sonra cami tarafına baktığında kızla arkadaşlarının çoktan gittiğini, caminin önünde onlardan bir eser kalmadığını gördü. Camiye doğru birkaç adım attı. Kızı ve arkadaşlarını görebilir miyim diye etrafına bakındı. Fakat onlardan bir iz bulamadı. "Hayatımda hiç bu kadar güzel bir kız görmedim," diye kendi kendine mırıldandı ve şaşkın bir halde tekrar kırmızı ayakkabılı kızı görebilmek umuduyla cami tarafına bakındı durdu. Fakat caminin önünde şimdi başka insanlar vardı ve hiçbiri de az önceki kız kadar ilgisini çekmemişti. Ağır adımlarla yürümeye devam etti.

Caminin arka tarafında sabahın bu saatlerinde kapalı olan barların önünden geçip daracık sokağa saptı. Geceden sokağa sinmiş olan alkol kokusu burnunu ve genzini yaktı.

Kızı unuttuğu gibi birden gözlerinin önüne annesi geldi. Annesi parmağını havaya kaldırmış, kaşları çatılmış bir şekilde kendisine bakıyordu. "Evet Aren, söyle bakalım felsefe nedir, insan felsefeye nasıl başlar?" diye soruyordu gür sesiyle. Onun bu gür sesi bir kez daha yankılanıyordu Aren'in kulaklarında. Çocuk Aren endişeli halde düşünür görünüyor, soruya nasıl cevap vereceğini hesap ediyordu. Felsefenin ne olduğu ve insanın neden felsefe yapmaya başladığı üzerine annesi o güne kadar neredeyse iki hafta durmuş, akşam yemeklerinin sohbet konusu bile bu olmuştu. Şimdiyse Aren bu duruma gülmemek için kendini zor tutuyordu. Sabahın ilk saatlerinde aklına bunlar nereden gelmişti? Geçen gece birlikte olduğu Sandra'yı düşünmek istediyse de başarılı olamadı. Sandra'nın güzel vücudunu zihninde canlandırmaya çalıştı. Esmer teninin, ince bluzunun altında ne kadar baştan çıkarıcı durduğunu düşündü. Sandra yatağa uzandığında bluzunun yakası açılmış ve o muhteşem göğüsleri ortaya çıkmıştı. Aren bir an vücudunun titrediğini hissetti. Nefes nefese kaldığı anları gözlerinin önüne getirmeye çalıştıysa da annesinin kulaklarında çınlayan sesi, Sandra ile yaşadığı geceyi tekrar yaşamasına izin vermiyordu. Meline sinirli bir halde odanın içerisinde dolanıp duruyor, bakışlarını soruya cevap veremeyen oğlunun üzerinden çekmiyordu. Dakikalar geçse de sorduğu soruya cevap veremeyen Aren'e kızmaya başladı. "Sana bir soru sorduğumda neden hemen cevap vermiyorsun Aren! Seni bu kadar düşündüren de ne? Haftalardır sana felsefeyi ve de filozofları anlatıp duruyorum. Anlaşılan sana anlattıklarımı dinlemiyorsun! Düşündüklerini kimseyle paylaşmak istemiyorsun. Ama bu defa elimden kaçamazsın! Çünkü artık çocuk değilsin!" diyen Meline, öfke dolu bakışlarını Aren'in üstünde gezdirdi ve ondan gelecek olan cevabı beklemeye koyuldu.

Felsefe Nedir?

Aren donuk ve kısık bir ses tonuyla konuşmaya başladı. "Felsefe yüzyıllarca insanı, doğayı, evreni araştırdı ve araştırmaya da devam ediyor. İlk felsefi hareketler Eski Yunan'da başladı, yani Hz. İsa'dan önceki dönemde… Tarihte milattan önce diye anılır ve MÖ şeklinde ifade edilir."

Aldığı bu cevaptan memnun kalmış olacak ki Meline'nin kaşları hafif aralandı, az önceki siniri yatıştı ve tebessüm etti. Sakin bir halde annesinin sorduğu soruya cevap vermeye devam etti Aren. "İnsanlar felsefeyle tanışmak istiyorlarsa bunun için kendi kendilerine bazı sorular sormaları ve bu sorulara cevaplar bulmaları gerekiyor. Bu soruları felsefeci olmak için değil, içinde yaşadığımız dünyayı tanımak için sormak gerekiyor en başta. Mesela dünya nasıl ve ne zaman yaratıldı? Dünyanın öncesi ve sonrası var mı? Her şeyi yaratan bir yaratıcı var mı? Ölümden sonra bir yaşam var mı? Kendimize bir kez bir soru sormaya başladığımızda elbette başka sorular da gelecektir… İşte eski dönemlerde adına filozof dediğimiz insanlar, bu sorulara yanıtlar aramaya başladı. Yaklaşık iki bin beş yüz yıl önce bu ve buna benzer sorulara cevaplar bulabilmek için de felsefe ortaya çıktı."

Meline gerçek bir filozofmuş gibi bakışlarını pencereden gökyüzüne kaydırdı. "Bu soruları sadece filozoflar değil, yaşayan tüm insanların kendisine sorması ve cevabını bulması gerek. Bu yalnızca filozofların işi değil, onlar bize bulacağımız cevapların ipucunu veriyor sadece, aferin Aren, soruyu güzel cevapladın," dedi.

Aren bunları düşünerek yolda adımlarken işyerinin önüne geldiğini fark etmedi, hatta dükkânı üç beş adım geçince haline gülümsedi, tekrar dükkânın önüne geldi, cebinden çıkardığı anahtarıyla kapıyı açtı, gelecek olan müşterileri beklemek üzere tezgâhın arkasına geçti ve koltuğuna oturdu.

Bu dükkân Aren'e dedelerinden kalmıştı. Sırtı dönük oturduğu panoda, gümüşlerinin ününü duyan yabancı ülkelerin başbakanları, bakanları ve milletvekilleriyle çekilmiş fotoğraflar asılı duruyordu. Bu fotoğraflarda kimler yoktu ki... Özellikle Türkiye ile son zamanlarda gelişen dostluk ilişkileri sayesinde maliye bakanının, eşiyle birlikte görüldüğü fotoğraf, son zamanlarda çekilen ünlü fotoğraflarının başında geliyordu. Aren'in bu fotoğraflarda üzüldüğü tek şey, kendisinin ya da dedelerinin yer alamayışıydı. Bunun sebebi kendisine de komik gelir, aklına düştükçe gülümserdi. Büyük bir heyecanla gümüşleri inceleyen müşteriler, bir anda karşılarına çıkan ünlü politikacı ya da sanatçıları gördüklerinde satın alacakları gümüşleri unutur; ünlülerle fotoğraf çektirmek için izdiham yaratırlardı. İzdihamın arasında ünlülerin yanında bulunma şansı yakalayan müşteriler, fotoğrafı çekebilecek birini bulmak amacıyla etraflarına bakındıklarında dükkan sahipleriyle göz göze gelip ellerine hemen fotoğraf makinesini tutuşturuverirlerdi. İşte bu görev de dükkânla birlikte Aren'e miras kalmıştı.

"Sen dükkân sahibisin, ünlüler hep senin dükkânına uğruyor, bizi bir çekiver ne olur," diye yalvarır bir ses tonuyla ricada bulunurlardı. Aren de müşterilerini kırmaz, isteklerini yerine getirirdi. Böylece çekilen hiçbir fotoğrafta yer alamazdı. Bu onun üzülmesini gerektirecek bir durum da değildi! Ne de olsa dükkân buradaydı ve o kişiler, Şam'a geldiklerinde mutlaka kendisine uğrar, inci ya da gümüş hediyelik almadan dönmezlerdi.

Aren bu düşüncelere dalmış, gelecek olan müşterileri beklerken kapıda iki kişi göründü. Konuşmalarından Türk olduklarını hemen anladı, yıllardır bu işin içerisinde olduğundan neredeyse çat pat bilmediği dil kalmamış gibiydi. Sabahtan akşama kadar her ulustan, dinden ve dilden pek çok insan uğrardı buraya, istemeden de olsa müşterilerinin konuştukları dili öğreniyordu. Eskiden bu duruma kendisi de çok şaşırırdı, birkaç saatlik konuşmayla yıllardır birbirlerini tanıyan dostlara dönüşürlerdi adeta.

Müşterilerden bayan olanı, tezgâhın tam karşısında duran koltuğa bıraktı kendini. Yüzünde hafif bir gülümseme vardı. Sağını solunu inceliyor; bakışlarıyla dükkânın ne kadar küçük olduğunu ima etmeye çalışıyordu yanındaki delikanlıya. Aren gözlerini kızdan çekmeden Türkçe konuştu.

"Hoş geldiniz."

İşyeri sahibinin Türkçe konuştuğunu duyan Deniz ve Mustafa ilk önce kaçamak bakışlarla birbirlerine baktılar, sonra da Aren'e döndüler. "Hoş bulduk! Türkçe konuşmanıza çok şaşırdık, Türk müsünüz yoksa?" diye sordular.

Aren onların şaşkın bakışları altında, "Siz Türklerle yüzyıllardır birlikte yaşıyoruz. Müşterilerimin geneli de Türktür. Onlar bana Türkçe öğretir; ben de onlara Ermenice. Böylece anlaşır gideriz. Şam'a ilk gelişiniz galiba?" dedi.

Aren, karşısında durmakta olan kızdan gözlerini bir türlü alamıyordu. Yanaklarının kızardığını ve peltek olan dilinin iyice pelteklşmeye başladığını fark ettiğinde heyecanını nasıl yeneceğini bilemiyordu. Cümleleri düzgün kurmalı, müşterilerini ürkütmemeliydi. Fakat heyecanlanmaması mümkün değildi, çünkü karşısında durmakta olan kızı, gökte ararken işyerinde bulmuştu.

Şu an karşısındaki bu güzel genç kadın, sabah Emeviye Camii'nin önünde gördüğü o güzeller güzeli kızdı! Derin bir nefes aldı, dilinin iyice pelttekleşmemesi için çaba göstermeye başladı; kızın karşısında küçük düşmek istemiyordu. Dilinin pelttekliğinin gitmesi için içinden dualar bile mırıldanıyordu.

Deniz'in konuşmasına engel olan Mustafa soruyu cevapladı.

"Evet, ilk defa geliyoruz. Biliyorsunuz, yakın zamanda Suriye ile Türkiye arasındaki vize uygulaması kaldırıldı. Biz de ilk fırsatta Şam'a geldik. Sizin ününüzü de duyduğumuz için size uğramadan geri dönmek istemedik."

Bu esnada Deniz gözlerini incilerden ve gümüşlerden alamıyordu. Aren'le de hiç ilgilenmiyordu. "Ben renkli incilerden istiyorum," dedi satıcıya bakmadan. Deniz'in bu ilgisiz tavırları Aren'in moralini bozsa da neticede onlar müşterisiydi ve moralinin bozulduğunu fark ettirmemesi gerekiyordu.

Deniz, "Fakat bunların sahte olup olmadığını nereden anlayacağım?" diye sormadan edemedi.

Bu soru karşısında renkten renge giren Aren, işi bozuntuya vermeden soruyu cevaplamaya çalıştı. "Hanımefendi, burası dünyaca ünlü bir işyeridir. Sahte mal bulunmaz. Ama madem sahte ile gerçeğini nasıl ayırt edeceğinizi sordunuz, hemen cevaplayayım."

Bu cevapta bir kırgınlık olduğunu anladı Deniz. O an Aren ile ilk kez göz göze geldiklerinde işyeri sahibinin bakışlarını kendinden alamadığını fark etti. Bu bakışların altındaki hayranlığı sezdiğinde bir an ne diyeceğini bilemedi. Gözlerini kaçırdı. "O halde fazla merakta bırakmadan söyler misiniz, incilerin sahte olup olmadığını nereden anlayacağım?"

Aren, Deniz'e baktı, çekmeceden küçük bir çakmak çıkardı ve elinde tutmakta olduğu incilerin üzerinde gezdirmeye başladı. Ateşe tutulmalarına rağmen incilerin renklerinde bir değişiklik meydana gelmedi.

Aren, "İnci sahte ise ateşe tuttuğunuzda mum gibi erir. Bakın, ateşi gördüğü halde erimediği gibi incilerin rengi bile değişmedi," dedi.

Mustafa panoda asılı fotoğraflara bakıyor, ne Deniz'le ne de Aren'le ilgileniyordu. Aren genç kızın yanında bulunan adamın, sevgilisi olup olmadığını anlamak için, "Sevgiliniz size inci kolye seçiminde yardımcı olmuyor," dedi.

Deniz duydukları karşısında sinirlense de Mustafa'dan gözlerini çekmeden, "Bak, seninle tek gezmeyelim, yanımıza Esra'yı da alalım, bizi birlikte görenler sevgili sanıyor," diyebildi.

Mustafa bu sorunun altında yatan gerçeği anladığından olsa gerek fotoğraflara bakmayı bıraktı, Deniz'in yanına geldi ve kulağına eğilip bir şeyler fısıldadı. Deniz'in yüzünün rengi değişti, o andan sonra Aren'le konuşmayı bırakıp almayı düşündüğü incilerle ilgilenmeye başladı. Sonunda içlerinden birini seçti ve fiyatını sormadan satın aldı. Neşeleri kaçtığı için gelen çaydan sadece birer yudum alıp dükkândan çıktılar.

Aren gördüğü bu güzellik karşısında adeta küçük dilini yutmuş gibi dakikalarca Deniz'in oturduğu koltuğa bakakaldı. Komşusu Alaaddin'in içeri girmesi bile onu daldığı düşten uyandırmaya yetmedi; Alaaddin dalgın halde oturan arkadaşına baktı, Aren daldığı düşüncelerden sıyrıldıysa da keyfinin olmadığını belli eden bir ses tonuyla Alaaddin'i selamladı.

Orta yaşların sonundaki Alaaddin, Aren'in dalgınlığını fark etti ve gülümsedi. "Peripatetisme sana bugün yaramamış, neyin var sevgili dostum, seni neşesiz görmeyeli çok uzun zaman olmuştu," dedi.

"Hiç sorma, bana bugün ne olduğunu ben de anlamadım," diye kısık bir ses tonuyla cevap verdi Aren.

Alaaddin, "Anlaşılan bugün seninle felsefe sohbetinde bulunamayacağız. Anlatmak istersen dinlerim, belki derdine bir çare de bulabiliriz," dedi.

Aren düşünceli bir yüz ifadesiyle, "Az önce müşteri geldi," dedi.

"Evet, onları dükkândan çıkarlarken gördüm. Genç bir kızla, bir adam. Karı-koca sanırım."

Aren uyuşuk bir aslanın kükremesi gibi birden canlanıverdi ve, "Tanrı göstermesin! Onlar arkadaş!" dedi.

Alaaddin, genç dostunun halinin nedenini hemen anladı ve gülümsedi. Kır düşmüş saçlarını elleriyle okşadı. "Sevgili dostum, seni tanımasam ilk görüşte âşık olduğuna inanacağım neredeyse."

Aren dükkânın önünden geçmekte olan çaycının çırağına seslendi, çırak dönüp baktığında el işaretiyle iki çay istedi. Çocuk diyebileceğimiz yaştaki Samir, tamam anlamında başını salladı, elindeki boş tepsiyi ters döndüre döndüre dükkânın önünden geçip gitti. Kısa süre sonra elindeki tepsinin üstünde iki çayla kapının önünde duruyordu. Çayları ikram etti ve geldiği gibi sessizce gözden kayboldu.

Aren önce tesadüfen Emeviye Camii önünde, sonra da dükkânında müşteri olarak gördüğü kızdan konuşmak istemiyordu. Bu nedenle de konuyu kapatmak amacıyla sözü felsefeye getirdi. Alaaddin'in felsefe hakkında engin bir bilgisi vardı ve onun böylesi ciddi konuları bile bir tiyatro oyuncusu gibi anlatmasını çok severdi. Sevgili dostuna bakarak içinden, *Meline'den daha iyi bir öğretmen, hiç değilse insanı sıkmıyor,* diye geçirdi. O anlatmaya başladığında zaman ve mekân ortadan kalkıyor, Aren kendini eski Yunan'da buluyordu adeta. Aklındaki kızı bir an olsun unutmak için zoraki bir tebessümle, "Bana Eski Yunan felsefesini anlatır mısın?" diye ricada bulundu. Yaşlı arkadaşı, her zaman olduğu gibi bu defa da sevgili dostunu kıramadı. "Anlatırım ama bir şartım var!" Aren, Alaaddin'in bugüne kadar bir işi yapmak için karşılık beklemediğini bildiğinden bu istek üzerine şaşırdı. Şaşkınlığını gizleyemeden, "Nedir o şartın?" diye sordu.

"Sana Eski Yunan felsefesini anlatırım ama bunun karşılığında sen de bana sabahtan beri canını sıkan şeyi anlatacaksın," dedi.

Aren bu şart karşısında ne diyeceğini bilemedi ve sessizce arkadaşını dinlemeye başladı.

Sokrates

Kod adı : İroni
Yer : Atina
Tarih : MÖ 469-399

Alaaddin, "Felsefenin bilgini, karanlık bir hapishane odasının içerisinde verilecek hükmü bekliyordu. Zaten verilecek hüküm belliydi ve kendisi de bu gerçeği biliyordu. Bütün halkın meraklı gözlerle izlediği mahkeme sona ermiş; Sokrat'ın suçlu olduğu onaylanmış ve onun öldürülmesine karar verilmişti. Sokrat hapishane odasının köşesine çekilmişti, gözlerini bir an kapadı. Atina şehrinin sokaklarında dolaşmaya başladı. Bu şehri uyandırmak için yaptıkları gözlerinin önünden geçti," diye anlatmaya başladı.

Sonra oturduğu yerden kalktı, yüzüne düşünceli bir ifade yerleştirdi ve Sokrates gibi konuşmaya başladı. Aren en çok bu kısmı seviyordu.

"MÖ 469-399 yılları arasında Atina'da yaşamış olan ilk Yunan filozofuyum. Tek bir kelime bile yazmadım. Yani hiçbir eserim yok. Bunun sebebi düşüncelerimi, ya da derslerimi de diyebiliriz, sözlü olarak anlatmamdı. Felsefemi ve felsefemin içeriğini öğrenmek isteyenler öğrencim Platon'a ve Aristoteles'e başvuracaklardı.

Benim için önemli olan, insanın kendini tanımasıydı.

Buradan da insanın kendini bilmesinin ve tanımasının ne kadar önemli olduğu sonucunu çıkarabilirsiniz. İnsan hem kendini hem de yaşadığı dünyayı bilmeli! Aslında insanlar pek çok şey biliyorlar. Fakat bildiklerinin farkında değiller. İşte bunu gün yüzüne çıkarmalıydım.

Bu nedenle konuşmaya karar verdim. İnsanlara bildiklerini kendi yöntemimle göstermem gerekti. Halk arasında dolaşıyor ve onlara 'bildiğim tek şey, hiçbir şey bilmediğimdir' diye en başta söylüyor, sonra da etrafımdakilere peş peşe sorular soruyordum. Bunu yapmaktaki asıl maksadım da aslında ne çok şey bildiklerini göstermekti. Her kişinin yaratılırken iyi yaratıldığını, kimsenin bile bile kötü olmadığını, her kötülüğün bilgi sanılan bir bilgisizlikten ileri geldiğini savunuyordum, çünkü insan doğruyu bilse, doğru olarak gördüğü yanlışı yapmayacaktı. Doğruyu bilen doğru davranır diyor, doğru bilginin doğru eylemi gerçekleştireceğine inanıyordum."

Aladddin soğumaya başlayan çayından bir yudum alıp sevgili dostuna baktı. Yüzündeki endişe gitmişe benziyordu. Neşe içinde kaldığı yerden devam etti.

"Felsefemin temel öğesi, kimseye bir şey öğretme peşinde olmayışımdır. Tam tersine, konuştuğum insandan bir şeyler öğrenmek istiyordum. Zamanımın çoğunu, sokaklarda ve meydanlarda karşılaştığım insanlarla konuşarak geçiriyordum. Kırlara gidip yeşillikler arasında mavi gökyüzünü de izleyebilirdim, fakat kırlardaki ağaçlar bana bir şey öğretemezdi. Konuşmaya bir soru sorarak başlıyordum. Böylece hiçbir şey bilmiyormuş gibi yapıyor, konuşma sırasında genellikle karşımdaki kişinin kendi düşünce biçimindeki zayıflıkları görmesini sağlıyordum. Sonunda konuştuğum kişi köşeye sıkışıyor ve neyin doğru neyin yanlış olduğunu itiraf etmek zorunda kalıyordu. Yani anlayacağın hiçbir şey bilmiyormuş gibi yaparak, insanları mantıklarını kullanmaya zorluyordum. Sizin ifadenizle cahili oynuyor ya da olduğumdan daha aptalmış gibi görünüyordum. Buna 'Sokratik İroni' denildi benden sonra."

Alaaddin burada ses tonunu değiştirdi, gözleri doldu, sesi titrer hale geldi. Kendisini şimdi de Sokrates'in en yakın arkadaşı kılığına sokmuştu. "Sen bu ölümü hak etmiyorsun Sokrates," dedi. Oturduğu yerden kalkıp karşı tarafa oturdu ve, "Sevgili öğrencim ve dostum Platon, hak ederek mi ölmemi isterdin?" dedi.

Bir süre Aren, Alaaddin'in ne yapacağını merakla bekledi. Alaaddin gürültüler çıkarıyor, ayaklarını yerlere vurarak kalabalık bir topluluk gibi görünmeye çalışıyordu. Sesini iyice kabalaştırdı, elinde tuttuğu çay bardağını uzattı ve karşısında biri varmış gibi, "Sokrates, bu kupayı uzatıyorum sana, içindekini tek yudumda bitireceksin," dedi.

"Sokrates, karşısındaki adamın gözlerine baktı, başını dimdik tuttu ve dudaklarından şu sözler döküldü: Atina uyuşuk bir at, bense onu uyandırıp canlandırmaya çalışan bir at sineği. Görünen o ki Atina uyanmak ve canlanmak istemiyor. Bunun için de en kolay yolu seçtiler: Beni yok etmek."

Alaaddin elinde tuttuğu çay bardağını ağzına götürdü ve sanki Sokrates'in kupa içerisindeki baldıran zehrini bir yudumda içmesi gibi çayı bir yudumda içti.

Sonra da Aren'e döndü. "Platon o günden sonra hep uykusuz geceler geçirdi, hemen hemen her gece kan ter içinde uyanıyordu aniden, çünkü hocası Sokrates'i bekleyen sonu bildiği halde olanları sadece izlemişti. Bir şeyler yapamaz mıydım diye düşünür, odanın içerisinde bir o yana bir bu yana dolaşıp sabahın olmasını beklerdi. Sokrates'le geçirdiği günleri bir türlü unutamıyor, hatta yazdıklarını beğenmeyip yakıyordu. İçindeki vicdan azabı o kadar büyüdü ki öz varlığını affedebilmenin tek yolunun, kendini tamamen Sokrates'e adayarak onun görüşlerini Atinalılara anlatmak olduğuna karar verdi."

Yaşlı adam göz ucuyla dalgın halde karşısında oturan genç adama baktı, Aren anlattıklarını dinliyor gibi görünse de aklından Deniz'i çıkaramıyordu. Ne yapacağını bilemiyordu. Kızı nerede bulabilirdi ki?

Alaaddin de sevgili dostunun kendini dinlemediğini görebiliyordu. Fakat anlaşmayı bozmak gibi bir niyeti yoktu. Çay bardağını tezgâhın üstüne koydu ve kapı girişindeki, sabah Deniz'in oturduğu koltuğa bıraktı kendini.

Platon

Kod Adı : Eflatun
Yer : Atina
Tarih : MÖ 427-347

Alaaddin, "Yunancada Platon'un bir anlamı var mı?" diye sordu.

Aren onu duymamıştı. Alaaddin arkadaşının kendisini duymadığını görünce sorusunu tekrar etmek zorunda kaldı. Yine cevap alamadı. Bunun üzerine dostunun omzuna yavaşça dokundu. Ne diyeceğini bilemeyen Aren şaşkın şaşkın bakındı.

Alaaddin, "Yunancada Platon'un bir anlamı var mı diye bir soru sordum sana," dedi.

Aren yaşlı dostunun kendisine seslendiğini ve soruyu iki kere sorduğunu duyduğunda irkildi, hazırlıksız yakalanmıştı. Hemen durumu kurtarmak amacıyla, "Elbette bir karşılığı var. Yunancada Platon 'geniş omuzlu' anlamına gelir," dedi.

Alaaddin aldığı cevap karşısında hoşnut olsa da delikanlının dalıp gitmesi canını sıkıyordu, derdini anlatmadığı için de bir çözüm önerisinde bulunamıyordu. Mecburen kendisine açılmasını bekleyecekti.

"Doğu felsefesinde Platon'a genelde Eflatun denir," diye ekledi Alaadin.

"Soylu bir aileye mensuptu Platon. MÖ 427 yılında Atina'da doğmuş ve iyi bir eğitim görmüştü. 20 yaşında Sokrates'le karşılaşınca felsefeye yönelmiş ve hocasının ölümüne kadar (MÖ 399) sekiz yıl boyunca öğrencisi olmuş; hocası ölünce, diğer öğrencileriyle birlikte Megara'ya gitmiş; ama burada uzun süre kalmayarak önce Mısır'a, oradan da Pisagorcuların etkili oldukları Sicilya ve Güney İtalya'ya geçmişti... Şimdi aklına Pisagor kim diye bir soru takılıyor, değil mi Aren?"

Aren gülümsedi. "Pisagor'un kim olduğunu yıllarca annemden dinlemiştim, biliyorsun. Fakat senin anlatmanı daha çok seviyorum, lütfen devam et."

"Pisagor (MÖ 525) 'felsefe' sözcüğünü ilk kez kullanan matematikçi ve filozoftu. Kendi adıyla anılan bir önermesi vardır: Pisagor Önermesi. Sayıların babası olarak da bilinir aynı zamanda.

Pisagor, *filos* (dost) ve *sofia* (bilgi) sözcüklerini yan yana getirerek kendisini ifade etmişti, çünkü ona göre eksiksiz bilgelik (sofia-sophia) ancak tanrılara yakışırdı. İnsan sofia'nın, yani bilginin yalnızca dostu olabilirdi. Pisagor'a göre felsefe de, olsa olsa bilginin dostu olabilirdi. Pisagor'un hayatı hakkında ne yazık ki çok bilgimiz yok. Fakat onun ruh göçüne inandığını biliyoruz.

Pisagor'un kabul gören felsefesine ise Pisagorculuk denir. Pisagorculuk insanın kendisini, bedenini ve ruhunu ruh göçünde köle olmaktan kurtarmasıdır. İnsan ne denli kötü ve günahkâr bir yaşam sürerse, öldükten sonra ruhunun aşağılayıcı bir hayvan bedenine girme olasılığı o denli yüksek olur. Yani ona göre, dünyadaki yaşamımız, öldükten sonra bizim hangi hayvan kılığına gireceğimizi belirler."

"Evet, bir ara annem Meline de kaptırmıştı kendini bu düşünceye. Neredeyse artık evde etli yemek yemek mümkün değildi. Herhangi bir hayvanı görse acaba hangi akrabam ya da arkadaşım diye düşünürdü. Bu ruh hali aylarca sürdü ama sonunda nasıl olduysa bu düşüncesinden vazgeçip normal yaşantısına döndü," dedi Aren.

Alaaddin, "Platon'da bilgi ikiye ayrılır," diye devam etti.

"Platon bilgiyi *doxa* ve *sofia* olarak ikiye ayırdıktan sonra, bu bilgilerin peşine düşen iki ayrı insan tipinden söz eder: Doxa'nın peşinden giden insanlar ve sofia'nın peşinden giden insanlar! Bunu daha açık söylemek gerekirse dünyanın aldatıcı bilgileri peşinde koşan filodoxlar ve gerçek bilgiyi arayan filozoflar diye çevirebiliriz."

Alaaddin bir şey kaçmışçasına gözlerini ovuşturdu. Ses tonunu değiştirdi ve sanki gece boyunca uykusuz kalan bir insan gibi konuşmaya başladı.

'Gözüme uyku girmedi bu gece de. Sokrat'ı düşündüm. Bütün ömrünü Atina sokaklarında dolaşarak ders anlatmakla geçirdi. Ama ne yazık ki ben hocam Sokrat'tan farklı bir şeyler yapmak istiyorum, hocam gibi sabahtan akşama kadar sokak sokak dolaşarak karşılaştığım insanlara aslında çok şey bildiklerini anlatamam. Bu fikri daha önce neden düşünmedim ben,' diyerek ayağa fırladı Platon. 'En iyisi sokaklarda dolaşıp insanlara tek tek anlatmak yerine, insanları belli bir yerde toplayarak dersimi orada vereyim! Platon bunun için uygun bir yer bulmalıydı, iyi de neresi bu iş için uygundu?" Alaaddin bakışlarını, ardına kadar açık kapıdan sokağa çevirdi.

"Birden aklına Sokrates'le gittiği Atina'nın batısında bulunan ve adını bir Yunan kahramanı olan Academios'tan alan bölge geldi. 'Evet, evet bu bölge bence çok uygun... Hatta Academios'u dünya durdukça herkes hatırlamalı. İnsanları toplayacağım yerin adı da Academios olacak!'" olacak derken sanki gerçekten karşınızda Platon vardı ve sizinle konuşan Alaaddin değil de Platon'du.

Aren, "Academios, bir Yunan Kahramanı... Günümüzde kullandığımız 'akademi' kelimesinin kökeni de bu kelimeden geliyor. Platon haklıymış. Dünya durdukça onu hatırlayan çok insan olacak. Akademi kelimesi halen kullanılıyor ve sanırım bundan sonra da kullanılmaya devam edecek," dedi.

Alaadin, "Platon zamanla bu düşüncesini gerçekleştirdi ve burada birçok öğrenci yetiştirdi. Ancak akademisi, Bizans İmparatoru Justinianus tarafından 6. yüzyılın başlarında kapatıldı, Hıristiyanların tehditlerinden kaçan öğretmenlerden ve öğrencilerden bazıları, Sasani Kralı Anuşirvan'ın (MS 531-579) Cundişapur'da kurduğu tıp okuluna sığındı. Bu olay, uygarlık tarihi açısından çok önemli bir gelişmeye neden oldu; buraya yerleşen Yunan filozofları ve hekimleri, birkaç yüzyıl sonra İslam Dünyası'nda yeşerecek olan bilim ağacının tohumlarını attı ve böylece bilim ve felsefe Atina'dan Bağdat'a taşınmış oldu.

Platon ya da Eflatun'un eserlerinin en önemli özelliği diyaloglar biçiminde yazılmış olmasıdır. Daha açık bir ifadeyle söyleyecek olursam karşılıklı konuşmalara dayanır," diye devam etti.

Aren, "Şu an bizim sohbet etmemiz gibi yani," dedi. Alaaddin söylenenleri onaylamak istercesine başını salladı.

"Eflatun'un eserlerindeki bu karşılıklı konuşmalardaki baş aktör genellikle Sokrates'tir. Eserlerinde Sokrates'e aşırı yer vermesinin nedeni ise daha önceden kendisine verdiği sözdü. Hatırlarsan, hocası öldükten sonra bütün çalışmalarının ana amacı Sokrates'in düşüncelerini insanlara ulaştırmak olmuştu. Böylece hocasını ölümün elinden kurtaramayışının acısını dindireceğine inandı. Bu nedenle Eflatun, çoğunlukla görüşlerini Sokrates'in ağzından açıkladı. Sokrates'in de özelliği, insanlarla görüşlerini tartışmak ve görüşlerindeki tutarsızlıkları ortaya koymak değil miydi? Sokrates bu eserler için biçilmiş kaftandı.

Platon'a göre, algıladığımız varlıklar aslında bizi yanıltıyordu. Bu yanılgı ise algıladığımız dış dünyanın, esas gerçek olan idealar ya da formlar dünyasının kusurlu bir kopyası olmasındandı. Gözümüzle gördüğümüz bütün varlıklar kopya olunca gerçeği anlama işi de düşünce ve tahayyül yoluna başvurmaya kalıyordu. Düşünce ve tahayyül yoluna başvurulsa da insan ruhu gerçeklere, yani idealar dünyasına öldükten sonra ulaşacaktı.

Böylece Platon felsefesini iki temel noktaya dayamış oluyordu; görünüşler dünyası ve idealar dünyası!

İdealar dünyası sonsuz, değişmeyen, mükemmel, yok olmayan ve madde dışı olan ideal varlıkların dünyasıdır.

Görünüşler dünyası ise ideal varlıkların tam tersidir. Burada sürekli bir var oluş, yok oluş ve sonlu olan varlıklar vardır. Daha açık bir ifadeyle söyleyecek olursam, duyularımızla algıladığımız her türlü kötülüğün ve noksanlığın olduğu bu dünya, gerçek dünya değildir. O, idealar dünyasının sadece bir yanılsaması ve kopyasıdır."

"Yani şimdi çevremizde gördüklerimiz Platon'a göre gerçek değil. Bunlar sadece bir yanılsama öyle mi?"

"Evet Aren. O, bu fikrini daha iyi anlatabilmek için mağara benzetmesini kullanır:

İnsanlar bir mağaranın içinde yaşarlar ve yüzleri mağara girişinin karşısında bulunan duvara dönük olduğu için, sadece ve sadece buraya düşen gölgeleri görebilirler. Duyumlarımız yoluyla varlığından haberdar olduğumuz bu görünümler gerçek değil, gerçeğin iyiden iyiye bozulmuş gölgeleridir; gerçeği görmek isteyen bir kimsenin, akıl yoluyla duyusal zincirlerden kurtulması, başını mağaranın girişine çevirmesi ve orada geçit töreni yapmakta olan idealarını, yani görüntülerin oluşumunu sağlayan gerçek biçimleri seyretmesi gerekir. Bu nedenle, bu âlemde duyumsadığımız varlıklar birer gölgedir ve asıl var olan şeyler bu gölgeler ve bu yanılsamalar değil, onların ardındaki ölümsüz idealardır. Mesela bir at ne kadar olağanüstü olursa olsun doğup büyüdükten sonra kaybolur, oysa at ideası ezeli ve ebedidir, değişmez.

Öyleyse, sürekli değişim içinde bulunan görüntülerin bilgisini bir yana bırakmak ve hiçbir zaman değişmeyecek olan ideaların bilgisine ulaşmak gerekir. Felsefenin amacı da Platon'a göre bu olmalıdır. Gerçek bir filozof, bu aldatıcı görünümlerin ardına saklanmış olan mutlak bilgiyi, yani idealarin bilgisini yakalayabilen kişidir."

"Yani şimdi biz, mağaranın kapısına arkasını dönüp oturan insanlarız. Gerçeği görmek için zincirlerimizi kırmamız ve soyut olana yönelmemiz gerekiyor," dedi Aren.

"Evet, mağara kuramı çok önemli! Gün olur insanlığın hayatını kurtarır," dedi Alaaddin. "'Bir heykeltıraş,' der Platon, 'yapmak istediği heykelin ideasına sahiptir. O, sahip olduğu idealara göre mermere şekil verir. Tanrı da aynen bu heykeltıraş gibi, görünüşler âlemindeki her şeyin ideasına sahiptir. O bu idealara göre maddeye şekil vererek bu âlemi, görünüşler dünyasını yaratır, çünkü Yaratıcı'da bu imgeler vardır ve bu imgelere sahip olduğu için yaratma olayı meydana gelir. Ama bu imgelerin çoğu bizde yoktur. İnsan bu imgeleri yakalayabilmek için çalışmak zorundadır.' Platon sadece evrenin yaratılması konusuyla değil, hayatın içerisindeki diğer konularla da ilgilendi. Daha çok da ahlak ve siyaset üzerinde durdu. *Devlet, Yönetici* ve *Kanunlar* adlı kitaplarında, ideal bir devletin nasıl olması gerektiğini sorguladı ve savunduğu görüşleriyle, daha sonra gelecek olan felsefecilerden özellikle de Farabî ve İbn-i Sina gibi İslam filozoflarının siyaset anlayışlarının biçimlenmesine büyük etki etti.

Platon matematiğe de çok önem verdi. Aslında bütün filozoflar matematiğe çok önem verirler, çünkü bir insanın matematiği bilmeden evreni anlaması mümkün değildir. Matematik soyut kavramlarla ilgilendiği için, felsefeyle uğraşan birinin matematiği de bilmesi gerekir."

"Bu nedenle Meline'yi zamanımızın bir filozofu gibi görürüm çocukluğumdan beri. Yıllarca matematik öğrenmek için didindi durdu. Senin şu an dediğini de hep duydum ondan. Ben de iyi bir matematikçiyim diyebilirim. O halde ben de bir filozof olabilirim," dedi Aren. Karşılıklı gülüşmelerden sonra Alaaddin devam etti.

"Birçok filozofun savunduğu gibi, matematikten anlamıyorsan felsefeyi de anlayamazsın. Zaten Yunan filozoflarının bir kısmına göre de, Yaratıcı her şeyi matematiksel bir hesap üzerine yaratıyordu.

Matematik, Platon'un gözünde çok önemli bir bilimdi, çünkü onunla gerçek bilgiye, yani Tanrı İdeası'na ulaşmak olanaklıydı; zaten Tanrı'nın kendisi de bir matematikçiydi ona göre. Platon'a göre matematik, gölgeler âlemi ile idealar âlemi arasında bir ara âlem veya iki âlemi birbirine bağlayan bir geçitti. İster doğada bulunsun ister bulunmasın, geometrik biçimler bu ara âlemin varlıklarıdır. Bu nedenle mükemmel değillerdir; bunlarla ilgilenenlerin, teğetlerin bir daireye veya bir küreye birden fazla noktada değdiklerini kabul etmeleri gerekir. Ancak ideal bir daire veya ideal bir küre söz konusu olduğunda yalnızca bir değme noktasının bulunacağı, zihinsel bir soyutlama ile kavranabilir. İşte bu nedenlerle Platon, Akademi'nin kapısına 'Geometri bilmeyen bu kapıdan girmesin,' diye yazdı.

Platon'un matematiğe ilişkin görüşleri ve çalışmaları sonucunda, matematik diğer bilimler arasında seçkin bir konuma yerleşti ve yüzyıllardır süregelen bilimsel eğitim ve öğretimin esas öğesini oluşturdu.

Onun görüşleri ortaçağda İslam filozofları tarafından da korundu ve İslam düşünce dünyasındaki Yeni Eflatunculuk akımına neden oldu... Sana anlatacaklarım bu kadar, şimdi sen bana neler olduğunu anlatacak mısın, Aren?"

"Bu kadarla kurtulamazsın, daha Aristoteles'i anlatmadın ki!"

"Onu anlatmaya vaktim yok. Beş dakikalığına uğramıştım.

Bugün çok işim var. Şimdi seni dinleyeyim, hadi başla anlatmaya, beni daha fazla merakta bırakma."

Aren ilk defa utandığını ve yanaklarının kızardığını hissetti. Konuşmaya nereden başlayacağını bilemiyordu.

"O halde geri kalan kısmı Meline'den dinlerim," diyerek omuzlarını silkti. Kısa bir bakışmadan sonra aralarında bir sessizlik hâkim oldu. Aren daha fazla dayanamadı, dudaklarının arasından, "Deniz!" sözcükleri dökülüverdi.

"Deniz," dedi ve sustu Aren.

"Deniz," diye üsteledi Alaaddin.

"Onu nerede bulacağım ben? Sadece ismini biliyorum. Bir de yanındaki arkadaşının adının Mustafa olduğunu. Nerede kaldıklarını, ne zaman döneceklerini ve bir daha dükkânıma uğrayıp uğramayacaklarını bile bilmiyorum. Hiç bu kadar çaresiz kaldığımı hatırlamıyorum sevgili dostum."

Alaaddin gülümsedi, Deniz'in kim olabileceğini çoktan tahmin etmişti.

"Deniz ve Mustafa Türktü değil mi? Eğer otelde kalmıyorlarsa Türk Mahallesi'nde bir evde misafir olabilirler. Bir yandan ben de araştırırım. Ama acele ediyorsan sana tavsiyem Türk Mahallesi'ni kendin dolaş, veyahut benim onlara ulaşmamı bekleyebilirsin."

Aren'in gözlerinin içi parladı. "Bunu neden düşünemedim!" diye kendine kızdı. Alaaddin müsaade isteyip kendi işyerine döndüğünde Aren sabırsızlıkla ikindi olmasını beklemeye koyuldu. Dükkânı kapatıp gidemezdi. Gelen müşterilerle ilgilenmesine rağmen gözlerinin önünden Deniz'in gülen yüzü gitmek bilmiyordu. İncileri bile kaçtan sattığını neredeyse bilemeyecek durumdaydı. Kendisine ne olduğunu anlamakta zorlanıyordu. Bu zamana kadar hayatından çok kız geçmişti, fakat Deniz hiçbirine benzemiyordu. Bundan adı kadar emindi. Aradığı kızın Deniz olduğuna emindi! Heyecanlanıyor, yanakları kızarıyor, içinde kıpırdanmalar meydana geliyordu.

Dükkândaki son müşteri de gittikten sonra Deniz'in oturduğu koltuğa oturdu ve onun mavi gözlerini düşünmeye başladı. Beline kadar uzanan düz sarı saçlarını, uzun boyunu, gülerken yanağında oluşan gamzeyi hatırladı. Bakışlarını güneşin doğuşuna benzetti. Kendisine baktığında içini aydınlatanın onun gözlerinin ışığı olduğunu hissetti. "Bir an önce onu bulmalıyım, hem de hiç zaman kaybetmeden," dedi. Sonunda ikindi oldu, Emeviye Camii'nden yükselen ezan da bunun şahidiydi. Hızlıca oturduğu yerden kalktı. Çekmecede duran anahtarı aldı, kapıyı çekti, ellerinin titrediğini o an fark etti. Kapıyı heyecandan zorlukla kilitleyebildi.

Hızlı adımlarla yürümeye başladı. Hamidiye Çarşısı'nın gürültüsü içinde kalabalıkları yararak sağına soluna bakmadan adımlıyordu. Sonunda gürültüden kurtulmuş, caddeye çıkmıştı. Karşıdan gelen taksiyi durdurmak istediyse de kendisinden önce davranan uzun boylu, esmer genç yüzünden biraz beklemek zorunda kaldı. Gencin arabayı çevirdiği yere kadar yürüdü ve karşıdan gelmekte olan başka bir taksiyi çevirdi.

"Türk Mahallesi'ne," dedi.

Şoför, ufak tefek arabayı güzel kullanıyordu. Hiçbir engelle karşılaşmadan sürüyordu arabayı. Arabada pek alışık olmadığı bir müzik çalıyordu ama şarkının ritmi hoşuna gitmişti. Etrafına bakındı, yıllardır bu şehirde yaşamasına rağmen gezmek amacıyla bile bu taraflara, Türk Mahallesi'ne hiç gelmemişti. Bugüne kadar bırak bu mahalleye uğramayı, bu mahallenin adını bile ağzına almadığını fark etti. Tanımadığı bu insanlara karşı önyargılı olmasının nedenini düşünürken bir yandan da sadece ismini bildiği bir Türk kızı için geldiği bu mahalleyi izliyordu taksinin penceresinden. İçinde yıllardır aradığını bulmanın mutluluğu vardı.

Mutlu olmasının yanısıra biraz hüzünlüydü de; acaba onu bir

kez daha görebilecek miydi, bilmiyordu. Şu an tek amacı Deniz'i bulmaktı. Bulduğunda ona neler söyleyecekti, bunu bile düşünmemişti. Hatta Deniz'le evlenmek isterse bu isteğini ailesine nasıl açıklayacağını bile düşünmüyordu. Bir an duraksadı, neredeyse şoförün omzuna vurup kendisini aldığı yere, çarşıya bırakmasını isteyecekti, gözlerinin önünde canlandırdığı sahnede Deniz'le evleniyorlardı. Evlenmek fikri Aren'i sarstı. Buna hazır mıydı? Hazır değilse Deniz'i neden arıyordu? Onu neden bulmak istiyordu? O kadar çok soru belirdi ki kafasında, ne yapacağını bilemedi. Ya Deniz kendisiyle birlikte olmak yerine evlenmek isterse? Evlenmeye, üstelik bir Türk kızıyla evlenmeye hazır mıydı? Fakat içindeki arzu o kadar büyüktü ki evlenmek fikrini aklından çıkardı. Tek istediği Deniz'i elde etmekti. En azından onunla bir gece de olsa birlikte olabilmekti.

Taksi dar mahallelerin arasından -evler neredeyse birbirine sarılacak kadar yakındı- geçtikten sonra yine dar bir sokağın köşesinde durdu. Şoför parmağıyla sokağın yukarısını gösterdi. "Türk Mahallesi'ne gitmek istiyorsan yolun kalan kısmını Suzuki'yle devam etmen gerek," diyerek Aren'in arabadan inmesini bekledi. Taksinin ücretini ödedikten sonra arabadan indi. Karşısındaki yokuşu, hızlı adımlarla nefes nefese çıktı. Suzuki'yi beklemeye koyuldu. Yolun karşısında küçük bir manav vardı, meyveler bütün güzellikleriyle tezgâhın üstünde yerlerini almış, müşterilerini bekliyorlardı. Suzuki'yi bekleyen Aren, meyvelerin güzelliğinden acıktığını hissetti. Karnı zil çalıyordu, fakat yemek yiyecek vakti yoktu, zaman kaybetmeden Deniz'i bulmalıydı. Yokuşun başında bir o yana bir bu yana salınarak aracın gelmesini bekledi. Sabah evden çıkmadan önce kahvaltı yapmıştı ve ondan sonra çay haricinde bir şeyler yiyip içmemiş, Deniz'i görmenin heyecanıyla aklına yemek düşmemişti.

"Yemeği unutmalısın, yoksa Deniz'i bulamayabilirsin," dedi,

kendi kendine. Güneş ufukta yavaşça batmak üzereydi ve şehir gitgide karanlığa teslim oluyordu. Hava öylesine sıcaktı ki yürüdüğü asfalt neredeyse eriyecekti. Duvara yaslandı. Yoldan geçip gitmekte olan insanları izlemeye koyuldu. Uzun, geniş elbisesi ve başındaki geniş örtüsüyle bir kadın, küçük bir çocuğun elinden tutmuş, hızlı adımlarla yokuştan aşağı iniyordu, birkaç kişi ise manavın önünde birikmiş meyveleri inceliyor, ellerinde tuttukları poşetlere seçtiklerini atıyorlardı. Beton bir evin önünde duran arabaya binen iki kişi dikkatini çekti. Yaşlı adam, görünüşe bakılırsa hastaydı ve diğeri onu hastaneye götürmek için arabaya bindirmeye çalışıyordu. Bu sokakta yaşayan insanların da kendilerince sıkıntıları olduğunu gördü. O esnada yolun başından gelmekte olan Suzuki'yi fark etti. Sabırsız bekleyiş bitmişti. El işaretiyle durdurdu Sukuzi'yi, şoför nereye gideceğini sorma gereği bile duymadan hareket etti. Dik bir yokuşu kaplumbağa hızıyla çıktı. Arkasından daha dik bir yol onu takip etti. Bu yolu çıkmakta zorlandı araç. Patinaj yaptıysa da yola alışkın olan şoför, ustalıkla yoluna devam etti. Sokakların temiz olmayışı dikkatini çekti, çöpler yerlere atılmış, yol çöplerden neredeyse görünmez hale gelmişti. Çöp kokusunun yanında, sokağı felafih kokusu sarmıştı. Hiç yemediği ama adını duyduğu felafihin kokusunu aldıkça aç olan midesinin bulandığını hissetti. "Ah Deniz, senin için nelere katlanıyorum, halimi bir görsen!" diye iç geçirdi.

Bu esnada kapısı açık olan bir mezarlığın önünden geçtiler. Kendi mezarlıklarına hiç benzemiyordu. Mezar taşları bile çok farklıydı. Sokak, akşamın karanlığı ile iyice terk edilmiş gibi görünüyordu, yolda gördüğü son iki kişi de evlerine girip kapılarını kapayınca mahalle sessizliğe büründü. Kendi sokakları ne kadar hareketliyse bu sokakta da aynı oranda zaman durmuş gibiydi. Sadece bir evden müzik sesi geliyor, diğer evler ise tamamen perdeleri çekilmiş, karanlık birer hortlak gibi görünüyordu gözlerine.

Bu mahallede insanların yaşadığını anlamak için ev sakinlerinden birinin pencereden başını uzatıp sokağa bakması gerekiyordu. Yoksa hiç kimse yaşamıyormuş hissi uyandırıyordu insanda...

Burnuna nargile kokusu da gelmeye başladı. Geçtiği bütün sokakların hemen hemen hepsi nargile ve felafih kokusu ile doluydu. Suzuki, taksi gibi bir köşe başında durdu. Uzun sakallı, koyu renkli gözlü şoför ona inmesi gerektiğini işaret etti.

Ağır adımlarla Suzuki'den indi. Cebinden 50 Suriye Lirası çıkartıp şoföre uzattı. "Şükran," diyerek uzaklaştı.

Benim burada ne işim var, diye geçirdi içinden. Deniz'i bulmak umuduyla geldiği bu koca mahallede onu nasıl bulacaktı? Sokakta adımlamaya başladı.

*D*eniz ve arkadaşlarının şehri tanımak için çıktıkları gezintide yolları ilk insanların yaşadığı, Adem ve Havva'nın oğulları olan Habil ve Kabil'in de ilk cinayeti işlediği varsayılan dağa düşmüştü.

Akşam olmuş, hava iyice kararmıştı. İlk cinayetin işlendiği dağı görebilmeleri için uzunca bir merdiveni çıkmaları gerekiyordu. Fakat bu karanlıkta mağarayı göremeyebilirlerdi. Rehberleri Cabir, Deniz ve ekipteki diğer arkadaşlarına, "Vakit çok geç, geç kaldık. Karanlık çöktü; eğer caminin imamını bulamazsam mağarayı gezemezsiniz, bu nedenle de derin bir nefes alın ve merdivenleri hızlı hızlı çıkın!" dedi.

Gruptaki gençler arasında her kafadan bir ses çıkmaya başladıysa da hepsi merdivenleri çifter çifter çıkmaya çalışıyor, mağaraya ve imama yetişmeyi umut ediyorlardı. Merdivenden aşağıya doğru bir karaltının indiğini gördüler. Yaklaşan başı sarıklı, genç bir adamdı. Adam hızlı adımlarla karşısından gelmekte olan gruba hiç bakmadan merdivenlerden iniyordu. Cabir gelen adamın caminin imamı olduğunu biliyordu. Birbirlerine yaklaştıklarında Cabir, "İmam efendi bir dakika!" diyerek adamı durdurmaya çalıştıysa da imam aldırış etmeden merdivenlerden inmeye devam ediyordu. Cabir'se imamı durdurmak için elinden gelen çabayı gösteriyordu. "İmam efendi, lütfen, imam efendi, arkadaşlarım misafir," dese de imam umursamıyordu.

İmam, "Yolum uzun, araba bulamam," dedi sonunda. Cabir'se imamı durdurmaya çalışıyordu. "Mağarayı görmek istiyoruz," dedi. Merdivenleri hızla inerken nefes nefese kalan adam, "Yolum uzun, yolum uzun," diye cevapladı tekrar.

Cabir adamla Arapça konuşarak onu durdurmaya çalışıyor, fakat imam vaktin geçtiğini, yolunun uzun olduğunu, havanın iyice karardığını ve taksiye yetişemezse eve geç kalacağını yineleyip, geri dönmek istemiyordu. İsminin sonradan Hasan olduğunu öğrendikleri imam ısrarlar sonucunda, "Çok az kalabilirim. Size fazla bilgi veremem. Kabul ediyorsanız beni takip edin!" demek zorunda kaldı. Deniz ve arkadaşları Cabir'e dönüp, "Çok kısa bir süre de olsa görmek istiyoruz," dediler. İmamın arkasından hızlı adımlarla merdivenleri çıktılar. Deniz ne kadar merdiven basamağı çıktıklarını yüzden sonra sayamamıştı. Arkasına dönüp baktığında Şam şehrinin ışık huzmesine döndüğünü gördü. Hafif esen rüzgâr da tenine dokunup geçiyordu. Bir yandan uzun merdivenin basamaklarını çıkıyor, bir yandan da hem yıldızların hem de kendi ışığıyla aydınlanmakta olan Şam'a bakıyordu. Şehri izlerken aklına bugün tanıştıkları Aren geldi. Uzun boyunun ve esmer teninin yanı sıra gülümsediğinde yüzünde beliren çocuksu ifadeyi hatırladı. Bir an tebessüm etti. Sanki karşısında Aren varmış gibi şehre baktı. Mustafa, Şam'ı izlerken böylesine tebessüm eden arkadaşı Deniz'in aklından neler geçtiğini merak etmekle birlikte aslında bunu bilmek istemediğini düşündü, Deniz'i geride bıraktı ve merdivenleri çıkmaya devam etti.

Sonunda bahsedilen dağın başındaki camiye ve mağaraya gelmişlerdi. Ellerini uzatsalar sanki gökyüzüne dokunacaklardı, yıldızların aydınlattığı dağda mağara haricinde hiçbir şey yoktu, orman kayalık bölgeden sonra başlıyordu. Caminin merdivenlerini çıktılar. Deniz yorulduğu için kapı açılana kadar kayalıklardan birine oturdu. Şam artık tamamen bir ışıktı. İmam, "Bismillahirrahmanirrahim," diyerek kapıyı açtı. Önden caminin imamı içeri girdi, diğerleri de onu takip etti, içerisi karanlıktı. İmam el alışkanlığıyla lambanın düğmesini buldu, lambayı yaktı; içerisi aydınlandığında mağara ağzına benzer küçük bir geçitten geçtiler. Başlarını kaldırsalar kayalara çarpacaklardı, bu nedenle eğilerek yürümek zorunda kaldılar. Düz bir alana çıktıklarında bir kaya parçasının önünde durdular. İmam mağaradaki kayalardan birini işaret etti, işaret edilen yere baktıklarında kubbe gibi bir çıkıntının olduğunu gördüler. "Hz. İbrahim ile Hızır Aleyhisselam burada buluşmuşlar ve söylenene göre şu an karşısında durmakta olduğunuz çıkıntının önünde birlikte namaz kılmışlar," dedi. Başta Cabir olmak üzere ekiptekilerin hepsi kendilerine gösterilen çıkıntılı kaya parçasının önünde durdu, kaya parçasını inceledikten sonra dua ettiler.

Önde imam arkasında Deniz, Mustafa, Cabir ve Kübra'nın olduğu grup küçük adımlarla ilerledi, mağara içerisinde İmam Hasan parmağıyla duvarda bir yeri daha işaret etti.

İşaret edilen yere dönüp baktıklarında hepsi şaşkına döndü. İlk bakışta gerçek gibi duran görüntü karşısında küçük dillerini yutacaklardı. Kaya parçası kırmızı boya ile boyanmıştı, kayanın tam ortasında ise ağzı açık bir insanın boğazını, dilini ve bademciğini rahatlıkla görebilirdiniz. Cabir, arkadaşlarının şaşkın bakışları altında İmam Hasan'ın Arapça anlattıklarını Türkçeye çeviriyordu. "Biliyorsunuz ki Habil ile Kabil ilk insanlardandır. Onlardan çok uzun süre sonra Hz. Nuh döneminde yaşanan tufanla dünya üzerinde neredeyse her şey silindi. Bu nedenle ilk insanlardan bir eser kaldığını zannetmiyorum. Ancak insanlara olayı unutturmamak için zaman içerisinde mağaranın içinde akan suyun ortaya çıkardığı bu şekil korunmuş."

İmam duvarın biraz yukarısındaki parmak izlerini gösterdi. Cabir imamın anlattıklarını Türkçeye çevirmeye devam ediyordu. "Kabil'in Habil'i öldürdüğü anda yanı başlarında duran dağın, Kabil'in başına düşmemesi için Allah'ın izniyle Cebrail gelmiş ve düşmekte olan kaya parçasını tutmuş. Böylece Kabil, Habil'i öldürdüğü anda ölmekten kurtulmuş."

Grup anlatılan bu olayın etkisinden kurtulamadan imam, "Artık gezi bitti, gitmem gerek, yoksa araba bulamayacağım," dedi.

Hepsi şaşkın halde cami olarak kullanılan mağaradan çıktı. İmam caminin kapısını besmele ile kapattıktan sonra karanlıkta yıldızların aydınlattığı yolda merdivenlerden koşar adımlarla indi ve gözden kayboldu.

Dört arkadaş şaşkınlıkla etraflarına bakındılar. Heyecandan ne kadar yorulduklarını da o anda fark ettiler. İmamın da gözden kaybolmasıyla birlikte yıldızların aydınlattığı dağ başındaki caminin önünde kalakaldılar. Dinlenmek için şehrin manzarasını izleyebilecekleri bir kayalık seçip oturdular. Yorgunluktan hiçbiri konuşamıyordu. Sonunda Kübra, "İmamın anlattıkları sizce ne kadar doğru?" diye sordu.

Cabir, "Bu anlatılanlar gerçek olmasa da bilinen bir gerçek var ki o da ilk insanların Şam ve Şam'ın etrafında yaşadıkları veya buralardan geçtikleridir," dedi.

Aldığı cevap karşısında pek tatmin olmasa da Kübra karanlık gecede dağın başından nasıl ineceklerini düşünüyor, dağdan inme fikri ve esen rüzgâr karşısında titriyordu. Durmadan mırıldanıyor, "Yükseklik korkum var, lütfen geç olmadan inelim," diye yalvarıyor, fakat hiç kimse onun bu sözlerine aldırış etmiyordu. O esnada az önce imamla birlikte heyecanla çıktıkları merdivende, hızla basamakları çıkmakta olan bir gölge gördüler. Cabir, "Merak etmeyin, buranın insanları güvenilirdir, endişelenecek bir durum yok," dedi.

Gölge yaklaştıkça onun bir erkek olduğu anlaşıldı. Atletik yapılı adam hızlı adımlarla merdiven basamaklarını çıkıyor, bir yandan da anlamadıkları dilden bir şeyler söylüyordu. Yanlarına yaklaştığında Adidas marka tişörtlü, atletik yapılı, ince bıyıklı bu adamın gerçekten de güven veren bakışları vardı. Cabir yavaş bir hareketle yerinden kalktı. "Ben Şam'da yaşayan bir Türküm... Bunlar da Türkiye'den beni ziyarete gelen arkadaşlarım. Habil ile Kabil'i görmek istediler. Fakat geç kalmışız. Merdivenleri de hızlı çıktığımız için yorulduk ve burada dinleniyoruz," diye açıkladı adama.

Sonra adamın söylediklerini gruba tercüme etti. Adam gecenin karanlığında dört arkadaşı gözleriyle süzdükten sonra hafifçe gülümsedi. Karşısındaki gençlerin güvenilir olduğuna inanmıştı. Yürümeye devam ederken, "İsmim Kadir. Sivil askerim. Burada oturmanız sakıncalı, çünkü dağın arkası askeriyeye ait... Yanlışlıkla geçmeye çalışırsanız başınız belaya girer. Dinlenmek istiyorsanız, çok uzak değil, dağın diğer yamacında lüks bir lokanta var. Sizi oraya götürebilirim. Ben de arkadaşlarımla orada buluşacağım," dedi. Dağı hızlı adımlarla düz yol gibi giden bu adamın yapmış olduğu teklif, Kübra haricinde diğerlerinin hoşuna gitti. Kadir'e yetişmek için dağ başında koşar adım ilerliyorlardı ki Kübra'nın ağlama sesiyle durdular. Arkalarına baktıklarında Kübra'nın kendilerinin çok gerisinde kaldığını gördüler. Kayalardan birine sarılmış, bir kedi yavrusu gibi çırpınarak ağlıyordu. Cabir ve Deniz, dağ başında özgürlüğün tadını çıkarmak için kollarını açmış bağırıyorlardı. Kübra'nın haline de bir yandan gülmeden edemediler. Onların bu halini görenler, esaretten kurtulmanın sevincini yaşıyor sanırlardı. Dağın başında kollarını açmış, sanki özgür kuşlar gibi kanat çırpıyorlardı. Deniz, Kübra'nın şakadan değil de gerçekten ağladığını anladığında arkadaşının yanına geldi. Kübra hıçkırıklar içinde ağlıyor, ne dediği anlaşılmaz bir şekilde konuşmaya çalışıyordu. Deniz onu sakinleştirdikten sonra Kübra, "Lütfen Deniz, beni bu dağın başında yürütmeyin. Benim yükseklik korkum var. Geldiğimiz yoldan geri dönelim," diye yalvarıyordu. Sesi titremeye başlamış, yanaklarından yaşlar süzülüyordu. Deniz, "Kübracığım kalk! Benim koluma gir, bak göreceksin hiçbir şey olmayacak. Korkunun boşuna olduğunu göreceksin," dese de Kübra yerinden kımıldamak nedir bilmiyordu.

Kadir gruptan iki kişinin geride kaldığını gördüğünde yanlarına geldi. Karanlıkta ayın ve yıldızların aydınlattığı gecede esmer teninin koyuluğu belli oluyordu. Gülümsediğini gördü Kübra. Kadir elini uzattı; kendisinden tutmasını istedi.

Sonra da Cabir'e döndü. "İlk defa bir bayana elimi uzatıyorum. Buralarda bu tür davranışlar pek hoş karşılanmaz," dedi. Kübra bütün olup bitene rağmen hâlâ ağlıyor, kaya parçasını bir türlü bırakmıyordu. Kadir'in ısrarlarına dayanamadı, kendine uzatılan eli kavradı. Kadir diğer elini Kübra'nın beline sardı, onu sıkıca tuttu. Çalıları, taşları hiçe sayarak koşar adım ilerlemeye başladı. Çalılar Kübra'nın ayaklarını kanatmıştı, fakat Kadir'in kendisini anlamayacağını, bu nedenle de boşuna konuşmaması gerektiğini biliyordu. Kurumuş çalılar bacaklarını yırtıyor, ellerine batıyordu. Kadir öylesine hızlı yürüyordu ki, Kübra içine dolan temiz hava nedeniyle ciğerlerinin patlayacağını bile düşündü. Bir an gözünde yol büyüdü, bu yolun hiç bitmeyeceğini, sonsuza kadar dağın başında yürümek zorunda kalacağını hayal etti, geziye katıldığına pişman oldu. Gözlerinin önüne ailesi, İstanbul ve sevdiği insanlar geldi. "Kahrolası dağın başında ölüp gideceğim," diye mırıldandı. Diğerleri gökyüzündeki yıldızların ve Şam'ın uzaktan görünen ışıklarına bakarak ilerliyorlardı. Kübra ise hayatının belki de en zor gününü yaşadığını düşünüyordu. Sonunda çakıllı, çalılıklı yol bitmiş, asfalt yola çıkmışlardı.

Kadir onlara ilerde bulunan çadırı gösterdiğinde Kübra bu adamın pek de güvenilir biri olmadığını düşünerek kendini Kadir'in güçlü kollarından kurtarıp ondan olabildiğince uzaklaştı. Kadir kızın bu davranışına bir anlam veremese de, mimikleriyle bunun hoş bir davranış olmadığını ifade etmeye çalıştı.

Çadırda bulunan üç adam, gürültünün geldiği tarafa baktıklarında gelenin Kadir olduğunu gördüler. Yine de temkinli davranarak çadırdan çıktılar. Merakla arkasından gelenlere baktılar. İçlerinden biri -hasta olduğu zayıf bedeninden belli oluyordu- cılız bir ses tonuyla, "Yanındaki yabancılar kim?" diye sordu.

Kadir gür sesle, "Türkler! Bu Cabir, Şam'da yaşayan bir Türk... Diğerleri de Şam'ı gezmeye gelmişler. Yollarını şaşırmışlar ve bu dağ başına kadar çıkmışlar. Onları ilerideki lokantaya bırakacağım." Koruculardan pala bıyıklı, iri yapılı olanı elinde tutmakta olduğu silahı yere çevirdi.

Bunun üzerine diğer korucular da ellerindeki silahları yere çevirerek, Kadir'i ve misafirlerini selamladılar. Kadir, "Misafirlerimi lokantaya götüreceğim. Bana eşlik edebilir misiniz?" diye sordu. Korucular arkadaşlarının kendilerinden istediğini yerine getirmek üzere hazırlanmak için çadıra döndüler. Çadırlardan çıktıklarında önde Kadir, ortada Cabir ve grubu, onların arkasından da korucular, karanlık yolda ilerlemeye başladılar. Dağlık yol bittikten sonra tek tük arabaların geçtiği bir yola girdiler. Sonunda uzaktan da olsa bir müzik sesi duyulmaya başladı. Lokantaya yaklaştıklarında lokantanın yanı başında üç yıldızlı bir otel vardı. Dağın bu yamacında üç yıldızı olan oteli gören grup şaşırdı. Dağ başında böylesine güzel bir mekân bulduklarına inanamıyorlardı. Otelin ve lokantanın kapısında iki görevli duruyordu. İri yapılı olan bu görevliler, kımıldamadan ve tebessüm etmeden kapıda dikiliyorlardı. Yüzlerindeki ciddiyetten işlerini ne kadar önemsedikleri anlaşılıyordu.

Lokantanın önüne geldiklerinde koruculardan biri Kadir'in kulağına bir şeyler fısıldadıktan sonra yanlarından uzaklaştılar. Deniz Kadir'i hemen bırakmak niyetinde değildi.

"Bizimle bir bardak sıcak çay içmeye ne dersiniz?" diye sordu. Kadir'den cevap alamadığını görünce Cabir'den yardım istedi. Cabir, Arapça kendileriyle çay içmesini istediğinde Kadir nazik bir gülüşle, "Siz güzel insanları kırmak istemem ama sadece yarım saat kalabilirim," diyerek teklifi kabul etti. Hep birlikte müziğin geldiği lokantaya girdiler. Lokantanın temizliği hemen dikkatleri çekiyordu. Yanlarına gelen garson onları selamladıktan sonra grubu, Şam'ı izleyebilecekleri bir masaya götürdü. Lokantanın bir bölümü boydan boya camla kaplanmıştı ve oturduğunuz yerden Şam'ı rahatlıkla izleyebiliyordunuz. Şam'ı tepeden izlemek daha hoşlarına gitti. Tamamen ışığa gömülen şehir, masal kenti gibi görünüyordu uzaktan. Lokantaya oturmalarına en çok Kübra sevindi. Dağın başından hiç inemeyeceğini, ömrünün geri kalanını tek başına dağda geçireceğini düşünüp durmuştu. Utanmasa kalkıp oynayacaktı. "Kâbus bitti çok şükür," diyor, başka bir şey demiyordu.

Kadir Kübra'nın söylediklerini anlamasa da yüz ifadesinden dağın başında ne kadar korktuğunu anlamıştı. Fakat Kübra'dan tarafa bakmadan Deniz'le konuşuyordu. Kendisini hayranlıkla dinlemekte olan Deniz'e hayat hikâyesini anlatıyordu.

Deniz Kadir'in parmağındaki yüzüğü sorduğunda bakışlarını kaçırdı Kadir. "Şu an nişanlı değilim ama yüzüğü de parmağımdan çıkarmak istemedim. Bu benim ilk ve tek aşkım Cemile'den bana kalan tek hatıra," dedi.

Deniz, "Üzüldüm, yoksa öldü mü nişanlın?" diye sorduğunda Kadir oturdukları masaya vurup kulağını çekti. "Allah korusun, hayır ölmedi ama kavuşamadım da." Neden diye sordu masadakiler heyecanla.

Kadir bakışlarını gruptan kaçırdı. Gözlerinin dolduğunu görmelerini istemiyordu. Kırılgan bir ses tonuyla, "Cemile yabancı değil. Benim akrabam. Çok güzel bir kız. Siyah gözleri ve omzuna kadar uzanan siyah saçları var. Onu çocukluğumdan beri severdim. Yıllar geçip de asker olduğum zaman ona kavuşmam için bir engel kalmadığını düşünüyordum. Anneme, Cemile ile evlenmek istediğimi söylediğim de annem de çok sevindi. Böylece aile içerisine yabancı biri de girmemiş olacaktı. Cemile'nin ailesi de isteğimizi kabul edince nişanlandık. Ben görevim gereği Şam'da çalışıyorum, Cemile ise Hama'da öğretmenlik yapıyordu. Benim Hama'ya gitmek gibi bir şansım yoktu. Başta Şam'a gelme fikrini kabul ettiyse de ailesinden uzaklaşmak istemediğini söyleyip durdu sonraları. Düğün yapamadık, sürekli tarih ileri bir güne kalıyordu. Baktım Şam'a yerleşmeyi istemiyor, ben de düğünden vazgeçtim. Böylece ayrılmak zorunda kaldık," dedi.

Cabir ise lokantanın nezih ortamından memnun olmasına rağmen yıllardır Şam'da yaşayıp da burayı nasıl keşfedemediğine üzülüyordu. Nişanlısından bahsederken Kadir'in gözlerinin dolduğu da gözünden kaçmamıştı. Kübra garsonun getirdiği çaydan yudumlarken dağ başında ne kadar korktuğunu anlata anlata bitiremiyordu.

Cabir, "İstanbul'a döndüğünüzde kesin bu geceyi anlatarak bitiremeyeceksiniz. İddiasına bile girebilirim," dedi. Kübra ise Mustafa'ya yalvaran gözlerle baktı ve arkasından, "Bu geceden ve yükseklik korkumdan sakın kimseye bahsetme," dedi.

Karanlık iyice çökmüştü, gün içerisinde yorulan grubun gezisi yarın da devam edecekti. Kadir yeni tanıdığı bu insanlarla kaynaşmanın sevinci içindeydi. Fazla vakti olmayan Kadir, kalkması gerektiğini söylediğinde grup da dinlenmek için eve dönmelerinin iyi olacağına karar verdi. Kadir onlara taksiye binecekleri yere kadar eşlik etti. Bu garip misafirlerini taksiye bindirdikten sonra adımlayarak uzaklaşmak yerine ne kadar iyi bir asker olduğunu göstermek istercesine taksinin peşinden koşmaya başladı. Öylesine hızlı koşuyordu ki bir ara taksiyi bile geçti. Fakat bu yarış Kadir'in karanlık gecede ormanlık alana dalıp gözden kaybolmasıyla son buldu.

Aren Türk Mahallesi'nin bütün sokaklarını gezmesine rağmen Deniz'e ait bir iz bulamadı. Ara sokaklardan birinde karşılaşma umuduyla karanlık gecede dolaşsa da zaman ilerledikçe bu umudunu da kaybetti. Sabahtan beri bir şey yememişti ve artık açlığa dayanacak gücü kalmamıştı. Deniz'den de umudunu kesince sessizce Türk Mahallesi'nden ayrıldı. Her akşam uğradığı bara bu gece gitmek istemiyordu. Yanından yavaşça geçmekte olan taksiyi durdurdu.

"Hıristiyan Mahallesi'ne" dedi.

Şoförle hiç ilgilenmedi, sorduğu soruların hiçbirine cevap vermedi. Arabanın camından karanlık gecede bir umut Deniz'i görebilir miyim diye bakıyordu. Sonunda Hıristiyan Mahallesi'ne geldi. Yorgun adımlarla evinin yolunu tuttu. Evin hiçbir ışığı yanmıyordu, Meline ya evde yoktu ya da erkenden uyumuştu. Kapıyı anahtarıyla açtı. Meline'nin uyuyor olma ihtimaline karşılık gürültü etmeden odasına çıktı. Yorgunluktan mı yoksa hayal kırıklığına uğramaktan mı bilinmez, yatağa uzandığı anda uyudu, sabah uyandığında, gece çok yürüdüğünden ayaklarının sızladığını duydu. Yatağından kalktı, adımlamakta zorlansa da kahvaltı için mutfağa indiğinde Meline'yi kahvaltıyı hazırlamış, masada kendisini bekler buldu.

Uykulu gözlerle kahvaltı masasına oturdu. Meline bugün daha şıktı. Günün ilk saatlerinde neden bu kadar süslendiğini anlamadı Aren.

Meline kahvaltı esnasında kendini dinlemediği belli olan Aren'e, "Danyal'ın düğünü var bugün, umarım unutmadın. Saat iki gibi kiliseye gelmen gerek, biliyorsun değil mi?" dedi.

Meline'nin neden bugün her zamankinden daha şık olduğunu anlayan Aren'in yüz ifadesi değişmedi. Başını kaldırıp Meline'ye bakmadı bile. Aklı dün gördüğü kızdaydı. Kahvaltıya hiç dokunmadı, bir bardak çay içtikten sonra masadan kalktı. Çok yorgun hissediyordu. Mutfaktan çıkmak üzereydi ki meraklı gözlerle kendisine bakmakta olan Meline'ye döndü. "Saat ikide kilisede olacağım."

Meline, "Fakat Aren, bu üstündekilerle gelemezsin!" diyecek oldu ki kapının kapandığını duydu. "Nesi var bu oğlanın? Son günlerde, tuhaf davranmaya başladı," dedi ve çayından bir yudum alıp gazetesini okumaya başladı.

Aren işyerine geldiğinde kendini koltuklardan birine bıraktı. Düne kadar onu görenlerin hayran olduğu o gülüşü bugün yüzünde yoktu. Alaaddin her gün yaptığı gibi bu sabah da erkenden sevgili dostunun yanına geldi. Onu karamsar bir halde koltuğun içine gömülmüş buldu. Son günlerde Aren çok dalgınlaşmıştı, eskisi gibi gülümsemiyor, konuşmaya pek yanaşmıyordu; sürekli dalıp gidiyordu. Samir her zamanki gibi sabah çaylarını getirip masaya bıraktı, karşılıklı çaylarını içerken ikisi de ağzını açmaya korkuyordu. Aren, Alaaddin'in Deniz'i bulamayacağından korkarken Alaaddin de Deniz'e ulaşamazsa Aren'in bu halinin kalıcı olması düşüncesinden dolayı tedirgindi.

Sevgili dostunun yüzüne bakmadan, "Saat ikide düğüne gitmem gerek. Dükkânı kime bırakacağımı bilmiyorum," dedi Aren.

"Benim çıraklardan birini yollarım, sen gelene kadar bekler.

Bu konuda endişe etmene gerek yok. Fakat bu halinin beni üzdüğünü söylemeden de edemeyeceğim."

"Deniz'i bir türlü unutamıyorum. Nereye baksam o! Herkeste onu görüyorum. Belki de bir masaldan çıkıp geldiği içindir. Dün akşam Türk Mahallesi'ndeydim. Sokaklardan birinde karşılaşır mıyım umuduyla gece yarısına kadar dolandım durdum, ama ne oldu, sıfıra sıfır. Hatta şu an onun Şam'da olup olmadığını bile bilmiyorum."

"Acele etme Aren. Deniz'i Türkiye'ye dönmeden önce bulacağım. Sen de bu arada toparlansan iyi olur." Çayları bittikten sonra Alaaddin arkadaşının yanından ayrıldı, saat ikiye gelmek üzereyken çıraklardan biri kapıda göründü. Dükkânı küçük çocuğa teslim eden Aren, uykudan uyanmış gibi mahmur bir halde dükkândan çıktı. Zoraki adımlarla taksi durağına yürüdü, taksi kilisenin önünde durduğunda yüzüne zoraki bir tebessümü kondurdu. Kilisenin içindeki kalabalığa baktı, İsa'nın çarmıha gerilmiş ikonuyla göz göze geldi. Rahibin konuşması kiliseyi dolduruyordu. Gürültü yapmamaya özen göstererek kendisine ayrılan yere, Meline'nin yanına oturdu. Meline, düğüne sabahki kıyafetleriyle gelmesi ve geç kalması yüzünden Aren'e öfke dolu bir bakış fırlattı, delikanlı bu bakışa aldırış etmeden rahibi dinlemeye başladı. Rahip genç çiftin nikâhını kıydıktan sonra kalabalık dağıldı. Meline, Aren'i kolundan tuttu. "Sana düğüne bu kıyafetle gelme dememiş miydim? Hem de en yakın arkadaşının düğününe geç kalıyorsun! N'oluyor sana Aren!" dedi sinirle.

Çiftin akrabaları düğün anısına fotoğraf çektirmek için kilisenin ayin kısmında kalmıştı; diğerleri ise yavaş yavaş kiliseden çıkıyordu. Bir başka grup kilisenin kapısında fotoğraf çektirmeye çalışıyordu. Aren dalgın bir halde fotoğraf çektiren kalabalığa bakarken misafirler arasında Deniz'i gördüğünü sandı. Bir grup yabancı, gelinin şahidi olan Emilio'nun kucağındaki çocukla fotoğraf çektiriyordu. Aren, Meline'nin söylediklerini duymamış gibi hızlı adımlarla kilisenin çıkışına doğru yürümeye başladı. Misafirlerden özür dileyerek kendine yol açmaya çalışıyor, gözünü kalabalıktan bir saniye olsun ayırmıyordu, kendisi çıkışa gelene kadar grup kiliseden ayrılmıştı bile. Hızla kapıdakilerin arasından sıyrılıp sokağa çıktı, etrafında dönenerek ne tarafa gittiklerini anlamaya çalışsa da gruptan bir kimseyi göremedi. Derin bir nefes aldı, tekrar etrafında dönenerek son kez sokağa baktı, sokak ikiye ayrılıyordu. Hangi taraftan gitmesi gerektiğine bir türlü karar veremedi. Grubu bulma çabasından arkadaşı Danyal'ı ve gelini tebrik etmeyi de unutmuştu, tekrar kiliseye dönmek istemedi. Taksilerden birini çevirdi, üzgün bir halde taksiye bindi. "Hamidiye Çarşısı," dedi.

    Kendisini kapıda gören küçük çırak, "Aren Bey, bir müşteri geldi, ona da bir gümüş yüzük sattım. İşte parası," diye parayı uzattı. Aren küçük çocuğa bakarak gülümsedi, başını okşadı ve gümüş yüzüğün parasının bir kısmını çocuğa uzattı. "Bu çok, ben bunu hak etmedim ki," dedi çocuk. Aren yine o sempatik gülüşüyle, "Al bu parayı ve toz ol," dedi. Çocuk parayı cebine koyduğu gibi teşekkür ederek dükkândan çıktı.

    "Galiba iyice kendimden geçiyorum," diye düşündü Aren ve kendini Deniz'in oturduğu koltuğa bıraktı. Müslümanları namaza çağıran ikindi ezanı Emeviye Camii'nden sokaklara taşıyordu, gözleri kapalı, okunan ezanı dinlemeye koyuldu. Başını ellerinin arasına aldı. "Alaaddin'den de ses seda çıkmadı. Demek ki Türk Mahallesi'nde bir Türkün evinde misafir olarak kalmıyorlar. Geriye tek seçenek kalıyor, o da Şam'daki otellerden herhangi biri," diye düşündü. Bildiği otelleri aklından tek tek geçirdi. "İyi de hepsine bakamam ya!" diye iç çekti.

    Oturduğu yerden kalktı, sevgili dostunun yanına gitmeyi düşündü; kapıya kadar geldiyse de kapının önünde durup derin bir nefes aldı. Türk komşusuna rezil olmak niyetinde değildi. Alaaddin'in bir şey öğrendiği anda kendisinden saklamayacağını çok iyi biliyordu. Geri döndü, koltuklardan birine geçti. Pencereden karanlık çökmek üzere olan sokağı izlemeye koyuldu.

O sırada aceleyle gelen birini gördü. Gelen Alaaddin'di.

Dükkâna girdiğinde soluklandı, derin bir nefes aldı, "Sana çok sevineceğin haberlerim var," der demez Aren oturduğu koltuktan kalktı. "Deniz'in kaldığı yeri buldun değil mi? Hadi çabuk söyle, nerede kalıyor? Hiç vakit kaybetmeden gidelim," dedi.

"Acele etme! Bizde bir laf vardır: Acele işe şeytan karışır. Sakin ol! Mantıklı hareket et ki sevdiğini daha bulmadan kaybetme."

"Haklısın, sakin olmalıyım ama elimde değil. Bir an önce onu görmek istiyorum."

"Seni anlıyorum genç dostum, günlerdir bu anı bekliyorsun. Sabır her derdin ilacıdır, unutma!"

Aren heyecanını kontrol etmeye çalışarak Alaaddin'in yanına oturdu.

"Sana öğrendiğim bilgileri vermeden önce Aristoteles ve sonrasını anlatmak istiyorum. Dinlemek ister misin?" diye sordu.

Aren'in gözlerinin içi parladı. "Deniz'in nerede kaldığını öğrendin, değil mi? Hadi bana nerede kaldığını söyle."

"Olmaz, önce şartımı kabul edip etmediğini söyle."

"Başka şansım var mı? Elbette seni dinleyeceğim ama bana nerede kaldıklarını hemen söylemeni istiyorum."

"Âşık olan sensin! Sabrı da öğrenmen gerek! Önce beni dinleyeceksin, sonra edindiğim bilgileri vereceğim."

"Anlaşıldı, seni ikna etmeye çalışsam da başarılı olamayacağım. Başla hadi! Ama hızlı anlat. Ben o kadar sabırlı biri değilim."

Alaaddin muzip bir gülüş attıktan sonra yerinde oturamayan Aren'e Aristoteles'i anlatmaya başladı.

Aristoteles

Kod adı : Nous, Felsefede Gerçekçiliğin Babası
Yer : Ege Denizi'nin Kuzeyi
Tarih : MÖ 384 - 322

"Aristoteles de Sokrates gibi derslerini gezerek anlatıyordu. Tek fark, Sokrates Atina sokaklarını adımlarken, Aristoteles Akademi'nin geniş yeşil bahçesinde ya da koridorlarında dolaşıyordu.

Biliyorsun, Aristo'nun derslerini anlatırken adımlamasına Grekçede Peripatetisme deniyor." Alaaddin Aren'e bakarak gülümsedi. "Aristoteles'in yürüyerek ders anlatmasını ifade ediyor bu kelime."

"Evet, biliyorum. Meline'nin de en çok sevdiği şeydir. Hatta ben bile bazı sabahlar dükkâna gelirken yürürüm ve aklıma hep Aristoteles'in bu özelliği gelir," dedi Aren.

"Aristo, MÖ 384 yılında Ege Denizi'nin kuzeyinde, Selanik yakınlarında bulunan Stageira'da doğdu. Stageira'da İyon kültürü egemendi. Hatta Makedonyalıların buraları istila ederek egemenlikleri altına almaları bile bu durumun değişmesini sağlayamadı. Bu nedenle Aristo'ya bir İyonya filozofu da diyebiliriz.

İyonya MÖ 12. ve 7. yüzyıllarda İzmir ile Büyük Menderes arasında bir kıyı bölgesiydi. O dönemde Efes, Milet, Foça önemli merkezlerdendi. Yunanistan'dan gelen Akalar tarafından kuruldu. Başlarda koloniler halindeyken daha sonraları bir devlete dönüştü. İyonyalılar sanata aşırı önem verdiler. Artemis Tapınağı onların eseridir. Hatta bugünkü Avrupa kültürünün temelleri bile İyonyalılara dayanır.

Aristo 17 yaşına geldiğinde öğrenimini tamamlaması için

Atina'ya gönderildi. Hayatının 20 yılını burada geçirdi. Atina'ya gelir gelmez Platon'un öğrencisi oldu, Akademi'ye girdi ve hocasının ölümüne kadar da burada kaldı.

Platon'un en çok sevdiği öğrencilerinden biriydi, çünkü Platon'un söyledikleri aklına yatmazsa hemen hocasına karşı savunmaya geçiyor ve ondan farklı düşündüğünü söylemekten çekinmiyordu. Platon, karşısında her şeyi aklıyla sorgulayan ve aklına yatmayan düşünceleri açıkça söyleyen bu öğrencisine hayran olmuştu, ona Yunancada akıl anlamına gelen Nous adını verdi, çünkü öğrencisi karşılaştığı her şeye akılcı yaklaşıyor, aklı ile yorumlar getirmeye çalışıyordu. Bu nedenle, ileri süreceği görüşlerden dolayı felsefede gerçekçiliğin babası ve mantığın öncüsü kabul edildi. Bununla birlikte Aristo mantığı, metafiziği, fiziği ve biyolojisi de, modern çağa kadar tek ve en büyük otorite oldu.

Daha sonra Assos'a geldi ve burada (bugünkü Çanakkale ilinde Behramkale) Lykeion'u (lise adı buradan gelir) kurdu. Kurduğu lisenin hedef ve amacı, gençlere siyasi bilgiler vererek onları siyasi açıdan yetiştirmek ve yöneticilere yol göstermekti.

Ününü duyan Makedonya Kralı II. Philip, onu 13 yaşındaki genç İskender'in (sonradan Büyük İskender diye anılacaktı) öğretmenliğini yapması için davet etti. Üç yıl boyunca, geleceğin Büyük İskender'i olacak gence dersler verdi. İskender, 16 yaşına bastığında babası tarafından kral naibi ilan edildi. Yani büyük halk kitlesinin karşısında II. Philip, kendinden sonra tahta İskender'in geçeceğini açıkladı. Bu olayla birlikte sarayda kendisine gerek kalmadığını düşünerek buradan ayrıldı.

Ruhu hep genç olsa da bedeni yaşlanmaya başlamıştı, yaşadığı bu kadar maceranın kendisine yeteceğini düşündü ve doğum yeri olan Stageira'ya geri döndü. Burada da üç yıl kaldı ve kendi başına bilimsel çalışmalar yaptı.

Sevgili öğrencisi ve aynı zamanda kralı İskender'in MÖ 323

yılında ansızın öldürülmesi üzerine çok güç duruma düştü, çünkü Lykeion'un kurulmasında İskender'in büyük desteği vardı. Aynı zamanda Hermenias için yazmış olduğu zafer türküsü, Atina'daki düşmanları tarafından hatırlanmıştı."

"Hermenias kim ve ona neden zafer türküsü yazıyor?"

"Güzel bir soru Aren. Anlaşılan Deniz hakkında öğrendiğim bilgiler, aklını başından almaya yetmemiş."

"Dalga geçmeyi bırakır mısın Alaaddin, şu an en çok öğrenmek istediğim, Deniz hakkında söyleyeceklerin. Anlattıklarını da sadece bu bilgiyi öğrenmek için dinliyorum."

"Can kulağı ile dinlesen iyi olur, çünkü Deniz Türkiye'de felsefe bölümünde okuyormuş ve yüksek lisansını da İslam Felsefesi üzerine yapıyormuş."

"Başka ne gibi bilgiler öğrendin?" diye sordu yerinde duramadan.

"Anlaşmamızı unutma!"

Alaaddin'in yüzündeki tebessüm kaybolsa da gözlerinin içi gülüyordu. Aren'i fazla merakta bırakmak istemediğinden anlatısına kaldığı yerden devam etti.

"Hermenias sarraf olarak iş hayatına atılmış, kısa süre içinde çok geniş toprakların sahibi olmuş, varlıklı birisiydi. Akademi'nin öğrencisiydi ve hocası Platon'un hayranıydı. Onun devlet yönetimine ilişkin önerilerini çok olumlu karşılıyor ve Platon'un önderliğinde daha iyi bir yönetim oluşturmak istiyordu.

Ayrıca Hermenias, Platon'un kurmuş olduğu Akademi'nin Assos'ta kolu olan bir okul kurmuştu. Platon'un ölümünden sonra Aristoteles bu okulda görev almış ve üç yıl boyunca burada çalışmıştı. Bir şeyi daha eklemek gerekiyor; Aristo bu arada Hermenias'ın yeğeni Pythias ile evlenmişti.

İşte bütün bunlar Atinalıların, Aristoteles'i dinsizlikle suçlamalarına yetiyor da artıyordu bile. Atinalıların, Sokrates'i ölüme mahkûm etmekle işlemiş oldukları suçu yinelememeleri için Aristo, Chalcis'e kaçtı.

Aristo daha sonra çok düşündü, Sokrates gibi cesur olup olmadığını sorguladı. Buna bir cevap buldu mu, onu bilemiyoruz ama Chalcis'te yakalanmış olduğu bir hastalık sonucunda MÖ 322 yılında öldü."

"Bir filozof olarak Aristo'nun en önemli özelliği neydi?" diye sordu Aren.

"Aristo'nun, bir filozof olarak en önemli özelliği, sağduyuya olabildiğince yakın bir düşünür olmasıydı, çünkü hem Platon'un idealarına hem de Demokritos'un maddi atom görüşüne karşı çıkmıştı."

"Atom, milattan önce de biliniyordu yani?"

"Evet, Aren. O dönemlerde bile atom biliniyordu. Demokritos'u da öne çıkaran zaten atomla ilgili görüşleriydi.

Demokritos'a göre tek gerçek, 'atomlar ve atomların hareketidir.' Atom ise 'bölünemeyen şey' anlamına gelir. Aynı zamanda o, 'Atomlar birbirleriyle aynı değildirler. Aynısı olsalardı, dünyada bu kadar farklılık olmazdı,' diyordu. Çevremizde bu kadar farklılık varsa bunlar atomların farklı olmasından kaynaklanıyordu.

Aristo için sağduyuya yakın bir filozoftur demiştim. Platon, her şeyi idealarla anlatırken, tüm duyular dünyasında ve etrafımızda gördüğümüz şeyleri yadsırken, Aristoteles bunun böyle olmadığını düşünüyor ve etrafında gördüğü bütün varlıkları gerçekçi bir şekilde inceliyordu. Aristoteles'in aklını sürekli, 'Gerçekten var olan nedir?' sorusu kemirip duruyordu, çünkü onun düşüncesine göre; ne idealar ne de atom her şeyi açıklamaya yeterliydi. Günlerce hatta aylarca, bir taraftan araştırma yapıyor, bir taraftan da sorusuna cevap arıyordu.

Artık kafasında birçok şey yerli yerine oturmuştu. Bir gün 'Gerçekten var olan nedir?' sorusunu yine kendisine sorduğunda, 'Şu görmüş olduğumuz tek tek nesnelerdir; şu insan, şu masa, şu ağaç gibi fertlerdir. Platon'un dediği gibi göremediğimiz idealar değil. Yani gerçek olan, dış dünyada gördüklerimizdir,' diyordu içinden kendisine cevap veren ses.

Platon öğrencisinin gözlerinde zekâsının parıltısını görüyordu. Zaten bu nedenle ona Nous dememiş miydi? Ona bu şekilde hitap etmek hoşuna gidiyordu. Platon idealar fikrini savunurken, onun görüşüne karşı çıkabileceği bir fikir bulmuştu Aristoteles. Artık rahatlıkla görünen varlıkların gerçekliğini savunabilirdi. Bu nedenle de Aristoteles, Platon'la sürekli tartışmalara girmeye başladı.

Platon, 'Tavuk fikri, tavuktan önce vardır,' diyordu. Bazı öğrenciler mırıldanarak hocalarının bu görüşünü onaylarken, Aristo daha yüksek bir ses tonuyla, 'Tavuğu görmeden zihnimizde bir tavuk fikri meydana gelemez. Yani tavuk önce var olmalı ki, biz onu gördüğümüzde beynimizde bir tavuk fikri oluşsun,' diyerek karşı çıkıyordu.

Aristoteles'in tavuk biçimi ile kastettiği şey, tavuğun özgün özellikleri olarak her tavukta var olan şeylerdi. Bu nedenle tavuğun kendisi ile tavuk biçimi, ruhla beden gibi birbirinden ayrılamazdı.

Platon ise ilk önce zihinde tavuk fikrinin olması gerektiğini, yoksa tavuğun bilinemeyeceğini söylüyordu. Eğer zihnimizde tavukla ilgili herhangi bir imaj yoksa karşımızdaki nesnenin tavuk olup olmadığını bilemezdik.

Bu tartışmalar günlerce sürüp gidiyordu. Diğer öğrenciler de Platon ile Aristoteles'in bu hoş çekişmelerini ilgiyle izliyorlardı.

Aristoteles'in ortaya attığı bu görüşler, öğrenciler arasında ve diğer ilim çevrelerinde de hayretle karşılanmış, yapılan bu eleştiriler kendi döneminde, günümüzün tabiriyle yeni bir çağın kapılarını aralamıştı.

O ana kadar Platon için gerçeklik aklımızla düşündüğümüz bir şey iken, yani soyut iken, Aristoteles için gerçeklik, duyularımızla algıladığımız somut bir şey olmuştu.

Aristoteles, yarattığı bu etkiden dolayı çok mutluydu. Fakat içinde hâlâ bir şeylerin eksikliğini duyuyordu. Biliyordu ki filozoflar yaşamın bütün alanlarıyla ilgileniyordu.

Bu amaç doğrultusunda doğayı incelemeye koyuldu. Kimi günler sabaha kadar yağmurun yağışını izledi. Yağmur neden yağıyordu? Yağdıktan sonra ne gibi faydaları vardı? Ya da faydası var mıydı? Doğada hiç kargaşa olmuş muydu? Mevsimler yer değiştirmiş, yağmur yağmaktan vazgeçmiş miydi? Kafasında o kadar çok soru vardı ki, bunlara cevap bulması gerekiyordu. Bıkmadan tabiatı takip etti, inceledi, inceledi...

Sonunda anladı ki, doğada bir nedenler silsilesi ve düzenlilik söz konusuydu. Kendince en önemli gördüğü nedene 'ereksel neden' dedi, çünkü ereksel neden en kapsamlı olanıydı.

'Erek, gerçekleştirmek için tasarlanan ve erişmek istenilen şey, amaç, gayedir. O halde ereksel neden de, temelde bulunan amaç; varılmak istenen amaca götüren nedendir. Öyleyse her şeyin bir nedeni vardır ve en önemlisi de ereksel nedendir,' dedi, kafasındaki soruların bir kısmına cevap vermenin huzurunu yaşıyordu.

Daha sonraki günlerde canlıları inceledi. Bir yandan da büyük bir merakla cansız varlıkları inceliyordu. Ağaçları, taşları bitkileri, her şeyi incelemeye devam etti.

Yine yağmurlu bir gündü. İkindiüstü yağmur bir süre yağmış, sonra sessizce dinmişti. Yağmurun ardından dolaşmaya çıktı. Zihnindeki soruların bir kısmı hâlâ cevapsızdı. O gün sokakta dolaşırken bir yandan da düşünüyordu, sokaktaki su birikintilerine bakıyor, sonra eğilip eliyle dokunuyor ve gökyüzünü inceliyordu. Bir ağacın yanında durdu. Ağacın dibi sudan iyice ıslanmıştı, bir köpeğin az önce başında durduğu su birikintisinden su içtiğini gördü ve bütün bunlardan, 'Yağmur yağıyor, çünkü bitkilerle hayvanların büyümek için yağmura gereksinimi var. Yağmur yağıyor, çünkü bitkilerle hayvanların yaşamlarını sürdürebilmeleri için suya ihtiyaçları var. Yani yağmurun yağmasının bir amacı var. O da hayvanlarla bitkilerin yaşamlarını sürmesidir,' fikrine ulaştı. 'Güneş doğmayı şaşırmıyor. Ay tam vaktinde çıkıyor gökyüzüne. Yağmur belirli miktarda yağdıktan sonra duruyor. Hayvanların bile görevleri var. Bu da evet, evet, doğadaki düzeni gösteriyor bize. Doğada bir düzensizlik söz konusu değil. O halde ben bunu insan bilgisine de düzenleyebilirim,' dedi.

Uykusuz gecelerinin meyvesini toplamaya başlamıştı artık. 'Doğadaki her şeyin, farklı gruplar ve alt-gruplar halinde bir araya geldiğini göstermeye çalışmalıyım,' dedi kendi kendine. İç huzuruyla liseye döndü.

'İnsan bilgisinde bu düzeni sağlayabilmemin yolu ise mantığı geliştirmektir. Bu nedenle de hangi çıkarımların ya da kanıtların, mantıksal olarak geçerli olduğuna ilişkin kesin kurallar öne sürmem gerekiyor. Hem gördüklerimiz de gerçek olduğuna göre şöyle bir önerme öne sürebilirim:

Bütün yaşayan varlıklar ölümlüdür.

Aristoteles, yaşayan bir varlıktır.

Bu iki cümleden çıkaracağım sonuç ise Aristoteles ölümlüdür olacaktır, görüşünü öğrencilere açıkladı. Bu görüş öyle beğenildi ki Aristoteles bu çalışmalarıyla mantığı bir bilim olarak kuran kişi oldu."

Alaaddin bakışlarını açık kapıdan görünen gökyüzüne yöneltti. Gökyüzünü süslemeye başlayan yıldızlara baktı.

"Deniz'le ilgili bilgileri, yıldızlara bakarak mı öğrendin?" dedi Aren gülümseyerek.

Alaaddin söylenenlerin şaka olduğunu bilmesine rağmen yüzünü hafiften astı. Konuşmasına ara verdi. Öylece yıldızları izlemeye koyuldu.

"Karanlık bir gecede, yolunu sana bulduracak olan yıldızlardır, Aren," dedi.

Bazen Alaaddin'in gizemli konuşmalar yaptığına şahit olsa da, Aren onların üzerinde durmuyordu.

"Gökyüzündeki yıldızları görüyorsun, değil mi Aren?"

"Evet, görüyorum. Görmemem için bir neden var mı? Hava bulutlu değil, yıldızların hepsi ışıklarını yansıtıyor."

"Bunu sormamın nedeni, Aristoteles yıldızlara farklı bir görev veriyordu. O, dünyadaki hareketleri, yıldız ve gezegenlerin yönettiğini düşünüyordu. Dünya küre biçimindeydi ve her şeyi içine alıyordu. Evrenin merkezinde de Yer vardı ve Yer hareketsizdi."

"Bu da bize gösteriyor ki daha o dönemlerde dünyanın kendi etrafında ve Güneş etrafında döndüğü bilinmiyordu?" dedi Aren.

"Evet, öyleydi o zamanlar. Ayrıca Aristo evreni de, Ay Üstü ve Ay Altı Evren olmak üzere ikiye ayrıyordu. Yer'den Ay'a kadar olan kısım, Ay Altı Evren'i, Ay'dan Yıldızlar Küresi'ne kadar olan kısım ise, Ay Üstü Evren'i oluşturuyordu.

Bu iki evren, yapı bakımından çok farklıydı. Ay Üstü Evren ve burada yer alan gökcisimleri, eterden oluşuyordu. Eter çok uçucu, renksiz ve kendine özgü kokusu olan bir sıvı, 'Lokman ruhu' diye tanımlanan bir maddedir. Eterin mükemmel doğası, Ay Üstü Evren'e ezeli ve ebedi bir mükemmellik sağlıyor. Buna karşılık, Ay Altı Evren her türlü değişimin, oluş ve bozuluşun yaşandığı bir evrendir.

Bu evren, yani Ay Altı Evren, ağırlıklarına göre Yer'in merkezinden yukarıya doğru sıralanan dört temel öğeden (Anâsır-ı Erbaa), yani toprak, su, hava ve ateşten oluşmuştur. Toprak diğer üç öğeye nispetle daha ağır olduğu için en altta, ateş ise daha hafif olduğu için en üstte bulunur.

Aristoteles'e göre bu öğeler kuru ve yaş, sıcak ve soğuk gibi birbirlerine karşıt dört niteliğin bireşiminden oluşmuştur.

Varlık biçimlerinin mükemmel olmaları veya olmamaları da, Yer'in merkezine olan uzaklıklarına göre değişir. Bir varlık Yer'e ne kadar uzaksa o kadar mükemmeldir. Bundan ötürü, merkezde bulunan Yer mükemmel olmadığı halde, merkeze en uzakta bulunan Yıldızlar Küresi mükemmeldir. Bu mükemmel küre aynı zamanda Tanrı, yani ilk hareket ettiricidir.

Kısacası Aren, Aristo gökcisimlerinin tanrısal bir doğaya sahip olduğuna inanmakla kalmıyor, onların canlı varlıklar olduğunu da kabul ediyordu.

Fakat bunun yanında, bir de gökyüzü cisimlerini hareket ettiren bir şey olmalıydı. Bu şeye Aristoteles 'ilk hareket ettirici' ya da 'Tanrı' diyordu. 'İlk hareket ettiricinin' kendisi hareket etmez ve o gökyüzündeki cisimlerin, dolayısıyla doğadaki her şeyin hareketlerinin 'ilk nedeni'dir. Yani hareketsiz bir hareket ettirici vardır, o da 'Tanrı'dır diyordu.

İlk hareket ettiricinin, hareketin meydana gelmesini istemesi, harekete sebep olur. Yani diğer bir ifadeyle, Tanrı'nın herhangi bir şeyin meydana gelmesini istemesi yeterlidir. Varlıklar da bu ilk hareket ettiriciye ne kadar yakın iseler o kadar mükemmel ya da ne kadar uzak iseler mükemmellikten o kadar uzaktırlar."

"Yani Aristo'da da Tanrı anlayışı vardı. Bu tanrı bir şeyin olmasını istediğinde oluyordu. Bu biraz da İslamiyetle benzeşmiyor mu?"

"Evet. İslam filozoflarını da etkileyen bu yanıydı Aristo'nun. İslamiyette de bir şeyin olması için Allah'ın 'ol' demesi yeterlidir. İnsan, aklından bir eylemi geçirir ve Allah'ın iradesiyle o hareketi gerçekleştirir. Tabii bu hareketin iyi ya da kötü olması, kişinin hangi hareketi yapmaya karar verdiğine göre de değişir.

Hatırlarsan Sokrates, insanın kendi kendini tanımasından bahsediyordu. Aristoteles de insanın kendini tanımasının yolunun topluluk içerisinde yaşamasından geçtiğini söylüyordu, çünkü insanın kendini tanıması dışında birçok başka şeye de gereksinimi vardı.

'İnsan, hayatını tek başına devam ettiremez. Yeme, barınma, korunma gibi birçok ihtiyacı vardır. Genelde de topluluklar halinde bulunur. Bu nedenle insan politik bir varlıktır. İnsanı çevreleyen bir toplum olmazsa insan gerçek anlamda insan olamaz,' diyordu.

İnsanın politik bir varlık olması nedeniyle de 'devlet' meydana geliyordu. Devlet ise ahlaki ve manevi gayelerle bir araya gelmiş insan toplulukları demektir. İnsan toplumsal bir canlıdır. Toplumu da aileler meydana getirir. Devletin yönetim şeklini ise devletin kanunları belirler. Devlet şekilleri, yani sistem ne iyidir ne kötü. Ancak iyi ya da kötü yönetimler vardır. Nasıl ki insanlar birbirlerine benzemiyorsa, devletlerin yönetim şekilleri de birbirine benzemez. Aristoteles iyi devlet türünden söz eder ve iyi devleti üçe ayırır:

Bunların ilki, devletin başında tek bir kişinin bulunduğu monarşidir. Yani bu devlet şeklinde devleti tek bir kişi yönetir ve idare eder. Bu devlet biçiminin iyi olabilmesi için, baştaki kişinin kendi çıkarları uğruna devleti kötüye kullanmaması gerekir.

İkinci iyi devlet biçimi ise aristokrasidir. Aristokrasi, devletin yönetiminin bir gurup liderin elinde bulunmasıdır. Bu devlet şeklinde de grubun iyi olması gerekir.

Üçüncü iyi devlet biçimi de, Aristoteles'in 'politeia' (politika) diye adlandırdığı günümüz demokrasi anlayışıdır."

"Yani bir noktada günümüzün seçimleri gibi değil mi?"

"Evet. Günümüzde, seçimle belirlenen yönetim şekli de diyebiliriz. Aristo bu yönetimi pek sevmez, çünkü bu yönetim biçiminin büyük bir tehlikesi vardır: Koca bir devletin, demokrasi yoluyla kolayca, cahil bir grubun eline verilmesiyle bir ayaktakımı egemenliğine dönüşebileceğini söyler.

Büyük İskender'in İslam Felsefesine Etkisi

"Hani sen Aristoteles'in İskender daha 13 yaşındayken ona öğretmenlik yaptığını söylemiştin ya."

"Evet," dedi Alaaddin ve anlatmaya devam etti.

"Büyük İskender, yani *Makedonyalı İskender,* Makedonya Kralı II. Philip'in oğludur. İskender, III. Alexander olarak da bilinir. Babası bir suikasta kurban gidince kendini kral ilan etmiştir.

İskender, babasının gerçekleştiremediği Asya Seferi hayalini gerçekleştirmek için Perslere savaş açtı. Bugünkü Bodrum'u (Halikarnasos) ve Milet'i (Miletos) geçerek Ankara'ya (Ankry) yöneldi. Sonra da bugünkü İskenderun'un olduğu bölgeye geldiğinde, dinlenmek için kamp kurdu. Bu yere bir şehir kurulmasını emretti. Şehre de kendi adını verdi. İskender'in doğduğu gece müthiş olaylar oldu ve bu hayatı boyunca sürdü. Mesela odasının penceresine iki kartal kondu. Göktaşı yağmuru oldu, Artemis Tapınağı yandı. İleriki zamanlarda ise Gordion'daki bir öküz arabasının öküzlerinin bağlandığı tahtaya bağlı, ucu gözükmeyen, çözülmesi imkânsız görünen düğümü kılıcıyla bir hamlede kesti. Sonra ordusunu Mısır'a doğru yöneltti, burada bir Tanrı gibi karşılanmıştı. Artık kendisini bir Tanrı gibi hissediyor, hatta babasının Zeus olabileceğini bile düşünüyordu. Hem Zeus Tapınağı'ndaki kâhin de kendisine 'Paidion' (oğlum) diyeceği yerde 'Pai Dios' (Tanrının oğlu) demişti.

Mısır'a muhteşem bir şehir inşa ettirdi. Şehre kendi adını verdi. 'Asya'nın efendisi olacağım. Pers-Makedon karışımı yeni bir ırk oluşturmalıyım,' hayalleriyle Hazar kıyılarına, oradan da Filistin, Afganistan ve Hindistan'a kadar uzattı imparatorluğun sınırlarını.

İskender'i zehirlediklerinde 33 yaşındaydı. İmparatorluğun sınırı o kadar genişlemişti ki, Yunan kültürü onunla birlikte Hazar Denizi'nden Filistin, Afganistan ve Hindistan'a kadar yayıldı. Pers-Makedon ırkı yaratamasa da, Yunan kültürüne yatkın, Doğu'ya özgü yeni bir soylu kesiminin ortaya çıkmasına neden oldu.

Seferleri sırasında yanında bilimadamlarını da götürüyordu. Onun kurduğu krallık sayesinde Eski Yunan Uygarlığı Doğu'ya yayıldı ve felsefe de bu genişleyen imparatorluğun sonucunda kendine düşen payı aldı."

"Artık sanırım benim derdimin ilacını da söyleme vakti geldi."

"Senin masal prensesinin nerede kaldığını öğrendim. Türk Mahallesi'nde Cabir adında birinin yanında misafir olarak kalıyorlar. Mustafa ve Kübra adında iki arkadaşı daha var yanında. Tatili geçirmek için gelmişler, fakat iki ya da üç gün daha kalıp döneceklermiş Türkiye'ye."

Aren duyduğu habere üzülmekle sevinmek arasında kararsız kaldı. Yarın cuma idi ve cuma günü Şam'da hayat dururdu. Müslümanların resmi tatiliydi ve genelde diğer işyerleri de Müslüman komşularına saygı duymak amacıyla cuma günleri işyerlerini açmazlardı. Zaten koca çarşıda tek başına dükkân açmanın da mantığı yoktu. Bu nedenle kendisi de cuma günleri işe gelmez, tatil yapardı.

Alaaddin bir kâğıt parçası uzattı. "Bu nedir?" diye sordu Aren, elini uzatıp kâğıdı alırken.

"Deniz'in kaldığı evin adresi," dedi yaşlı dostu.

"Sana danışmadan Cabir'i tanıyan bir arkadaşımla haber yolladım. İş için misafir Türklerle görüşmek üzere senin onları ziyaret edeceğini bildirdim. Cabir önce iş görüşmesine tepki göstermiş, senin ismin geçince Deniz gelmeni kabul etmiş."

"Peki bana söyler misin, onlarla nasıl bir iş görüşmesinde bulunacağım?"

Alaaddin böylesi safça bir soruyu beklemediğinden kahkahayı bastı, kahkahası dükkânın içini doldurdu.

"Deniz İstanbul'da okumasına rağmen aslen Maraşlıymış. Hedefin de Deniz olduğuna göre Maraş'ta gümüşçü dükkânının şubesini açmak istediğini, bu nedenle de sana yardımcı olup olamayacağını soracaksın. Yeterli değil mi sence bu kadar neden?" dedikten sonra gülmesine engel olmadı. Yarı şaka yarı ciddi, "Dikkat et, iş başka yönlere kaymasın! Hayatını tehlikeye atma!" dedi.

Aren bu son söylenenlere aldırış etmemişti, aklında kendini rahatsız eden başka bir düşünce vardı. Her şeyi doğru anladığına emin olmak istiyordu.

Sonunda bütün cesaretini topladı.

"Nerede yaşadığını bir kez daha söyler misin?"

"Maraş."

Aren'in bütün neşesi kaçmıştı, Alaaddin'in içinde bulunduğu durumu anlamasını istemediğinden yüz ifadesini hemen değiştirdi, tebessüm etmeye çalıştı. Ondaki değişimi fark etmeyen arkadaşı, sıcak çayını afiyetle yudumluyordu. Aren nasıl bir aşka düştüğünü düşündü gece boyunca! Deniz için bu kadar fedakârlığa değer miydi, hem de Deniz'in haberi olmadan!

Sabah erkenden kalktı, içinde bir huzursuzluk vardı, bir an Deniz'i unutmaya ve sıradan bir yaşam sürmeye karar veriyor, beş dakika sonra bu kararından vazgeçiyordu. Öğlene kadar kendi içinde savaştı durdu. Kahvaltıya da inmemişti, onun uyuduğunu düşünen Meline, tek başına kahvaltısını yapmıştı. Güneş iyice gökte yükselince Aren yatağından kalktı, dalgın bir halde giyindi, mutfağa gitti; bir şeyler atıştırdıktan sonra Meline'ye görünmeden evden çıktı. Cuma günü işyerleri tatildi. Deniz'in ve arkadaşlarının evde olacaklarını biliyordu. Türk Mahallesi'ne gittiği geceyi hatırladı; umutlarının boşa çıktığı ve elleri boş evine döndüğü gece... Şimdi ise heyecandan neredeyse nefesi duracaktı.

Kâğıttaki adresi, yoldan geçenlerden birine sordu. Kendisine işaret edilen evin kapısının önüne gelip durdu. İki katlı bir evdi bu. Kapıda durmuş, Deniz'in kendisini nasıl karşılayacağını hayal ediyordu. Daha fazla beklemeye tahammülü yoktu. Yavaşça kapıyı çaldı ve açılmasını beklemeye koyuldu. Şam'ın sıcak günlerinden biriydi, heyecanın da etkisiyle alnından terler boşanıyordu. Cebinden çıkardığı bir mendille terini silmeye başlamıştı ki kapının açılmakta olduğunu duydu.

    Kapıyı evin sahibi Cabir açtı. Bu ziyaretten memnun olmadığı asık yüzünden belli oluyordu. Gönülsüz de olsa kapıdan uzaklaştı ve Aren'i içeri davet etti. Dar bir holden geçtiler, küçük bir odaya girdiler. Aren bir süre bu odada tek başına durmak zorunda kaldı. Oda neredeyse bomboştu, sadece iki kanepe ve yerde Türk işi olduğu anlaşılan bir kilim vardı. Bu kısa bekleyiş kendisine uzun bir zaman gibi geldi. Kapı açıldı, önde Mustafa olmak üzere Deniz ve Kübra içeri girdi. Mustafa da Cabir gibi kendisini istemediklerini belli eden bir tavır takınmıştı. Deniz ve Kübra, misafirlerine hoş geldin dedikten sonra kapının karşısındaki kanepeye oturdular. Bir an ortamda sessizlik oldu. Sanki herkes Aren'in konuşmaya başlamasını bekliyordu. Özellikle de Mustafa kaşlarını çatmış, öfke dolu bakışlarla süzüyordu genç adamı. Aren kendini tanıttıktan sonra konuşmaya başladı: "Ben, biliyorsunuz, dünyaca ünlü bir gümüş dükkânının sahibiyim. İşimi büyütmek istiyorum. Bu nedenle de size bir iş teklifinde bulunmaya geldim," dedi Deniz'e. Mustafa istenmeyen misafirin bu sözleri üzerine ayağa kalktı. "Teşekkür ederiz, fakat biz ticaretten anlamayız. Siz iş adamısınız. Yapmayı düşündüğünüz iş için daha uygun insanlar vardır! Deniz'in gümüşle mümüşle uğraşacak vakti yok!" diyerek konuşmanın burada bittiğini ve Aren'in de kalkıp gitmesi gerektiğini ima ettiyse de Aren, Mustafa'nın bu tavrına tepki göstermedi ve Deniz'den bir cevap bekliyormuşçasına, karşısında oturmakta olan bayanın gözlerinin içine baktı. Mustafa bir süre bekledikten sonra istenmeyen misafirin kalkıp gitmeyeceğini anladı ve tekrar kanepeye oturmayı gururuna yediremeyerek odadan çıkmak zorunda kaldı.

Bu esnada ev sahibi Cabir, çayları ikram etmek üzere odaya girdi. İkramdan sonra tek kelime etmeden konuşmaları dinlemek için odanın bir köşesine çekildi.

Aren, "Deniz Hanım, Maraşlıymışsınız. Ben de orada bir şube açmayı düşünüyordum. Bu konuda bana yardımcı olur musunuz?" dediğinde alnından terler boşanıyordu. Odayı boydan boya kaplayan kilimle oynuyor, Deniz'in vereceği cevabı bekliyordu.

Cabir, "Bildiğim kadarıyla Deniz ticaretle hiç uğraşmadı. Bu işi kabul etse bile yapabileceğini sanmıyorum. Bence siz daha uygun kişiler bulun!" diyerek Aren'in teklifine olumlu bakmadığını belirtti.

Deniz kendisine yapılan teklif karşısında her kafadan bir ses çıkmasına sonunda dayanamadı. "Kusura bakmazsanız misafirimle bu konuyu baş başa konuşmak istiyorum," diyerek nazik bir şekilde arkadaşlarının odadan çıkmasını istedi. Cabir'le Kübra'nın canı sıkılsa da yan odaya geçmek için ayağa kalktılar.

Aren odada Deniz'le baş başa kaldıktan sonra derin bir nefes alıp rahatça koltuğa yayıldı.

Deniz, "Arkadaşlarımın davranışlarından dolayı senden özür dilerim," dedi.

Aren, Deniz'in sesinin ruhu okşayan hafif bir deniz dalgası gibi içinde gezindiğini hissetti. Bu anın bitmesini istemiyor, her an birinin içeri girerek bu büyüyü bozacağından korkuyordu. Kendine geldiğinde konuyu hızlıca anlattı karşısındaki güzel bayana.

Deniz, "Gümüşçülük işi güzel fikir ama ben bu zamana kadar ticaretle hiç uğraşmadım. Bu işi de elime gözüme bulaştırırım. Bence herkes bildiği işi yapmalı," dedi.

Aren, "O halde seninle şimdi bu evden çıkalım ve başka bir yerde konuşmamıza devam edelim, olmaz mı?" diye sorduğunda böyle bir teklifi beklemeyen Deniz, bir an ne diyeceğini bilemeden durdu. Aren'in bakışlarındaki çocuksu ışıltıyı gördüğünde teklifi kabul etmeme gibi bir şansı kalmamıştı.

"Fakat ben yolu bilmiyorum. Dönüşte kaybolma tehlikem var." Aren gülümsedi. "Merak etme, kaybolmana izin vermem."

Deniz hazırlanmak için müsaade istedi. Döndüğünde beyaz gömleğinin üstüne pembe bir ceket giymişti. Hızlı bir şekilde evden çıktılar. Onların birlikte evden çıkmasına en çok Mustafa sinirlendi. Sokağın sonunda kayboluncaya kadar arkalarından baktı. Daracık sokaklardan geçtiler; sokaklar nargile ve felafih kokuyordu. Kokuların birbirine karışması başlarını döndürse de yürüyüşten her ikisi de memnundu.

Konuşmaya ilk başlayan Aren oldu.

"Seni birkaç gün önce Emeviye Camii'nin önünde gördüm. Öyle çocuksu hareketlerin vardı ki uzun süre seni izledim. Öğleden sonra işyerime geldiğinizde bir rüya gördüğümü sandım. Mustafa'nın erkek arkadaşın olduğunu düşünüyordum. Olmadığını öğrenince..." Sözünün sonunu getiremedi.

Deniz bu cümlenin altında yatan gerçeği anlamasına rağmen güldü. "Mustafa benim fakülteden arkadaşım. Geziye o da katılmak istedi. Kübra, ben ve Mustafa böylece kendimizi burada bulduk. Fakat iki gün sonra dönüyoruz. Bizi bekleyen çok işimiz var."

Aren, "Evet, biliyorum, iki gün sonra gidiyorsunuz. Seni geç tanıdığım için de kendimi hiçbir zaman affetmeyeceğim," dedi.

Deniz, Aren'in kendisiyle böyle rahat konuşmasından pek hoşlanmadıysa da ne diyeceğini bilmeden sokakta adımlıyordu. Yanında yürüyen adam, hakkında hemen her şeyi biliyordu. Ani bir hareketle önünden geçmekte oldukları hediyelik eşya dükkânına girdi. Gördükleri karşısında küçük dilini yutacaktı. Türkiye'de son dönemde çıkan bütün dizilerin başrol oyuncalarının karikatür şeklinde hediyelikleri yapılmış, satılıyordu. Tişörtlerinden tutun da boy boy çerçevelenmiş fotoğraflarına kadar her şeyi bulmak mümkündü.

Sol tarafta ise İsa'ya ait ikonlar ve çeşitli haçlar bulunuyordu. Dükkân basık olmasına rağmen içinin dikkat çekici eşyalarla süslü olması, basık olduğunu unutturmaya yetiyordu. Dükkândan çıktılarında eski bir Türkçe şarkının Arapça çalındığı bir kafeye doğru adımladılar. Nargile kokusu bu kafeyi de sarmıştı. Bahçesine sandalyeler atılmış, isteyen dışarıda da oturabiliyordu. Merdivenlerden çıkıp içeri girdiler. Duvarda dönemin cumhurbaşkanı olan kişinin gülümseyen, gülümserken de selamlayan fotoğrafıyla karşılaştılar. Sağ tarafta kafese kilitlenmiş bir papağan, tam kafenin orta yerinde ise bazı akşamlar müşterileri eğlendirmek için meddah oyununun sergilendiği küçük bir alan bulunuyordu.

Kafe küçük olmasına rağmen müşterisi çok olan bir yerdi. Boş yer bulmakta zorlandılar. Nice sonra bir grubun gitmek üzere olduğunu gördüler. Birer çayla nargile siparişi verip boşalan masaya oturdular.

Deniz, "Çok güzel bir yer ama fazla vaktim yok. Arkadaşlarımı, şehri gezerken yalnız bırakmak istemiyorum," dedi.

Aren'in yüzündeki mutluluk gitmiş, yerini endişe almıştı. Deniz'den bir saniye bile olsun ayrılmak istemiyordu. "Gezeceğiniz yerleri ben sana gezdirebilirim. Arabam var. Senin için daha rahat olur."

"Teklifin için teşekkürler ama grubumdan ayrılmak istemiyorum. Hem sana da zahmet vermemiş olurum."

"Zahmet değil, eğer istersen seve seve gezdirebilirim. Ben de gezmiş olurum."

"Grupla dolaşsam daha iyi olacak. Vaktin olursa yarın akşam yediden sonra görüşebiliriz. O saate kadar işlerimizi bitirmiş oluruz."

Aren nargilesinden bir nefes alıp havaya savurdu. Gözlerinin içi parlıyordu. Deniz'in karşısında kendini küçük bir çocuk gibi görüyordu. Mutluluğunu bir türlü saklayamıyordu. "Tamam, o halde yarın akşam yedide seni Cabir'in evinden alırım. Rica ederim evde akşam yemeğini yeme. Birlikte yiyelim."

Deniz de nargilesinden bir nefes çekti. "Peki, o halde akşam yedide görüşürüz."

"Kalkıyor musun, şimdi?"

"Evet, gitmem gerek! Yarın için hazırlık yapmalıyım. Şehri gezmek için erken kalkıyoruz. Biliyorsun, senle dışarı çıktığımı da hiçbirine söylemedim."

"Ne o, arkadaşlarının sana kızmasından mı korkuyorsun?" dedi Aren. Bu sorulan soruya canı sıkılsa da Deniz cevap vermedi. Masadan kalktı. Aren de arkasından yürümeye başladı.

Türk Mahallesi'ne geldiklerinde Deniz, "Tanıştığımıza memnun oldum," diyerek elini uzattı. Aren yumuşak bir şekilde Deniz'in elini sıktı. Elini bırakmak istemiyordu ama Deniz'i ürkütmemeliydi. Aren, Deniz'in gitmesiyle birlikte karanlık sokakta tek başına kaldı, yarın akşamın bir an önce gelmesi için dua etti.

Deniz gece boyunca, kendisine çok samimi davranan Aren'i düşündü, onun bakışlarından endişelendiğine karar verdi. İlk defa gördüğü bir erkeğin, kendisini yıllardır tanıyormuşçasına davranması hoşuna gitmiyor değildi ama bakışlarındaki ışıktan korkuyordu.

Aren ise bir an önce sabah olmasını isteyerek uykuya daldı. Güneş doğmak üzereyken uyandı, tıraş oldu; parfümünden süründü. Elbise dolabının başında akşam hangi takımı giymesi gerektiğini düşündü durdu.

Kahvaltı yapmadan işyerinin yolunu tuttu. Alaaddin'in kendisini kapıda beklediğini gördü. İçeri geçip oturduklarında heyecanla, "Ne yaptın? Dün görüşebildin mi Deniz'le?" diye sordu. Aren karşısında kendinden daha heyecanlı duran yaşlı adama gülümseyerek baktı. "Seni benden daha heyecanlı görüyorum."

"Anlatacak mısın? Meraktan çatladım."

"Dün görüştüm. Bugün akşam yemeğine gideceğiz."

"Hadi bakalım, sana bol şans. Kadınlar güvercin gibidir. Ürkütmeye gelmez. Ona göre davran!"

"Nasıl sabırlı olmamı bekliyorsun, iki gün sonra gidiyor."

"Acele edersen, dostluğunu bile kazanamayacaksın. Senden nefret etmesini mi istiyorsun? Kuşu ürkütürsen uçar gider. İki gün sonra gitmesi onu bir daha hiç görmeyeceğin anlamına gelmez. Bu şekilde düşünerek hareket edersen, kazanmadan kaybedeceksin."

Aren, Alaaddin'in doğru söylediğini biliyordu, fakat içindeki ses bir türlü susmak bilmiyordu. Acele etmezse Deniz'i ömrü boyunca kaybedeceğinden korkuyordu. Akşama kadar neler yapabileceğini düşündü. Buluşmaya giderken bir demet çiçekle mi gitmeliydi, yoksa güzel bir yüzük mü hediye etmeliydi? Takım elbise mi daha iyi olurdu, yoksa spor mu giyinmeliydi? Ne yapacağını bilmez halde dükkânın içerisinde dolandı durdu. Başına ağrılar girdi.

Saat altı gibi eve geldi. Takım elbisenin içinde fazla ciddi görüneceğini düşündü, takım giymekten vazgeçti. En iyisi spor olmaktı; üstünü değiştirmedi. Siyah, son model arabasına binip vaktin geçmesini ve saatin yediyi göstermesini bekledi. Çiçek ya da yüzük de almadı. Acele etmek istemiyordu. Ama iki gün içerisinde de Deniz'i kendisine nasıl âşık edebileceğini düşünmeden edemiyordu. Her konuda kararsızdı, en sonunda işi akışına bırakmaya karar verdi. Şam sokaklarında arabasıyla dolaşırken saatin yediye gelmekte olduğunu gördü. Türk Mahallesi'ne gitmek için yolunu değiştirdi. Daracık yollardan geçip Cabir'in evinin önüne geldiğinde Deniz'in kendisini kapıda beklemekte olduğunu gördü. Asık suratından moralinin bozuk olduğu anlaşılıyordu. Arabayla önünde durdu ve arabanın açık penceresinden, "Güzel bayan, birini mi bekliyorsunuz?" diye seslendi.

Deniz zoraki bir gülümsemeyle karşılık verdi. Moralinin bozuk olduğunu belli etmemeye çalışıyordu. Uzun saçlarını topuz yapmıştı, kısa ceketinin altına da mavi bir kot giymişti. Spor ayakkabısı ise onun çevik vücudunun göstergesi gibiydi.

Deniz neşeli görünmeye çalışarak arabaya bindi, araba dar sokaklardan geçip şehrin merkezine doğru ilerledi. Her ikisi de susuyordu. Bu sessizliği Aren, "Arkadaşların benimle yemeğe çıkacağını duyduklarında nasıl tepki verdiler?" diye sorarak bozdu. Deniz ne diyeceğini bilemeden birkaç saniye sessiz kaldı. "Seninle yemeğe çıkmamda ne gibi bir sakınca var ki? Neden sana karşı bir tepki göstereceklerini düşünüyorsun?" diye sordu. Aren, Deniz'in bu cevabı üzerine gülümsediyse de, "İstersen böyle şeyler konuşarak moralimizi bozmayalım," dedi.

Araba lüks bir lokantanın önüne geldiğinde durdu. Park görevlilerinden biri kapıyı açtı. Anahtarı aldı ve arabayı park etmek için yanlarından uzaklaştı. Aren'i tanıdıkları belliydi. Kimle karşılaşsalar selam vermeden geçmiyordu.

Pencere kenarındaki masalardan birine oturdular. Suskunlukları uzun sürdü. Diğer müşterilere bakıyorlar, birbirlerinden uzakta gibi oturuyorlardı. Deniz sürekli bakışlarını kaçırıyor, göz göze gelmek istemiyordu. Kaçamak bakışlarından birini yakaladı Aren. Gözlerini kaçırmak istediyse de yapamadı. Yanlarına gelen garsona yemek siparişini verdiler. Yemeklerin gelmesi bile sessizliği bozmaya yetmedi. Her ikisi de çekingen halde yemeklerini yediler. Arada göz göze geliyorlarsa da, çatal ve kaşık sesinden başka bir ses duyulmuyordu. Yan masadan gelen kahkaha sesleri bile onların konuşması için yeterli bir neden oluşturamadı. Yemekten sonra lokantadan ayrıldılar. Gecenin karanlığı, şehrin üstüne çökmüştü. Yıldızlar tek tük görünüyordu gökyüzünde. Arabaya bindiler, Aren ayrılık anının gelmesini geciktirmek istiyordu. Deniz yanındayken bütün endişeleri kayboluyor, ruhu huzur doluyordu. Eve gitmek yerine arabayı sakin bir yerde durdurdu. "Neden durduk, araba mı bozuldu yoksa?" diye sordu Deniz. "Hayır, araba falan bozulmadı, seninle belki biraz yürüyüş yaparız diye düşündüm," dedi Aren hafif utanarak.

"Evet, iyi olurdu ama biliyorsun yarın akşam Maraş'a dönmek için yola çıkacağız. Valizimi hazırlamam gerek. Eve dönsem iyi olacak."

Bu akşamı sadece susmak için mi beklemişti? Aren içindeki umudun yitip gittiğini, ellerinin arasından kaydığını hissediyordu. Deniz'in gözlerine baktı. Göz göze geldiklerinde Aren içinde bulunduğu anı değerlendirmek için yavaş bir hareketle Deniz'in dudaklarına yaklaştı, nefesini nefesinde hissetti. Hafifçe dudaklarına dudaklarıyla değdiği anda Deniz, beklenmedik bir hareketle Aren'i hafifçe kendinden uzaklaştırdı ve arkasından bir tokat attı. Neye uğradığını anlayamadı genç adam. Yaptığına pişman olmuştu ama iş işten çoktan geçmişti.

"Lütfen, beni eve bırakır mısın!" dedi Deniz sesi titreyerek. Aren ne söyleyeceğini bilemiyordu. Öylece duruyordu. Pişmanlığını dile getirecek olan sözcükler aklından uçup gitmişti. Aşkını bir türlü ifade edemiyordu. Donuk halde arabayı çalıştırdı, dudaklarından kesik kesik anlaşılmaz sözcükler dökülüyordu, "Deniz, Deniz," diyor arkasını bir türlü getiremiyordu. Cabir'in evine yaklaştıklarında genç kıza bakınca gözlerinden yaşların sessizce akmakta olduğunu gördü. Evin önünde durduğunda dudaklarından sadece "üzgünüm" sözcüğü çıktı. Deniz sessizce arabadan indi. Aren ne yapacağını bilemez halde kaldı orada. Böyle bir hatayı nasıl yaptığını hâlâ aklı almıyordu. İşte kaybetmişti sonunda! Deniz eve girip de gözden kaybolunca Aren çılgına döndü, nereye gideceğini, kime gideceğini bilemedi.

Kendini eve zor attı.

Aren cam kırıklarına basmadan üstünü giyindi. Meline'ye bir şey söylemeden evden hızla çıktı. Alaaddin'i bulmalı, Deniz gitmeden son bir defa onu görmeliydi. Yaptığından bin pişman olduğunu anlatmalı, ondan kendisini affedip bir kez şans vermesi için yalvarmalıydı. Emeviye Camii'nin önü kalabalıktı. Mutlaka yabancı ülkelerden birinden bir bakan ya da bakan düzeyinde biri gelmişti. Alınan tedbirler de onun içindi. Etrafıyla ilgilenmiyordu, kimin geldiği de umurunda değildi. Bu halde zaten dükkânı açamazdı. Kendini tanıyan birine yakalanmadan Alaaddin'in dükkânına girdi. Gözleri kızarmış, saçı başı dağınık halde çıktı Alaaddin'in karşısına. Olanları anlamakta zorlanmadı yaşlı adam. Genç arkadaşının nasıl bir hata yaptığını rahatlıkla tahmin edebiliyordu.

Ağlayan, yalvaran gözlerle baktı Aren. Alaaddin hiçbir şey söylemeden karşısında duran perişan haldeki arkadaşına baktı. Fakat yapılacak herhangi bir şey de kalmamıştı.

Deniz gecenin yarısı ağlayan gözlerle eve girdiğinde odadaki herkes ne olduğunu aşağı yukarı tahmin etmiş, sabah erkenden de yola çıkmışlardı. Yani Deniz, Şam'ı bu sabah terk etmişti.

Alaaddin, genç adamın sakinleşmesini bekledi. Deniz'in şu an

Şam'dan çok uzakta olduğunu nasıl söylemesi gerektiğini düşündü. Bunu ona uygun bir dille söylemeliydi. Bu nedenle de aklını başka bir konuya çekmesi gerekiyordu.

Aren ne yapacağını bilemiyordu. Başını ellerinin arasına almış, yere bakıyordu. Oturduğu yerden kımıldamıyor, olduğu gibi duruyordu.

Yaşlı dostu, "Sana verdiğim öğüdü tutmayıp acele ettin. Oysa âşığın en büyük silahıdır sabır. Aceleci davranırsan karşındakini ürkütürsün. O, senin onu ne kadar sevdiğini bilmez. Bilmediği için de yaptığın hareketleri farklı yorumlar. Kendini tanıtıp sevdirmen için de sabır silahını kullanmayı bilmeliydin."

"İyi de Alaaddin, ruhumdaki acıyı hangi ilaç dindirecek? Lütfen, ne söyleyeceksen çabuk söyle. Oyun oynayacak vaktim yok."

Yaşlı adam, karşısında çaresiz duran Aren'in nasıl acı çektiğini gözlerinden anlıyordu. Fakat, "Yine mi acele davranacaksın Aren? Bizde bir atasözü vardır: 'Acele işe şeytan karışır,' derler. Zaten şu an içinde bulunduğun duruma aceleciliğin yüzünden düştün. Sabretseydin, bu işler başına gelmezdi," dedi, kızgınlık belirten bir ses tonuyla.

Aren, yapısı gereği aceleci bir insan olduğunu her zaman kabul ederdi. Olacak işlerinin bile bu aceleci yapısından dolayı sarpa sardığını, bunu kaç kez yaşadığını biliyordu. Elinden gelen bir şey de yoktu. Huyunu bir türlü değiştiremiyordu. Ama bu defa karşısındaki yaşlı adamı dinleyecekti.

"Peki, bundan sonra seni dinleyeceğim ve öğütlerini tutmaya çalışacağım," dedi.

"Senin için zorlu bir dönem başlıyor. Bu zorluklar, hem kendini tanıman hem de aşkının gerçek olup olmadığını anlaman açısından sınav niteliğini taşıyor. Fakat bu konuya sonra döneceğim."

Başı önde, gözlerinden yaşlar akarak dinliyordu genç adam.

"Senin için bugünden sonra nasıl yeni bir dönem başlıyorsa Büyük İskender'den sonra da felsefe için yeni bir dönem başladı. Bu döneme Yeni Platonculuk denilir. Sen Deniz'e nasıl âşıksan Büyük İskender de Doğu ve Batı'yı birbirine bağlamak düşüncesine âşıktı."

"İyi de bunun konumuzla ne alakası var, Ben Deniz'le nasıl barışabilirim diye düşünürken sen tutmuş bana felsefeden bahsediyorsun. Şu an felsefe dinleyecek durumda değilim."

İhtiyar adamın öfke dolu bakışlarını gördüğünde verdiği sözü ne çabuk unuttuğunu fark etti. Alaaddin sadece sert bakışlarla bakmakla yetindi, kaldığı yerden sözüne devam etti.

Hellenizm

"Hatırlarsan, Aristoteles İskender daha 13 yaşındayken ona öğretmenlik yapmıştı. İskender tahta çıktıktan sonra da ilişkileri devam etti.

Aristo'nun ölümünden sonraki ilkçağ felsefesine Hellenizm ya da Roma Felsefesi denir. Hellenizm, Büyük İskender'in Asya seferi sonucu Doğu ile Batı uygarlığını harmanlanmasının meyvesi olarak ortaya çıktı. İskender, Asya seferleri sırasında İskenderiye şehrini de kurdu. İskender'in, İskenderiye'yi kurması ve şehrin hızlı bir şekilde büyümesi sonucunda, bilimin merkezi Atina'dan İskenderiye'ye kaydı. Burası, ilkçağın son dönemlerindeki tüm ünlü bilginlerin toplandığı ya da yetiştiği kent oldu.

Bu dönemde İskenderiye, ilkçağın en büyük kütüphanesine, bitki ve hayvanat bahçelerine sahipti. Aynı zamanda o dönemin tıp merkezi olarak da gelişti.

Hellenizm'in farklı bir anlamı daha vardı ki o da, 'Doğu Akdeniz çevresinin Hellenleşmesi, yani kültürce Yunanlılaşması' sürecidir. Tabii bu arada Yunan felsefesi de karşılaştığı Doğu dünyasından etkilendi. Etkilenmesi doğal bir durumdu, çünkü bu dönemin başlıca düşünürleri, Grekçe yazan Doğululardı. Burada da temel yine Yunan felsefesiydi; içine kökleri Doğu'da olan birçok düşüncenin karıştığı bir Yunan felsefesi.

İşte bu dönemde yeni bir ekol ortaya çıkmaya başladı. Neoplatonculuk ya da Yeni Platonculuk denilen bu akım MÖ 3. yüzyılda ortaya çıkan, Platon ve Aristoteles öğretilerini uzlaştırarak yeni bir görüş ortaya koyan felsefi bir akımdı.

Bu akımın yapmaya çalıştığı şey ise Platon felsefesini hem Pisagor ve Aristoteles felsefeleriyle, hem de Stoacı öğretiler ve dönemin dinsel inançları ile (özellikle Doğu dinleri ile Hıristiyanlık) harmanlamaktı.

Stoacılar

"Stoacılık nedir Alaaddin?" dedi Aren, yaşlı dostunu dinlediğini göstermek istercesine. Az önce onu sinirlendirdiğini de biliyordu. Soruyu duyan Alaaddin gülümsedi.

"Stoacı öğreti, Zenon isimli düşünür tarafından kuruldu. Zenon, okulunu Atina'da Stoa Poikile denilen yerde kurdu. Kelime anlamı olarak Stoa, 'antik kentlerde üzeri kapalı yaya yolları' anlamına gelir. Okulun bu adla anılmasının sebebi de budur.

Aren acı içinde kıvranmayı bırakmış, yaşlı dostunu dinliyordu. Bunları Meline'den çok dinlemişti ama Alaaddin'den de dinlemezse kendisine yardımcı olmayacağını biliyordu. Yaşlı arkadaşının bildiği bir şeyler olduğunu seziyordu. Deniz aklından tamamen çıkmış, kendisini anlatılan konuya kaptırmıştı.

"Peki, Stoacıların felsefi görüşleri nelerdir?" dedi.

"Stoacılar doğaya uygun yaşamayı felsefi görüş olarak benimseyerek dünya vatandaşlığını savunmuşlardır. Mutluluğun dış koşullara bağlı olmaması gerektiğini ileri sürdüler. Yani bir insan mutlu olacaksa, bu içinden gelmeliydi. Dışarıdan herhangi bir etki altında kalmamalıydı."

Yaşlı adam anlatısını burada bitirdi. Aren kendisine verilecek öğüdü duymaya sabırsızlanıyordu. Aslında kendisine anlatılan bu felsefe oyunundan da pek şikâyetçi değildi. Ne de olsa sonunda âşık olduğu kıza ulaşacağı yol söylenecekti.

Alaaddin genç dostunu daha da meraklandırmadan anlatacaktı, fakat ondan önce söylemesi gereken bir şey olduğunu hatırladı. "İslam dünyası," diye konuşmasına başladığında Aren heyecanla ayağa fırladı ve yaşlı dostuna Deniz'e nasıl ulaşacağını söylemesi gerektiğini hatırlattı.

Yaşlı adam ise oğlu gibi sevdiği genç adamın heyecanını anlayışla karşılayarak mütebessim bir yüzle, "Evet, haklısın! Ama ondan önce sana felsefenin Doğu'ya nasıl kaydığını anlatmam gerek. Bu Deniz'le ilgili çünkü... Onu etkilemek istiyorsan az çok bu konu hakkında da bilgin olması gerek," dedi Aren sessizce yerine oturdu.

Felsefe İslam Dünyasına Giriyor

"Suriye, Basra ve Küfe'de yaşayan Müslüman Araplar, Yahudiler, Hıristiyan ve İranlılarla kaynaşmaya başladı. Bu kaynaşmanın etkisiyle, kültür ve düşünce alışverişi Abbasiler devrinde (750-1258) geniş bir tercüme faaliyetini doğurdu. Büyük kısmı Batı'dan olmak üzere, Doğu'nun (Hint ve İran) büyük fikir hareketleri İslam dünyasına girmeye başladı.

Yunan felsefesi, İslam dünyası üzerindeki etkisini doğrudan değil Hellenistik Felsefe, yani İskenderiye yolu ile oluşturdu. O dönemde Urfa (Edessa), Nusaybin (Nisibe), Harran, Cundeşapur ve Antakya dönemin başta gelen bilim ve kültür merkezleriydi.

Abbasiler dini ilimlerin yanında akli ilimlere de ayrı bir önem verdiler. Bu dönemde Süryanice, Yunanca ve Farsça bazı eserlerin Arapçaya çevirisini üstlenen kişiler teşvik edildi. Özellikle Halife Mansur (753-775) döneminde, söz konusu çeviri faaliyetleri çok ciddi bir tarzda gelişme gösterdi.

Harun Reşid (886-908) ve Memun (813-833) zamanlarında ise İslam felsefesine malzeme olacak önemli eserler, sistemli bir çeviri faaliyetiyle Arapçaya kazandırıldı. Bunun sonuncu Abbasi halifesi, Bağdat'ta Beytü'l-Hikme (Felsefe Evi) adı verilen bir akademi kurdu. Bu ev, İslam felsefesinin kurulup gelişmesinde çok önemli bir etkiye sahiptir."

Beytü'l Hikme

"Beytü'l Hikme kurulduktan sonra çok zengin bir kütüphane oluşturuldu. İmparatorluğun çeşitli bölgelerinden ücretli Müslüman ve Hıristiyan âlimler getirildi. Şiir, tiyatro ve tarih konuları hariç diğer bütün alanlarda orijinal Yunanca metinler Arapçaya tercüme edildi. Tercüme önce Yunancadan Süryaniceye, Süryaniceden de Arapçaya oluyordu. Bunun sebebi de, Süryanice konuşan Hıristiyan toplulukların Arapçadan çok Yunanca öğrenme eğiliminde olmalarıydı. Müslüman âlimlerde de durum pek farklı değildi. Onlar da Yunanca öğretmektense, Arapçaya yakın olan Süryaniceyi öğreniyorlardı. Ayrıca Beytü'l Hikme'de on farklı dil kullanılıyor ve bu on farklı dilde tercümeler yapılıyordu. Yunanca elyazması kitapları istemek için, Bizans İmparatorluğu'na elçiler bile gönderiliyordu.

Burada görev yapanlardan Kindî'yi, cebirin babası olan Harezmi'yi sayabiliriz. Beş yüz yıla yakın Bağdat'ın ve dünyanın ilim ve kültür merkezi olan Beytü'l Hikme, Moğolların saldırısı sonucunda yıkıldı."

"İşte Aren, böylece felsefe İslam dünyasına girdi. Şimdi sen de

Deniz'in peşinden Maraş'a kadar gideceksin. Aşk, ilme benzer. Işığı nerede görürse oraya gider. Işığa ulaşmak isteyenler, âşıklar, onun peşinden koşar. Aşkın gözü kör olduğu gibi ilmin de gönlü delidir," dedi.

"Maraş'a mı gideceğim?"

"Eğer kendini sevdiğin kadına affettirmek ve gönlünü kazanmak istiyorsan evet, genç adam. Maraş'a gideceksin. Böylece bir felaketin yaşanmasını önlemiş olacaksın!"

"İyi de Deniz buradayken neden Maraş'a gitmem gerekiyor?"

"Çünkü Deniz ve arkadaşları bu sabah Şam'ı terk etti." Aren bunu duyduğunda neredeyse düşüp bayılacaktı. Kendisini zor tuttu. Eğer bu sabah apar topar gitmişlerse bu gidişlerinin dün akşamla yakından ilgisi olmalıydı. Yoksa daha iki günleri vardı.

O halde mecburen gitmesi gerekiyordu. Yıllar sonra bu günleri hatırladığında içindeki yaranın kanamasını istemiyordu. Gidecek ve şansını deneyecekti. Bu fikre aslında sevinmişti sevinmesine ama bunu Meline'ye nasıl açıklayacaktı. Yıllarca her yeri gezmişti, biliyordu ki Maraş, bir yandan da rüyalarının şehriydi. Çünkü kendisi bir Suriye Ermenisi olmakla birlikte yıllar yıllar önce dedelerinin dedeleri Maraş'tan Şam'a göç etmişti. Atalarının yaşadığı şehir olmakla birlikte Ermenilerin, prenslik kurdukları tek yer de Maraş'tı. Bu yaşına kadar nedense Maraş'a gitmek gibi bir fikir de aklına gelmemişti. Giderse hem atalarının yaşadığı yerleri görebilecek, hem de sevdiği kıza kendini affettirmenin yollarını bulacaktı.

O bunları düşünürken yaşlı adam karşısındaki gencin dalgın halinden endişe duyuyordu. Hayat dolu genç, bir gecede çökmüş; adeta yaşlanmıştı.

Aren uzun bir sessizliğin arkasından, "O halde yarın yola çıkacağım," dedi. Alaaddin o ana kadar cebinde sakladığı kâğıdı çıkardı ve aşkı için yollara düşecek olan genç arkadaşına sıkıca sarıldı. Gözlerinden birkaç damla yaş süzüldü. Elinde tuttuğu kâğıdı genç dostuna uzattı. Kâğıtta Deniz'in nerelerde olabileceği hakkında bilgiler vardı. Yaşlı adam, Aren'in dedesiyle çektirdiği fotoğrafın altında durdu. "Dedenin sana söylediklerini de unutma sakın!" dedi.

Aren o an Deniz'in Türkiye'de kullandığı telefon numarasını aldığını hatırladı, ani bir hareketle cebinden telefonunu çıkardı ve numaranın durup durmadığına baktı. Durduğunu görünce derin bir nefes aldı.

Alaaddin'in söylediklerini gene duymamış gibiydi. Yaşlı adama teşekkür ederek evinin yolunu tuttu.

Aren sabah erkenden uyandı ve gün boyunca hazırlıklarını yaptı. Çantasını hazırlarken aklına Meline'nin kimseye dokundurmadığı, yıllardır gözü gibi sakladığı, dedesinin elyazması kitabı aklına düştü. Birden Alaaddin'in işyerinden çıkmadan önce kulağına çarpan sözler geldi aklına. Yaşlı adam, dedesiyle yıllarca dostluk yapmış ve dedesi onu bu yaşlı adama emanet etmişti.

Defterde ne olabilir ki, diye düşünse de otobüse yetişmesi gerekiyordu. Sessizce odasından çıktı, gürültü yapmadan Meline'nin çalışma odasına girdi. Kasanın şifresini çocukken dedesinden duymuştu. Bir an şifreyi hatırlamaya çalıştı. Şifreyi doğru hatırladığına emin olduktan sonra tuşlara bastı, kasanın kapısı açıldı. Elyazması kitap, kasanın bir köşesinde sessizce duruyordu. Elini uzatıp aldı, kasayı aynı sessizlikle kapadı.

Dedesine ait olan ve çok küçükken kendisine birkaç sayfasını okuduğunu hatırladığı kitap şimdi Aren'in elindeydi. Fakat dedesinin kitaptan neler okuduğunu hatırlamıyordu. Sayfalarını açıp karıştırmaya cesaret edemedi. Gözlerinin önüne çocukluğu geldi. Dedesiyle gittiği mağara... Tüylerinin diken diken olduğunu hissetti. Elyazması kitaba baktı, hızlı adımlarla odadan çıktığında nefes nefese kalmıştı. Odasına gelince kapısını örttü, kapıya yaslandı. Dedesini bir öğleden sonra annesinin çalışma odasında, kanepeye uzanmış bir halde son nefesini verirken hatırladı. Çocuk aklıyla anlayamadığı sözcükler dökülüyordu dudaklarından: "Sen seçilmişlerdensin, Aren! Bir erkek ve bir dişi laneti çözecek!" demişti. "Dede ne laneti?" dediğinde dedesi son nefesini vermiş, söylediklerini duymamıştı. Duysaydı, mutlaka cevap verir, küçük aklını merakta bırakmazdı.

Dedesinin son nefesinde söyledikleri aklına düştükçe annesine sorduğunda Meline, "Yaşlı bunak, ne dediğini bilmiyor. Unut gitsin Aren, bir daha da hatırlama," diyordu sinirli bir tavırla. Az bir zamanı kalmıştı, kitabı çantasına koydu ve evden ayrıldı.

Şam'dan Hatay'a giden otobüse bindiğinde onun şehri neden terk ettiğini, karanlık gecede pencerenin arkasında kendine el sallayan yaşlı arkadaşından başkası bilmiyordu. Otobüs tüm yolcularını almış hareket edecekken ön koltukta oturan orta yaşlardaki kadının çığlığıyla herkes daldığı düşüncelerden sıyrıldı. Hafif kilolu, kısa saçlarıyla arkadan bakıldığında genç bir delikanlı görünümü veren, yüzü makyajsız ve uykulu olduğu bakışlarının çöküklüğünden anlaşılan kadın, ellerini havada savurarak, "Kocam yok, kocam yok! Onu almadan gitmeyin!" diye feryat figan ediyordu.

Teni güneşte yanmış, uzun boylu, zayıf şoför ise dişlerini saklayarak gülüyordu. Fayiz adındaki bu genç şoför, kadının çığlıklarına gülmekten uzun süre cevap veremedi. "Kadın, kocan nerede? Otobüsün hareket edeceğini bilmiyor mu?" diye sert bir tavırla konuşmaya çalışıyorsa da başarılı olamıyordu.

Otobüsteki bütün yolcuların kendisine bakıp gülmesine aldırmayan kadın, "Ayran alıp gelecekti," diyebildi. Bu sırada otobüsün açık kapısından göbeği kendinden önde giden, pala bıyıklı, kısa boylu, beyaz tenli bir adam göründü. Kadının sakinleştiğini gören Fayiz, "Kocan bu mu ey kadın?" dedi.

Olaylardan habersiz olan kadının kocası konuşmaya karıştı, "Evet, benim ne olmuş?" diye şoföre çıkıştı. Beklenen yolcu da otobüse binince, otobüs karanlık gecede yol almaya başladı.

Yolcuların kimisi uyumuş, kimisi televizyonda oynatılan filme dalmıştı. Aren ise eli yanağında, gözlerinden akan yaşı, yanında uyumakta olan genç adamdan saklamaya çalışıyordu.

Hama'yı geçtiklerini gecenin karanlığında zor da olsa gördüğü yel değirmeninden anlamıştı. Gözlerinin önüne Deniz geldiğinde kalbinin yerinden çıkacak kadar atmasına bir anlam veremeyen genç adam, otobüste uyuyan yolculara bakmış, bu otobüste ne işi olduğunu kendine sormadan edememişti. Eğer Alaaddin'in vermiş olduğu öğüdü tutup da aceleci davranmasaydı, şu an bu yolculuğu yapmasına gerek kalmayacaktı belki de. Deniz dönüşünü erteleyebilir, birlikte Şam'ın gizli kalmış tarihinde gezintilere çıkabilirlerdi.

O bu hayallerle yolculuğunu tamamlamayı düşünürken otobüs bir köprünün üstünde durdu. Yolcuların bir kısmı gürültülü konuşmalardan uyandı. İki otobüs şoförü kendi aralarında bağırarak konuşuyordu. Yol çalışma ekibinde bulunan güvenlik görevlilerinden biri otobüsün yolunu kesmiş, karşıdan gelen otobüse yol vermesini istemişti. Diğer otobüs araya girince de trafik felç olmuştu. Uzaktan bakınca, köprünün üstünde ışıktan bir denizin olduğu düşünülebilirdi. Köprünün sağ tarafı da yol yapım çalışması nedeniyle kapalıydı. Ayrıca otobüsün sol tarafındaki iş makinesi de bozulmuş ve trafiği daha da kötü bir hale sokmuştu.

Otobüsün kapısı açıldı, inmek isteyen yolcular indi. Bir kısmı ise hâlâ uyuyordu. Saatler sonra otobüste su da bitti. Sabrı tükenmeye başlayan yolcular arasında, "Köprü bu kadar aracı taşımaz. Birazdan hep birlikte uçurumun dibini boylayacağız. Dua edin, dua edin!" diye sesler yükselmeye başladı. Aren bu şehir efsanesine benzer uydurma sözlere inanmasa da otobüsün, karşısındaki araba denizini aşmasının zor olduğunu görüyordu. Tam da iş makinelerinin yol çalışması yaptıkları yerde trafiğin tıkandığını düşününce köprünün yıkılmasının aslında zor bir şey olmadığını anladı. Kimseye göstermeden dua etmeye başladıysa da aklında sadece Deniz vardı. Ölüm korkusundan mı yoksa bir daha asla ailesini ve sevdiklerini göremeyeceği düşüncesinden mi bilinmez, Aren kendini duaya kaptırmıştı. Gökyüzüne baktı, sonra yıldızlara, sonra da gecenin karanlığında dibi görünmeyen aşağılara...

Dudakları kurumuştu, fakat otobüste su yoktu. Firma görevlileri yolda kalma ihtimalini düşünmeden sadece yolculuk esnasında yetebilecek kadar suyu yanlarına almışlardı.

Ne kadar sürdü bilinmez ama asırlar gibi uzayan dakikaların ardından, bozulan iş makinesini çalıştırmayı başardılar. Herkes yanındakine sarılarak korkunç anların bittiğine seviniyordu. Bütün yolcular binince otobüs hızla hareket etti. Sonunda gecenin karanlığında köprünün üstünden geçtiler.

Aren bugüne kadar ölümle burun buruna geldiğini hatırlamıyordu. Bu anlarda tek düşüncesi köprüden kurtulmak ve Deniz'e kavuşmaktı.

Köprüden kurtulduktan sonra herkes derin bir nefes aldı. Aren o kadar yorulmuştu ki yolun geri kalan kısmında uyuyakaldı. Sınıra geldiklerinde muavinin seslenmesiyle uyandı. Yolcular tek tek inip sınırdaki gümrüğe gitmiş, ellerinde pasaportları ile sıranın kendilerine gelmesini bekliyorlardı. Karşılarında dönemin yöneticisinin kendilerine gülerek el sallayan fotoğrafı vardı. Uykulu gözlerle otobüsten inip işlemleri yaptırmak için sıraya girdiğinde etrafındaki insanları izlemeye koyuldu. Kalabalığın içerisinde küçük bir çocuk dikkatini çekti. Mavi gözlü ve sarışındı. Çocuk annesinin kucağında sürekli huzursuzluk çıkartıyor ve ağlıyordu. Konuşmalarından Rus olduklarını anladı. Arkasında ise Japon oldukları göz yapılarından ve giyim tarzlarından belli olan iki kişi tuhaf sesler çıkararak konuşup gülüyordu. Sıra ağır ilerliyordu, nihayet işlem sırasının kendine gelmesine sevindi. Kontrollerini yaptırdıktan sonra kuytu bir yer bulup sigarasını yaktı. Sigarasından bir nefes çekip havaya savurdu. Deniz'i nasıl etkileyebileceğini düşünüyordu. Alaaddin onun da felsefeyle ilgilendiğini söylemişti. Ortak bir yönleri vardı. Fakat İslam felsefesi üzerine de çok şeyi biliyordu.

Yolculuk tekrar başladı. Otobüs Hatay terminaline girdiğinde yolcular oturdukları yerlerden kalkıp inişe doğru ilerlemeye başladı. Böylece yolculuğun ilk basamağı bitmişti. Maraş'a gitmek için Şam'dan Hatay'a geldiği otobüsün servisine bindi, onu küçük bir otogarda indirdiler. Kendisine eşlik eden muavin, biletin nereden alınacağını gösterdi. Üç ya da dört firmanın bulunduğu bu yerde sabah kahvaltısı yapabileceği bir yer aradı. Seyyar bir satıcıdan simit aldı, terminalin girişindeki çay ocağından da kendisine sıcak bir çay söyledi. Çayla birlikte simidini yiyordu ki kendisine yaklaşan koca göbekli, iri yapılı, esmer tenli adam somurtarak, "Bütün yolcular yerlerini alsın, hemen hareket edeceğiz," dedi. Elindeki bardağı yere bıraktı. Çantasını sırtına aldı ve güneşli bir sabahta Maraş'a gitmek için otobüse bindi.

Koltuğa oturmasıyla birlikte dün geceki köprü kâbusundan dolayı sinirlerinin yıprandığını fark etti. Aslında sinirlerini yıpratan, köprünün çökmesi ya da ölmek düşüncesi değildi. O anda kimleri arayabileceğini düşünmüş, annesi ya da Alaaddin'den hariç aklına üçüncü bir şahıs gelmemişti. İlişkilerinde ne kadar da yüzeysel kaldığını, kalıcı dostluklar ya da arkadaşlıklar edinmediğini fark etmiş, otuz yaşına kadar yaşadığı bütün ilişkileri günübirlik yaşadığını anlamıştı. "Belki de bugüne kadar evlenmek istemeyişimin nedeni de budur," diye mırıldandı kendi kendine.

Otobüs portakal bahçelerini geride bırakmıştı. Hama'yı hatırlatan yel değirmenleri gibi rüzgâr güllerinin yakınından geçip yollarına devam ediyorlardı. Cep telefonuna baktığında çektiğini gördü. Deniz'i arayıp yolda olduğunu söyleyebilir ve kendisini terminalde karşılamasını isteyebilirdi. Uzun süre bu düşünceyle telefona bakıp durdu.

Sonunda bütün cesaretini topladı ve numarayı tuşladı.

        *D*eniz, Şam'dan geldikten sonra iyice içine kapanmıştı. Aren'i ve o geceyi aklından silip atamıyordu. İçinde bir huzursuzluk vardı ama bunun nedenini kendine açıklayamıyordu. Bildiği bir şey varsa o da o gece arabadan inerken Aren'in gözlerinin dolmuş, dudaklarının titremek üzere olduğuydu. Onun çocuksu gülüşü gözlerinin önünden gitmiyordu. "Seni geç tanıdığım için kendime kızıyorum," dediğini hatırlıyor, Emeviye Camii önünde gördüğünü, hayran kaldığını söylediği anları düşünüyordu. İçinde bir yerlerin acıdığını da o an hissetmişti Deniz. "Ama artık çok geç. Maraş'a geldim ve onun telefon numarası bile yok. Hatta soyadını bile bilmiyorum. Ona ulaşmam imkansız," diyerek iç geçiriyordu. Cabir'in evinin önünde Aren'i bekleyişini, siyah arabasıyla önünde duruşunu, lokantada çaktırmadan elini tutmaya çalışmasını ve son olarak da karanlık arabanın içerisinde nefesini nefesinde hissettiği anı düşündü. Tatilini kısa kesip döndüğüne pişman oldu. Orada kalsa belki Aren ile ilişkisi de düzelebilirdi.

    Mustafa, Deniz'deki değişimin farkındaydı ve bu durum hiç de hoşuna gitmiyordu. Yaptığı esprileri ya duymazdan geliyor ya da zoraki bir tebessüm ile geçiştiriyordu. Gezi öncesindeki hayat dolu kız gitmiş, yerine düşünceli, dalgın bir insan gelmişti. Deniz'deki değişimin nedenini öğrenmek istiyorsa da duyacakları karşısında nasıl davranacağını kestiremediğinden ağzını açamıyordu.

Deniz baş ağrısını bahane ederek evine dönmüştü. Arkadaşlarını oturdukları kafede bırakmış, eve geldiğinde kendini yatağa atmıştı. Uyumaya çalıştıysa da başarılı olamadı. Yatağında dönüp duruyordu ki telefonu çaldı. Önce arayanın Mustafa olacağını düşünerek bakmak istemedi. Telefon ısrarla çalınca yattığı yerden başucundaki komodine uzandı, telefonu açtı. Temkinli bir ses tonuyla, "Efendim," dedi. Telefonun diğer ucundaki şahıstan ses gelmiyordu, sadece bir öksürük sesini duydu Deniz. Telefonda kısa bir sessizlik oldu. Arkasından nazik bir sesin, "Merhaba ben Aren, Deniz Hanım'la mı görüşüyorum acaba?" diyen sesini duydu. Yanaklarının kızardığını, kalbinin hızla attığını hissetti. Sesi titriyordu. "Evet, Aren Bey. Buyurun ben Deniz," diyebildi.

"Kusura bakmayın, müsait misiniz bilmiyorum ama ben şu an yoldayım."

Deniz, Aren'in nereye gitmekte olduğunu merak ettiyse de soramadı.

"Hatay'ı geçeli saatler oldu. Şoförün söylemesine bakılırsa yaklaşık bir saat sonra Maraş'tayım."

Deniz, Aren'in Maraş'a geldiğini duyunca eliyle ağzını kapadı, çığlık atmaktan korkuyordu. "Ma-Maraş'a mı geliyorsunuz?" diye kekeledi.

"Evet, Maraş'a geliyorum ama bir sorunum var. Orada kimseyi tanımıyorum. Bana kalacak yer konusunda yardımcı olmanızı isteyecektim."

"Gümüşçülük işi için mi geliyorsunuz?" derken aslında alacağı cevabı gayet iyi biliyordu. Kendisi için geldiğini nasıl söyleyebilirdi ki? Yine de soruyu sormak istedi.

"Evet, siz kabul etmediniz ama orada teklifimi cazip bulacak firmalar olabilir."

"Ne zaman Maraş'ta olacaksınız?"

"Sanırım bir saat sonra."

"Peki, bunları isterseniz Maraş'a geldiğinizde konuşalım. Ben hazırlanayım. Terminalde sizi karşılarım."

"Görüşmek üzere," diyerek telefonu kapattılar.

Deniz uzandığı yatağından aceleyle kalktı. Elbise dolabına gitti, aynasında dağınık saçlarını gördü, üstüne giyeceği kıyafeti bulmak için dolabın önünde durdu. Tek tek hepsini deneyip çıkardı. Önce kısa kollu bir elbise giymeyi düşündüyse de abartılı olacağına karar verdi. "En iyisi sade ama şık olmak... Kot pantolonla tişört iyi gider."

Kot pantolonunu ve tişörtünü giydi. Saçlarını güzelce taradıktan sonra hafif bir makyaj yapmayı da unutmadı. Heyecanını gizlemeye çalışarak kapıda kendisini beklemekte olan arabasına bindi.

Terminale geldiğinde kalabalık içerisinde Aren'i aramaya başladı. Uykusuz bir halde otobüslerden inen yolcular, Deniz'e aldırmadan uzaklaşıyordu alandan. Meraklı gözlerle etrafına bakınırken bir elin omzuna değdiğini hissettiğinde kalbi heyecanla çarpmaya başladı. Arkasını döndüğünde Aren'in gülümseyen gözleriyle karşılaştı. Bir an nasıl davranacağını düşünen Aren, Deniz'e sarılmak için uzanırken günler önce yediği tokadı hatırladı ve geri çekildi, elini uzatıp tokalaşmakla yetindi.

Deniz, Aren'in sarılmaktan son anda vazgeçmesine üzüldü ama duygularını da dışa vurmaktan hoşlanmazdı, kendisine doğru uzanan eli, zoraki bir tebessümle sıktı. Arabaya doğru adımlamaya başladılar. Aren etrafına bakınıyor, ilk kez geldiği Maraş'ın havasını içine çekiyordu. Şam'daki kadar olmasa da etkili bir sıcak vardı.

"Yolculuğun nasıl geçti?" diye sordu Deniz, sakin trafikte ilerlerken.

"Unutamayacağım yolculuklarımdan birini yaşadım. Otobüs bir ara köprünün üstünde kaldı. Köprü yıkılacak diye insanlar feryat figan ediyorlardı. Gördüğün gibi şimdi buradayım."

"Senin için zor bir yolculuk olmuş anlaşılan."

"Hayat da zor bir yolculuk değil mi Deniz? Hangi noktasında çekip gideceğini bilemediğin bir oyun. Kimle, ne zaman karşılaşacağını tahmin edemediğin rastlantısal günler..."

"Evet, ama ben bu kadar karamsar bakmıyorum hayata, ben güzel tesadüflere inanırım," diyerek, Aren'e göz ucuyla baktı.

"Kusura bakma, Maraş'ta tek tanıdığım sensin. Seni daha fazla rahatsız etmek istemem. Beni en yakın otele bırakırsan sevinirim."

Deniz, arabayı kullandığı için gözünü yoldan ayırmadan, "Benim evim müsait, bende kalabilirsin. Yalnız kalıyorum. Ailem İstanbul'da. Tatilimi, daha doğrusu çalışmamı rahatlıkla sürdürebilmek için geldim Maraş'a," dedi.

"Seni rahatsız etmeyeyim. Ani gelişimle de çalışmalarını bölmüş oldum zaten. Hatırlatmak istemem ama ayrılmamız da pek hoş olmamıştı."

"İstersen o konuyu unutalım. Ayrıca gelişine çok sevindim. Kübra da geldiğini duyduğunda sevinecektir."

"Ya, ya Mustafa?" diyebildi sadece Aren.

Deniz bu arada arabanın cd-çalarını açmış, Aren'in Şam'da kendisine hediye ettiği Arap şarkıcıyı dinlemeye başlamıştı.

"Sana daha önce de söylediğim gibi Mustafa sadece arkadaşım. Merak ediyorsan eğer açıkça söyleyebilirim ki Mustafa sevgilim falan değil."

Aren, Deniz'in Mustafa hakkında bu kadar kesin konuşması üzerine konuyu kapatmanın iyi bir fikir olacağını düşündü. "Sanırım Arapça şarkıları sevdin."

"Müziğin evrensel olduğuna inanıyorum. Her ne kadar ne söylediğini anlamasam da bu şarkı ruhumu etkiliyor."

Aren geçtikleri yollara bakmak yerine gözlerini Deniz'den alamıyordu. Deniz arabasını bahçeli bir evin önüne park etti. Arabadan indiler. Aren evi gördüğünde çocukluğunda yaşadığı evi hatırladı. Onların da evlerinin bahçesi ve terası vardı. Annesi terasta çiçek yetiştirmeyi çok severdi. Kendisinin de küçük bir kedisi vardı.

Evin pencerelerinden mor çiçekler sarkıyordu. Bahçeden geçip eve girdiler. Deniz uzun bir yoldan gelen Aren'in rahat edebilmesi için önce banyoyu hazırladı. Aren duşa girdiğinde o da yemek hazırlığına koyuldu.

Aren banyodan çıktıktan sonra kendisine ayrılan odaya geçip dinlendi. Ne kadar uyumuştu bilmiyordu, odadan çıktığında mutfaktan hoş kokular geliyordu. Oda sade döşenmişti, yerde uzun, ince bir kilim vardı. Pencere önünde bir koltuk, küçük bir televizyon ve kendisinin oturduğu diğer koltuk... Neredeyse eşya yok denebilirdi.

Kapıda Deniz göründüğünde Aren odayı incelemeyi bıraktı.

"Sen şimdi çok acıkmışsındır, Şam yemeklerinin yerini tutmaz ama bakalım beğenecek misin?"

"Senin yaptığın yemekleri elbette beğenirim."

Mutfakta yemeklerini yerken Deniz, Kübra'yı aradı. "Canım, bil bakalım şu an kiminle yemek yiyorum?"

"Kimle olacak, Mustafa'yla yemek yiyorsundur."

"Keser misin şunu Kübra! Hayır, hiç tahmin edemeyeceğin biriyle şu an evimin mutfağında yemek yiyoruz."

"Meraktan öldürme adamı da söyle kimmiş o yemek yediğin adam?"

"Aren."

"Kim dedin, Aren mi? Rüya görüyor olmayasın."

"Aşk olsun Kübra. Hadi çık gel, sen de katıl bize."

Kısa bir süre sonra kapı çaldı. Gelen Kübra'ydı. Aren'i mutfakta otururken görünce dudaklarını ısırdı. "Hoş geldiniz," diyerek elini uzattı. Aren, Kübra tarafından güler yüzle karşılandığına sevinerek tokalaştı.

Adam gecenin karanlığında telefon çaldığında bedenindeki ağrıları hafifletmek için ayaklarını duvara yaslamış bir halde uyuyordu. El yordamıyla telefona uzandı. Ahizeyi kulağına götürdüğünde telefon hâlâ çalıyordu. Birden gözlerini iyice açtı ve yatağından fırladı. Bu çalan telefon masasının üstünde duran, günlük işler için kullandığı telefon değildi. Telefonu aceleyle açtı. Karşı taraftaki sesin öfkesi belli oluyordu. "Bir kere de hemen aç şu telefonu!" diye inledi.

"Özür dilerim efendim."

"Gün içerisinde kendini boşuna yoruyorsun, bırak kalsın temizlik işleri."

"Dikkat çekmemeye çalışıyorum efendim, yıllardır."

"Dikkat çekmeyi bırak bir kenara şimdi. Bugün yüzyıllardır beklediğim bir işaret geldi."

İşaretin geldiğini duyduğunda adamın yüzünün rengi değişse de duyduklarına yine de sevinmişti. Demek ki bugüne kadar görevini çok iyi yapmıştı ve artık kendisine gerek kalmayacaktı. "Nasıl bir işaret efendim bu?"

"Bu işareti sadece bizler fark ederiz Saffet! Sıcak yaz gününde güneyden bir toz bulutu geldi ve mabedin üstünden hiç gitmedi."

Saffet gün boyunca okuldan dışarı çıkmadığını hatırladı. Bu okul çok eskilerden kalmaydı, önceleri kilise olarak kullanılırken daha sonra el değiştirmiş ve bir okula dönüşmüştü. Tarikat üyeleri de "beklenen gün" gelene kadar mutlaka okulda kendilerinden birini çalıştırır ve o kişi emanete bir zarar gelmemesi için okulda kalırdı.

"Birazdan yanına biri gelecek. Ona emaneti teslim edebilirsin artık. İyi geceler ve sonsuz uykular."

Telefonu kapadığında Saffet bütün yorgunluğunu unutmuştu. Bir süre telefon elinde öylece kaldı, ne yapacağını bilmiyordu. Şu an sevinmesi mi gerekti yoksa üzülmesi mi? Bildiği bir şey varsa tarikat, tereddütte kalmayı hoş karşılamazdı. Madem baba yadigârı bu işi yüklenmişti, her şeyi göze almalıydı, durumu kabullenmekten başka şansı yoktu.

Gece olduğunda Aren, yolculuğun da etkisiyle çok yorulmuştu ve yatak o kadar yumuşaktı ki sabaha kadar hiç uyanmadı. Sabah hafifçe odasının kapısını açtı, Deniz'i ortalıkta göremeyince tekrar yatağına döndü, uzandı.

Aklına pencereden dışarıya bakmak geldi. Kalktı, perdeyi çekti. Güneş ışığının yeni yeni aydınlatmaya başladığı sokağı izlemeye koyuldu. Yolun karşısındaki apartmana baktı. Yaşama dair hiçbir belirti yoktu. Burnunu cama dayadı, Maraş'a gelirken Maraş'ı nasıl hayal ettiğini düşündü. Bu soruyu kendine sorduğunda gülümsedi. Maraş'ı nasıl düşündüğünü bulamadı. Aklında sadece Deniz vardı, bir de otobüsle köprüde kaldıklarında duyduğu ölüm korkusu!

"Ah! Bu korku beni asıl mesleğimden etti," dedi içini çekerek, tekrar o günlere dönmek canını sıkmıştı. Gözlerinin dolduğunu fark etti. "Bu aralar iyice duygusal biri olup çıktım," dedi penceredeki yansımasına.

Sokağı izlemeyi bırakıp yatağına dönecekti ki yanı başında duran komodine çarptı. Üstündeki fotoğraf yere düştü; çerçevesi kırıldı ve camları yere dağıldı. Sabahın ilk saatleri olduğu için etraf sessizdi, fotoğraf yere düştüğünde az da olsa bir ses çıkmıştı. Eğilip fotoğrafı ve cam kırıklarını alacakken kapısı tıkladı. Deniz endişeyle başını uzattı. Komodinin üzerinde duran fotoğrafın yere düşüp kırıldığını görünce rahat bir nefes aldı. Aren kazara kırıldığını anlatmaya çalışıyordu ki Deniz cam kırıklarını almak için elektrik süpürgesiyle tekrar kapıda göründü. Üzerinde hâlâ geceliği vardı ve Aren kırılan camları toplarken bakışlarını Deniz'den alamıyordu. Hafifçe geceliğinin yakasını düzeltti Deniz. Gözlerini yere indiren Aren, konuşmadan cam kırıklarını topluyordu. Eli istemsizce yanağına gitti. O sabah, odasındaki bütün eşyaları nasıl kırdığını hatırladı.

Deniz, "Yoksa dişin mi ağrımaya başladı?" diye sordu.

Aren boş bulunup, "Hayır, attığın tokadın acısı hâlâ yanağımda," dedi.

Deniz bu cevap karşısında donup kaldı. Sürekli bu konunun açılmasından sıkılmıştı. Elektrikli süpürgeyi yerden aldı, ayağa kalktı; sonra aniden Aren'in yanağını öpüp odadan çıktı. Aren arkasından gitmek istediyse de Alaaddin'in söylediklerini hatırladı. "Kadınları etkilemenin yolu, aslında onları önemserken önemsemez gibi davranmaktır," demişti. O an bu sözden hiçbir şey anlamamıştı. Fakat şimdi arkasından gitmesi, onun duygularına esir bir erkek olduğunun ispatı olacaktı. Bu nedenle de kahvaltı hazırlanana kadar odadan çıkmamaya karar verdi. Bu defa öpücük izinin kaybolmaması için yanağını tutmaya başlamıştı. Güneş ufuktan rahatça görünmeye başladığında Deniz, Aren'in odasının kapısını tıklatıp içeri girdi.

"Kahvaltı hazır Aren, seni bekliyorum."

Aren üstünü değiştirmiş, Deniz'in kahvaltıya çağırmasını bekliyordu odasında. Neşe içinde odasından çıktı, mutfağa geldiğinde masanın donatılmış olduğunu gördü. Sucuklu yumurta, zeytin, beyazpeynir, çeşitli reçeller, menemen ve daha sayamayacağı türden yiyeceklerle doluydu masa. Ne kadar acıktığını da sofrayı gördüğünde zil çalan midesiyle anımsadı.

Kahvaltılarını yaptıktan sonra Maraş'ı gezmek üzere evden çıktılar. Arabanın yanına geldiklerinde, "İstersen arabayla değil de yürüyerek gezelim. Böylece şehri daha yakından tanımış olursun," dedi Deniz.

Aren, "Ev sahibi sensin, senin kurallarına uymaktan başka çarem yok," diyerek çocuksu gülümseyişiyle gülümsedi. Deniz, Aren'in gülüşüne hayran olduğunu fark ettiyse de belli etmemeye çalışarak adımlamaya başladı. Arkasında kalan Aren, "Hey, beni unuttun, beklesene," dedi. Deniz'e yetişebilmek için koştu. Sabahın ilk saatleri olmasına rağmen yol kalabalıktı. Arnavut kaldırımı üzerinde yan yana yürüyorlardı. Deniz, "Maraş Kalesi şu an bize çok yakın, istersen ilk önce oradan başlayalım gezimize," dedi.

"Olabilir, böylece sanırım şehri tepeden izleme şansımız da olacak."

"Evet, kaleden şehri düz bir ova gibi görmek mümkün."

"E, hadi o zaman ne duruyoruz. Gidelim." Aren çocuk gibi koşuyordu. Sokakları bilmediğinden yanlış yolda ilerlemeye başlamıştı ki, "Beni takip eder misin? Şu an yanlış yolda ilerliyorsun," diye seslendi Deniz.

Aren koşarak Deniz'in yanına geldi. "Maraş ismi nereden geliyor?" diye sordu. Aslında bunun cevabını biliyordu, fakat yine de Deniz'den dinlemek istiyordu.

"Bu konuda pek çok farklı görüş bulunuyor ama özellikle üzerinde durulan iki görüş var. Bu görüşlerden ilki Tarihçi Herodot'a ait. Herodot'a göre Maraş şehrini Hitit komutanlarından 'Maraj' adlı bir asker kurmuş. Bu nedenle Maraş, o dönemlerde 'Maraj' adını almış. Şehrin adı, Hititlerden kalan yazıtlarda 'Maraj' ve 'Markasi' şeklinde anılıyor. Hem ayrıca Maraş adı Asur kaynaklarında da geçiyor. Bu nedenle Maraş isminin Hititlerden geldiği doğrulanıyor ve Asur kaynaklarında da şehrin adı 'Markaji' şeklinde ifade ediliyor."

Aren şaşkınlıkla, "Bu kadar şeyi nereden biliyorsun?" diye sordu, kaleye çıkmak için yokuş yukarı yolu yürürken. Yolun sol tarafında yükselen çam ağaçları neredeyse yolu kaplıyor ve karşı tarafın görünmesini engelliyordu. Aren biraz yaklaşıp baktığında ağaçlarla kaplı tarafın aslında uçurum olduğunu gördü.

Deniz, "Ben İslam felsefesi üzerine doktora yapıyorum. Hem kendi şehrimin geçmişini öğrenmekten de büyük bir zevk alıyorum," dedi yanlarından geçen arabanın gürültüsü altında...

Aren, "Evet, aslında İstanbul'da yaşıyorsun. Genelde yazları tatilini geçirmek için Maraş'a geliyorsun. Şam'a da yorgun ruhunu dinlendirmek amacıyla kaçmıştın. Fakat başına benim gibi bir sıkıntı alacağını bilmiyordun," dedi.

Deniz başına sıkıntı alma sözüne bozulmuştu ama konuyu uzatmamak için, "Bu bilgileri Asur Kralı Sargon zamanından kalan Boğazköy yazıtlarından öğreniyoruz," diyerek Aren'in sorusuna cevap vermeyi sürdürdü. "Milattan sonra I. yüzyılda Maraş Roma İmparatorluğu tarafından ele geçirilince, Maraş'ın adı 'Germanicia' olarak değiştirildi. Roma ve Bizans İmparatorluğu döneminde bu adla anılan şehir, Müslümanlar tarafından fethedilince ilk şekli olan 'Maraj' ismi kullanılmaya başladı. Arap alfabesinde 'j' harfi olmadığından şehrin adı Mer'aş şeklinde yazıldı. Birinci görüş böyle işte Aren," dedi.

Yola parkeler döşenerek estetik bir görünüm elde edilmeye çalışılmıştı. Renk renk parkeler muntazam bir biçimde yerleştirilmişti yolun üzerine. Bu esnada yokuşu çıkmış, kale girişine gelmişlerdi. Eski dönemden kalma bir kapı ile karşılaştılar. Kapının üstü dökme ve şişme kabartmalardan oluşuyordu. Aren kaleyi sevmişti. Ailelerle gelinebilecek açık hava lokantası ve dört beş kişinin oturabileceği, ahşaptan yapılmış, içi Şark kültürüne göre döşenmiş küçük çardaklar vardı. Bu çardaklara ayakkabılar çıkarılıp öyle giriliyordu. Bu yerler sadece nargile içenlere tahsis edilmişti. Bir de Ramazan aylarında, dini ve milli bayramlarda kullanılan, ziyaretçilerin de görebileceği bir top bulunuyordu kalenin içerisinde. Çocuklar da unutulmamış, onların da eğlenebilecekleri küçük bir oyun alanı yapılmıştı. Ayrıca isteyenler dürbünle Maraş'ı izleyebiliyorlardı.

Aren, "İki görüş olduğunu söylemiştin. Birincisini anlattın, ya diğeri, diğer görüş nedir?" diye sordu.

Deniz, "Diğer görüş ise Maraş adının Arapça zelzele, titreme anlamına gelen Re'aşa fiilinden türeyerek Mer'aş şeklinde yazıldığıdır. Belki bu görüş daha doğrudur," dedi. "Günümüzde 'Kara Maraş' olarak anılan bir mahalle bulunmaktadır. Bu mahalle ve çevresi, bir zamanlar yaşanan büyük bir depremle yok olmuş. Bugün bile bu bölge halk arasında 'Kara Maraş' olarak bilinir ve yaşanan bu felaketin unutulmaması bu şekilde engellenir. Bu da Maraş'ın deprem bölgesinde olduğunu gösteriyor bize."

Aren'in biraz rengi soldu deprem sözcüğünü duyunca. Deniz gülümsedi. "Korkma, uzun yıllardır bir sarsıntı olmadı. Yetkililere göre de uzun süre olmayacak gibi görünüyor."

Aren rahatlamıştı. Korktuğunu anlayan Deniz, misafirinin ilgisini başka yöne çekmek için kale hakkında bilgi vermek istedi. Önünden geçmekte oldukları aslan heykelini gösterdi. "Bu kale, Hititler zamanında yapılan bir höyük üzerine MÖ 8. asırda yapılmış. Kalede eskiden dört tane aslan heykeli bulunuyordu. Şu an elimizde bulunan ve İstanbul Arkeoloji Müzesi'nde sergilenen Hitit 'Maraş Aslanı' heykeli bu kaleden alınmış. Diğer üç aslan hâlâ kayıp..."

Çardaklardan birine oturdular. Yanlarına gelen garsona nargile siparişi verdiler. Aren'le bir an göz göze geldiler. Bu defa

Deniz bakışlarını kaçırmadı. Bir taraftan nargilelerini içerlerken, diğer yandan da birbirlerini süzüyorlardı. Deniz bugüne kadar gördüğü erkeklerden farklı buluyordu karşısında oturmakta olan delikanlıyı. Fakat aklına takılan bir soru vardı, bu soru dün ansızın çıkıp gelmesiyle belirmişti. Aren o kadar yolu âşık olduğu için mi gelmişti, yoksa tokadın intikamını almak için mi? Bunu nasıl anlayacağını bilemiyordu. İçinde derin bir şüphe vardı. Belli etmemeye çalışıyordu, sanki her an Aren, aklından geçen soruyu anlayacakmış gibi ürküyordu. Rahat olmaya çalışıyordu ama içindeki kurt durmaksızın onu kemiriyordu.

Aren, Deniz'in huzursuz olduğunu fark etti. Bunu habersiz gelmesine bağlıyor, *haber versem de beni kabul etmeyebilirdi*, diyerek kendini teselli etmeye çalışıyordu.

Ortamı yumuşatmak ve yeni bir sohbet açmak için, "Bana misafirliğim süresince İslam felsefesinden bahseder misin?" dedi.

Deniz de Aren'in her an aklından geçeni okuması şüphesiyle, "Memnuniyetle anlatırım," dedi.

"O halde hemen başlayabilirsin, seni can kulağıyla dinleyebilirim."

Bir süre durup düşündü, nereden başlayacağını bilemiyordu. Aren'le böylece daha hoş vakit geçireceklerini düşünerek sevindi.

Aren, "Alaaddin bana İslam felsefesinin Müslüman Arapların Suriye'deki merkezler ile Basra ve Küfe'deki Yahudiler, Hıristiyanlar ve İranlılarla kaynaşmasıyla başladığını, özellikle de Abbasiler döneminde ağırlık kazandığını, hatta o dönemde Beytü'l Hikme (Felsefe Evi) adı verilen bir akademi bile kurulduğunu anlatmıştı," dedi.

Aren'in İslam felsefesi hakkında bildikleri karşısında şaşıran Deniz, "İslam dünyasında felsefe," diye konuşmaya başladı. "Materyalizmle başlar."

Materyalizm

Kod Adı : Dehriyyun, Muattıla
Tarih : 910
Temsilcisi: El-Ravendi

"Materyalistler birçok isimle anılırlar. Zamanın ezeli ve yaratılmamış olduğuna inanmaları sebebiyle bunlara Dehriyyun (zaman) denir. Dehr, lügatte zamanın başlangıcı, dünyanın ömrü, asır, çağ gibi anlamlara gelir. 'Dehriler' veya 'Dehriyye' ise zamanı esas alıp, zamanın ve maddenin ebediliğine inandıkları için, dünyadaki hadiselerin ancak tabiat kanunlarına uyarak meydana geldiğini kabul eden kişilere denir. Bütün metafizik gerçekleri inkâr ederler. Dinleri ve peygamberleri lüzumsuz görürler. Bundan dolayı kendilerine 'Zanâdıka' da denir.

Materyalistlere göre her şey, dış duyuların verilerinden ibarettir ve duyularla elde edilen bilgiler de gerçek bilgilerdir. Her şey bu dünyadadır, her şey dünyada olduğu için de ilahi bir şey yoktur. Bunun için de kendilerine 'Duyumcular' (Hissiyyûn) adı verilir.

Allah'ı ve ruhu inkâr ederler. Maddeden bağımsız bir ruh yoktur. Her var olan maddidir. Allah'ın vücudunu ve dünyanın Allah tarafından ve yine Allah'ın lütuf ve keremiyle yaratıldığını inkâr ederler. Bundan dolayı da kendilerine 'Muattıla' ve 'Mülhidler' (Ateistler) denir.

Dehriyyunlara göre sadece madde vardır, maddenin ötesinde, başka hiçbir gerçek yoktur. Bundan dolayı da kendilerine 'Maddiyyun' (Materyalistler) de denmiştir. Bu akımın en önemli temsilcisi El-Ravendi'dir."

Aren materyalistlerin bu kadar isminin olmasına bir türlü anlam verememişti. "Dehriyye, Zanâdıka, Hissiyyûn, Mülhidler,

Maddiyyun gibi birçok isimle anılıyorlardı. Savundukları fikirleri düşününce bu isimlerin çok olmasının normal olduğuna karar verdi.

El-Ravendi

"Materyalizmin en önemli temsilcisi Ravendi'dir. El-Ravendi'nin felsefesini önemli kılan ise o güne kadar İslam dünyasında böylesine cüretkâr bir çıkış yapan bir filozofun ya da düşünürün olmayışıdır.

Felsefesinin en önemli yanı, Allah'ın varlığının akli bir cevabının olamayacağını ileri sürmesidir. Allah olmadığına göre vahiy ve mucizelere de gerek duyulmayacaktı. Duyular ötesi olmadığına göre sadece duyular ve duyular dünyası vardı ki bu sebeple de ruh ve Allah gibi bahsedilen duyular ötesi varlıklar yoktu.

'Allah varsa insanın aklı, Allah'ın varlığını anlamaya yeterlidir. İnsan aklıyla Allah'ı bulabilir,' diyerek vahye gerek olmadığını söylüyordu Ravendi. İnsan, Allah'ı aklıyla bulabiliyor ve vahye de gerek kalmıyorsa peygamberlere de gerek yoktu. Zaten peygamber denilen insanların gösterdikleri, mucize değil batıl inançların insanlar üzerindeki tesirleriydi. Onlar cahil halka güya mucize gösteriyorlar; fakat bilmeden bu kalabalıkları hakikatten uzaklaştırıyorlardı. Hem bilinmez dünyayı bildiklerini söylüyorlar, hem de delil gösteremiyorlardı. Hatta öbür dünyanın var olduğunu anlatmak için de bu dünyanın nimetlerinin kabaca benzetmelerini kullanıyorlardı. 'Oysaki öbür dünyanın -varsa eğer- nimetleri bu dünyanın nimetleriyle anlatılamaz,' diyordu.

Peygamberler konusundaki bu ilginç düşüncesi onun vahiy görüşünü de etkilemişti ve bu konuda da ilginç bir fikir ortaya atmıştı. Ona göre vahiy denilen vaka ile ilham aynı şeylerdi. Vahiy ile ilhamın aynı olduğunu söylüyor ve ekliyordu: 'Burada kelime oyunu yapılıyor.' İnsanların ilmi anlaması ilham ile gerçekleşiyordu Ravendi'ye göre. 'İlmi ancak ilhamla anlayabildiğimize göre insanlarla peygamberler arasında bir fark bulunmamaktadır ki bu da bize vahyin sadece ilham olduğunu gösterir,' diyordu.

Ortaya attığı fikirler bunlarla son bulmuyordu. Ayrıca Hz. Muhammed döneminde edebiyatın çok geliştiğini, hatta ondan önceki dönemde yılın en iyi yedi şiirinin seçilip Kâbe'nin duvarına asıldığını; asılan bu yedi şiire Yedi Askı denildiğini belirtmişti. Kaldı ki şiirin o dönemde ileri derecede gelişmiş olması nedeniyle 'Kur'an'ın mükemmel bir dille yazılması ve o dönemde verilen eserleri geride bırakması normal,' diyordu.

Ravendi'ye göre o, yani Hz. Muhammed döneminin en önde gelen edibi olduğundan, Kur'an'ın dili ve anlattığı şeyler onun peygamber olması için delil sayılmazdı."

"Şimdi onlara İslam felsefesinde neden Dehriyyun ya da Muattıla denildiğini daha iyi anladım; dinimiz farklı olabilir ama peygamberlere de saygı duymak gerekir," dedi Aren.

Deniz bildiklerini anlatmaya devam etti. "Biliyorsun Aren, filozoflar sadece din ile ilgilenmemiş, insanları alakadar eden hemen her konuda kafalarını yormuşlardır."

Aren başını evet anlamında salladı.

"Ravendi'nin üzerinde durduğu diğer bir konusu ise dildir. Dikkat edersen dil, insanın tabiatında doğuştan var olan bir şeydir. İnsanlarda da, hayvanlarda da ses sistemi bulunmaktadır. Hayvanların seslerinin de insan sesine benzediğini düşünür Ravendi. Ama burada bir sorunla karşılaşır filozofumuz; çünkü dilin nasıl ortaya çıktığını, ne gibi serüvenler yaşadığını aktaran, bize haber veren herhangi eski bir kaynak bulunmamaktadır. Buna rağmen bildiğimiz bir şey varsa o da çocuğun konuşacağı dili doğduğu evde öğrendiğidir."

Aren, "Evet, çocuk hangi toplumda doğarsa o toplumun dilini öğrenmekte ve kullanmaktadır," dedi.

Vakit öğle olmuştu, oturdukları çardağa güneş vurmaya başladı. Kalkma vaktinin geldiğini anladılar. Kalenin içinde adımlamaya başladılar. Aren Maraş'a, daha doğrusu Deniz'in arkasından Maraş'a gelmekle doğru bir karar verdiğine inanmaya başlamıştı. Fakat Deniz'de gözle görülür bir tedirginlik vardı ve kendisi bunun nedenini bir türlü çözemiyordu. İçinde sürekli ona karşı bir şüphe vardı.

Surlardan geniş Maraş'ı ve vadisini izlediler. Geniş Maraş Ovası'nın yeşilliği içerisinde gökyüzüne baktılar. Deniz, "Gitmemiz gerek," diyerek kalenin çıkışına doğru adımlamaya başladı. Kalenin diğer yolu Uzun Oluk Caddesi'ne bakıyordu. İki arkadaş konuşmadan yürüyorlardı. İkisi de bir an oldukları yerde kaldılar. Mustafa öfkeyle kendilerine doğru geliyordu.

Deniz, Aren'in önünde durmuş, Mustafa'nın kaba bir harekette bulunmasına engel olmaya çalışıyordu. Mustafa yumruklarını sıkarak önlerinde durdu.

Aren o an Maraş'a geldiğinden Mustafa'nın haberi olmadığını anladı. Demek Deniz geldiğini haber vermemişti ve bunu başkasından öğrenen Mustafa çılgına dönmüştü. Deniz'i kolundan tutup yolun kenarına çekti. Öfkeyle Aren'den yana bakarak bir şeyler söylüyordu. Sonunda Deniz kolunu Mustafa'dan kurtardı, sinirle uzaklaştı yanından.

Mustafa'nın, "Sizinle sonra görüşürüz!" diyen tehdit dolu sözleri duyuldu sokakta.

Morali bozulan Deniz, Aren'e hiçbir şey söylemeden önlerinde durdukları çeşmeden su içmek için uzaklaştı. Eğilip çeşmeden akan sudan avucuyla su içti. Sonra sakinleştiğini göstermek istercesine gülümseyerek, "Bu çeşmeden su içen bir daha Maraş'tan ayrılmaz," dedi. Aren de az önceki sinir bozucu olayı unuttuğunu göstermek istiyordu. "İstersen ben içeyim ve deneyelim su içenin gidip gitmediğini," dedi.

Deniz çeşmeden bir adım uzaklaşarak Aren'e yol verdi. Eğilip avucuyla o da bu sudan içti. Aren, az önceki gerginliğin etkisiyle de konunun üzerinde durmadı. "Mustafa'nın geldiğimden haberi yoktu galiba?"

Deniz, Aren'e sinirli bir bakış attı ve, "Sana onunla aramda bir ilişki olmadığını söylemiştim, inanman için daha kaç defa tekrar edeceğim?" dedi.

Anıttan uzaklaşarak yürümeye başladı.

Aren söylediklerinde Deniz'i sinirlendirecek bir yan görmese de Deniz'in arkasından koşmaya başladı. Ona yetiştiğinde, "Senin Mustafa haricinde bir sıkıntın var. Kafanda dolaşan ama bir türlü dilinin ucuna getirip soramadığın bir soru. Sabahtan beri seni izliyorum. Gözlerinde şüphe dolu bakışlar dolaşıyor. Bunun sebebi ne?" dedi, Deniz'in önüne çıkıp yürümesini engelleyerek. Aren'in yolunu kesmesine şaşıran Deniz, aklındaki soruyu nasıl soracağını bilmediğinden suskun kaldı. Gözleri dolmuştu, neredeyse ağlamak üzereydi. Mustafa'dan da böyle bir davranışı beklemiyordu. Öğrendiğinde sert tepki gösterecekti, tahmin ediyordu, ama yollarını kesip tehditler savuracağını düşünmemişti. Mustafa'yı neredeyse çocukluğundan beri tanırdı. Kafasına koyduğunu mutlaka yapardı. Tehdidi boşuna değildi.

Şimdi de Aren karşısına geçmiş, hesap soruyordu. Şam'dan haber vermeden bir günde çıkıp gelen bu meçhul misafirine karşı ne hissettiğini ilk defa ciddi manada kendisine soruyordu Deniz. Karşısında duran adama, iki gündür kafasının içinde bir kurt gibi durmadan dönen, döndükçe de canını yakan soruyu nasıl sorabilirdi?

Sonunda sinir sistemi yenik düştü, ağlamaya başladı. Onun ağladığını gören Aren ne diyeceğini bilmez halde olduğu yerde kaldı. Bütün olan bitenden kendini sorumlu tutuyordu. Eğer Maraş'a gelmemiş olsaydı, Deniz sinirine dokunan bu olayları yaşamayacaktı.

Sonra kendi kendine sordu. Yanağında duran acıyla, ruhunu derinden sarsan o kahredici tokatla bir ömür nasıl yaşayabilirdi? Deniz'in ellerinden tuttu, gözlerine baktı. "Bütün suç benim. Gelmemeliydim. Ama şunu da bil ki gelmeseydim ömür boyu yanağımdaki tokadın acısıyla yaşardım. Bir ömür kendimi bağışlamaz, hayattan ve insanlardan kaçan biri olurdum. Bunu bir de hastam öldüğü zaman yaşamıştım. O günlerde daha hayatı tam tanımıyordum, acımasızlığını anlamıyordum. Ellerimin arasında ölüp gitmişti ve ben hiçbir şey yapamamıştım. Kurtarabilir miydim, bunun cevabını hâlâ bulabilmiş değilim. O kadar kurtardığım insana rağmen onu unutamadım. Sonunda doktorluktan istifa ettim ve dedelerimden yadigâr kalan gümüşçü dükkânını işletmeye başladım."

Deniz ilk defa o an Aren'in esmer, uzun parmaklarına baktı. Ne kadar nazik elleri vardı. İnsanlara hayat veren aynı eller, onların hayatını kurtaramayabiliyordu da. Duyduklarına çok üzülmüştü. Ne diyeceğini bilemiyordu.

"Bazen insan olmak o kadar zoruma gidiyor ki... Bu zorluğu nasıl aşacağımı bilemiyorum. Hayatı ve insanları anlamakta zorlanıyorum. Bir dönem annem reenkarnasyon düşüncesine bağlanmıştı. Bunu duyduğumda çok şaşırmıştım. Şaşırmaktan ziyade kızmıştım da. Fakat bazen ona hak vermiyor değilim! Bakar mısın Mustafa'ya, sanki senden tokadı yiyen oymuş gibi davranıyor."

Deniz bu sözler karşısında donup kalmıştı. Hangisine cevap vereceğini bilmiyordu. Aren'in söylediği bir söz vardı ki o beynine çivi gibi çakılmıştı: "Bakar mısın Mustafa'ya, sanki senden tokadı yiyen o." Onun bu davranışlarının altında yatan gerçeği Aren anlamıştı da kendisi yıllardır nasıl da fark edememişti. Mustafa'nın bu davranışlarının normal olmadığını hissediyordu. Aren'in iyice konunun üstüne gitmesinden çekindi. Açıklama yapamayacaktı. Reenkarnasyon kelimesini duyunca aklına Razi geldi. Ağlamayı bıraktı, "Mustafa" ismini duymak istemiyordu. Bir noktada bütün sorunlardan kaçmak için, "Biliyor musun, İslam felsefesinde reenkarnasyona inanan bir filozof da vardı," diye konuşmaya başladı.

Aren konunun değiştiğini bir an anlayamadı.

"Nasıl yani, İslam felsefesinde reenkarnasyona inanan bir filozof mu vardı?" diye şaşkınlıkla sordu.

Deniz, "Evet," dedi, "İslam felsefesinde tabiat felsefesi onunla başladı." Anıtın yanındaki küçük parka oturdular. Yorulmuşlardı, ikisi de Mustafa olayını unutmak istiyordu. Deniz de bu arada sakinleşmişti.

"Biliyor musun, o da senin gibi bir doktordu aynı zamanda. Birçok hastalığa çare buldu."

Aren heyecanlanmıştı; hem bir filozof, hem reenkarnasyona inanıyor, hem de bir doktor! Bu şaşkınlık içerisinde Razi'yi yakından tanımak istiyordu. Deniz'in sözünü bölmeden dinlemeye başladı.

Tabiat Felsefesi (Tabi'iyun)

"Aşk, insanın bilgi edinmesini engeller."

Batı'daki adı : Rhazes, Alrazes, Albubator
Yer : İran'ın Rey kenti
Tarih : 864
Temsilcisi : El-Razi

"Bu filozoflar, deney ve tümevarım (istikra) metodunu İslam düşünce dünyasında ilk kez kullandılar. Onlar, bilginin kaynağı olarak daha çok duyumları kabul eden ilk filozoflardır. En önemli temsilcisi Razi'dir."

Razi

Tam adı Ebu Bekir Muhammed İbn-i Zekeriya El Razi'dir. Müzik, matematik, astronomi, kimya, felsefe ve tıp bilimleri ile ilgilenmiş, hekimliğe karşı duyduğu ilgi sonucu tıp eğitimine yönelmişti.

864 yılında İran'ın Rey kentinde dünyaya geldi. Yaşamının sonlarına doğru katarakt oldu ama dünyayı yeteri kadar gördüğüne inandığı için tedavi olmayı hiçbir zaman kabul etmedi."

"Yani Sokrates'in baldıran zehrini içmesi gibi..."

"Evet, öyle de diyebiliriz. Sokrates ölümü seçmişti; o da dünyayı görmemeyi..."

"Razi, Aristo'nun fikirlerini eleştirdi, deneyi ve gözlemi akıl yürütmeden üstün tuttu. Batı'da Rönesans ve yeniçağdaki metot anlayışlarından çok önce bilimsel anlayışı savundu. Sisteminde fizikten metafiziğe ulaşmak isteyen bir metot takip etti. Tenasühe, yani ruh göçüne inanıyordu. Razi'ye göre tenasühün olabilmesi için de önce yaratıcının bir dünya -maddi form- yaratması ve insanlara maddi lezzetleri tattırıp yardımcı olması gerekiyordu. Yani bir yaratıcı bir dünya yaratacak, arkasından insan var olacak, bu insanlara lezzetler verilip algılanmasında yardımcı olunacak ve tenasühün basamakları böylece gerçekleşecekti.

Tenasühün meydana gelebilmesi için ayrıca yaratıcının insanları yaratırken, 'kendi tanrılık cevherinden' bir parça akıl vermesi gerekecekti. Yaratıcının insana bu aklı vermesinin nedeni ise insan bu akıl ile felsefe öğrenecek, felsefe öğrenmenin vazifesi olduğunun farkına varacak ve bu akıl sayesinde 'doğuş çemberinden' kurtulmuş olacaktı. İşte bu noktada da sahneye tenasüh çıkıyordu.

Yaşarken felsefeyle uğraşan, anlayan insanlar için bir sıkıntı yok! Çünkü onlar görevlerini öğrenmiş, farkına varmış ve yerine getirmişlerdir. Sorun felsefenin şifa vericiliğini anlamayan insanlar içindir. Onlar için bir döngü başlayacaktır. Felsefenin şifa vericiliğini anlayana kadar dünyada kalacaklar ve anladıkları an onlar için 'aşağı âlem' sona erecektir. Aşağı âlemin sona ermesiyle de mutlak şekilsizlik ortaya çıkacaktır."

"Yani," dedi Aren, "yaşarken felsefeyle ilgilenmeyen insanlar öldükten sonra başka ruhlara girerek felsefe öğrenmeye başlayacaklar ve sonunda bu döngüden kurtulacaklar, öyle mi?"

"Evet, aynen Aren. Ayrıca tenasühün gereği hayvanlar öldürülmemelidir. Çünkü hayvanlar da insanlar gibi diğer yüksek bedenlerde ikameti sağlamaktadırlar.

"Razi'ye göre bilgi yalnız duyular vasıtasıyla elde edilebilir demiştin. Bunu biraz açabilir misin Deniz?"

"Mesela zevk (lezzet), acının (elem) yokluğundan başka bir şey değildir. Zevk daima acıdan sonra ortaya çıkar. Burada duyuların artması veya eksilmesi söz konusudur. Zevk rahatlık veren duyudur, acı ise sıkıntı veren. Acı ve zevk bedene ait olan lezzetlerdir. Diğer duyular ise bu iki duyunun gelişmesinden meydana gelir.

Ayrıca Razi aşk konusuna da farklı bir açıdan bakar. Günümüz insanının tam tersine aşkı küçümser. Ona göre âşık, sevgilisinden başka bir şeyi düşünemeyeceği için bu süre zarfında kendisini ilme veremez. Hele de aşkına karşılık bulamazsa can sıkıntısı gibi bir durum ortaya çıkar ki bu âşığın tamamen kendinden geçmesine neden olur. Böylece aşk, insanın bilgi edinmesini engeller ki bu da övülmeyi değil, ancak yerilmeyi getirir. Filozofumuz aşk hakkında böyle düşündüğü için aşkı küçümser. Diğer karşı çıktığı alışkanlık ise yalandır. Yalan da yine kötü bir alışkanlıktır.

Ravendi'yi ele alırken hatırlarsan filozofların hemen hemen her konuda kafa yorduklarını söylemiştim.

Bu dönemde gelişmekte olan İslam felsefesine yeni bir konu daha girer. İslam filozofları bu dönemden sonra dünyanın nasıl yaratıldığıyla da ilgilenmeye ve bu konu hakkında da fikirler ileri sürmeye başlarlar. Evrenin yaratılışına İslam felsefesinde 'Sudûr Olayı' denir. Razi de bu konuda bazı fikirler öne sürmüştür."

Aren bu esnada bankta Deniz'e iyice yaklaşmıştı. Onun yanında içinin huzur dolduğunu, çocuklar kadar mutlu olduğunu düşünüyordu. Aklının bir köşesinde ise sürekli Mustafa dolaşıyor, Deniz'in ona karşı ne hissettiğini bilmek istiyordu. Konuyu şimdi açmasının Deniz'i ürküteceğinden de endişe etmiyor değildi. Onu bir kez daha, hele de bu kadar yakınında ve dostluğunu kazanmışken kaybetmeyi göze alamıyordu. Alaaddin'in "sabırlı ol!" öğüdü düştü aklına. Her şeyi zamana bırakmayı uygun buldu.

"Aren, beni dinliyor musun?"

Aren soruyu duymamıştı. Deniz tekrar soruyu sorunca Aren suçüstü yakalanmış gibi seslenmedi.

"Mustafa'yı mı düşünüyorsun? Hayır diyerek yalan söylemene gerek yok. Yalan kötü bir alışkanlıktır."

Aren bunu duyunca gülmeye başladı. "Razi söylüyordu bunu," dedi. Deniz de gülmeye başladı. Karşılıklı güldüler.

"Tamam, o halde doğruyu söylüyorum. Evet, onu düşünüyordum. Giderken ikimizi de tehdit etti. Sen de duydun."

"Mustafa'yla sadece arkadaşız. En azından benim için öyle. Onun bize zarar vereceğini düşünmüyorum. Önce biraz öfkelenir, sonra yatışır. Onu tanıyorum."

"Evet, ama o sana âşık," dedi, Aren.

Deniz konuşmak istemiyordu. Mustafa'nın kendisine âşık olduğunu biliyordu.

Sudûr Olayı (Evrenin Yaratılışı)

"Razi'nin sudûr olayında, yani günümüz ifadesiyle dünyanın yaratılış konusunda kalmıştık," dedi Deniz.

"Razi'nin dünyanın yaratılışıyla ilgili düşüncelerinde Platon'un etkisi görülmekle birlikte o Yunan, İran ve Hint felsefelerini de kendi felsefesinde birleştirdi. Hatırlarsan felsefenin Yunan dünyasından Doğu'ya İskenderiye yoluyla geldiğini ve Doğu'da karşılaştığı birçok düşünceden etkilendiğini söylemiştim. İşte Razi kendi felsefesini oluştururken bu kaynaklardan istifade etmiş ve kuramını beş ezeli prensibe dayandırmıştır. Bunları sana önce tek tek anlatayım, sonra da üzerinde durayım. Bu beş ezeli prensip şunlardır:

Madde (heyula),

Mutlak zaman,

Mutlak mekân,

Nefs (ruh),

Yaratıcı (Allah)."

Aren yabancı olduğu bu terimleri kendi kendine birkaç kere tekrarladı.

"Razi'ye göre madde ezelidir. Maddenin ezeli olduğunu açıklamak için iki yol kullanır: 'Yaratma' maddeye şekil verme işidir. Zamanda yaratma sadece şekil vermeyi değil, aynı zamanda bir maddeyi de gerektirir. Yani şekil vermenin yanında bir de şekli vereceği madde gerekmektedir. Daha açık söylemem gerekirse gemi yapmak için en basitinden bir kâğıda ihtiyaç vardır. Kâğıt varsa var olan kâğıda gemi şeklini verebilirsin. Bu nedenle madde yoksa yaratma da gerçekleşemez. Maddenin olmadığını da düşünürsek mantıken mutlak yokluktan yaratma işi de imkânsız olacaktır. Bu nedenle de madde ezelden beri vardır. Yani yaratıcı bir varlık var etmek istediğinde ezelden beri var olan maddeleri birleştirerek yaratmayı gerçekleştirir. Eğer Tanrı hiçlikten bir şey yaratmaya muktedir ise her şeyi doğrudan yoktan yaratma işine giderdi ki bu da yaratmanın en kolay ve çabuk yoludur. Allah o zaman isterse bir insanı bir saniyede yaratabilir. Yani insanın oluşması için belli bir sürenin geçmesini (9 ay) beklemeye gerek kalmazdı. Demek ki dünyada var olan şeyler yoktan yaratma ile değil, âlemin aslı olan maddeden, şeylerin birleşmesiyle oluşmaktadır. Bu nedenle de ezelden beri var olan dünyanın heyuladan, yani maddeden yaratıldığını söylemek gerekir.

Mekân konusuna gelince Razi, Aristo'nun tersine mekânı cisimden ayrılabilen soyut bir kavram olarak düşünür. Hatırlarsan Aristo cismi mekânla birlikte tutuyordu. Dünyanın cisimden ayrılamayacağını ve bu nedenle de mekânla birlikte sonlanmak durumunda olduğunu söylüyordu.

Razi'ye göre ise cisimden bağımsız olan bu mekân hem sonsuz hem de ezelidir. Ayrıca yukarıda ispat edildiği gibi madde de ezelidir ve bu ezeli maddenin var olabilmesi için de bir zaman gerekir ki bu var olan mekân da ezeli olur.

Razi'nin Aristo'dan ayrıldığı diğer bir nokta ise zamandır. Aristo zamanı bir hareket türü veya hareketin sayısı olarak görürdü, bu da zamanın harekete, özellikle de göklerin hareketine bağlı olmasına sebep oluyordu. Razi'de ise hareket zamanı doğurmaz, yalnızca onu işaret eder. Zaman, hareketten ayrılır ve iki türlü zaman karşımıza çıkar: Muayyen zaman ve mutlak zaman...

Eğer 'mutlak zamanı' anlamak istiyorsak bütün gök hareketlerini, Güneş ve diğer gezegenlerin doğuş ve batışını unutman gerekecektir. Bunu istersen bir dene," dedi Deniz.

"Denemek için ne yapmam lazım?"

"Hayatından güneşin doğuşunu ve batışını çıkar. Gözlerini yum ve güneşin doğuşu ile batışını unut!" Yaratıcının ve nefsin ezeliliği problemi ise bildiğin gibi Aristo'dan beri bütün filozofları uğraştıran bir sorundur. Razi bu problemi biraz daha renklendirir ve dünyanın yaratılmış veya yaratılmamış olması onun için bir sorun oluşturmaz. O, bazı filozoflar gibi âlemin Allah tarafından 'tabii bir zaruretle' mi yoksa 'hür irade' ile mi yaratıldığı noktasını irdeler. Eğer tabii bir zorunlulukla yaratılmışsa mantıken âlem zaman içinde yaratılmış olacak ve Allah'ın da bu zaman içerisinde var olması gerekecektir.

Diğer açıdan problemi ele alacak olursak, Allah neden âlemi seçtiği vakitte yarattı da başka bir vakitte yaratmadı, diye bir soru ile karşı karşıya kalacağız. Bu da cevaplanması zor bir soru olacaktır.

'Allah aslında dünyayı yaratmak istemiyordu,' der Razi. Nefs, maddeye düşkün olduğu için formla birleşmeyi arzu ettiğinden dünyanın yaratılmasını istedi. Ruh, cahil olduğundan maddeyi istiyordu. Madde de ezeli idi. Ruhun maddeyi istemekte ısrar etmesi sonucunda âlemi yaratmak zorunda kalan Allah, insana akıl vermek zorunda kaldı. Bu verdiği akıl ile düşünen insanları, gerçeklerin şuuruna vardıracak ve insan böylece akıl âlemindeki asıl yerini alacaktı.

Allah'ın, insanı yarattıktan sonra ona akıl vermesinin bir diğer sebebi de insanın kendini kötülülerden koruması ve sakınması idi. Maddeyi isteyen nefs olduğuna göre de nefs, bedenden önce geliyordu. Yine bu nedenle cismin karakteri, mizacı nefsin ahlakına tabidir. Yani nefs iyiyse cisim de iyidir, yok nefs kötü ise cisim de kötüdür. Bir insan hekim olmak istiyorsa ruhu iyi bilmelidir. Razi aynı zamanda bir doktor olduğu için doktorlara da bir öğüt verir: Ruh iyileşmeden beden iyileşmez."

"Peki, din hakkında ne düşünüyor Razi?" diye sordu Aren.

Ravendi'de olduğu gibi Razi'ye göre de peygamberlik gereksiz bir olaydı, çünkü en basitinden, insanlar yıldızlara bakarak da dünyanın ezeli olduğunu anlayabilir ve kendi kaderlerine yön verebilirlerdi.

"Ben sana âşık olmak için yıldızlara değil gözlerine baktım. Gözlerin beni buralara getirdi, yıldızlar değil," dedi Aren birden.

"Şaka yapmanın sırası değil Aren," derken yanaklarının kızardığını hissetti Deniz. Aren'in samimi itirafını duymuş olmasına rağmen duymazlıktan geldi.

"Ayrıca akıl iyiyi ve kötüyü ayırt etmek için yeterlidir. Allah'ı bilmemizin ve O'na inanmamızın tek yolu yine akıldır. Razi'ye göre eğer dinler ayrıntılı bir şekilde incelenirse peygamber denilen insanların söyledikleri şeyler birbiriyle çatışır. Peki, bunları aynı tanrı yolluyorsa bu çelişkilerin sebebi nedir diye sorar Razi.

Birinin getirdiği hükmü, diğeri kaldırıyor. Bu da ortaya yeni dinlerin çıkmasını kolaylaştırıyor, hem de dinler arasındaki iletişimi olumsuz etkiliyor. Hatta toplumlar arasında sık sık din savaşlarının yaşanmasına neden oluyor. Oysa dinin görevi bütünleyici ve birleştirici olmaktır. Peygamberler, din savaşlarının çıkmasının nedenlerinden biridir. Hem bazı insanları, diğerlerinden üstün gösterme ve kalabalıklardan ayrı tutmanın ne gereği var; neticede insanlar akıl olarak birbirleriyle aynıdır.

Öyleyse bir daha tekrar ediyorum; peygamberlere gerek yok, der Razi. İnsan aklıyla Tanrı'ya ulaşabilir. Yeter ki doğuştan getirdiği melekelerin farkında olsun ve bu melekeleri kullanmayı öğrensin. Zaten insanların arasındaki fark da doğuştan getirilen melekelerin büyürken ortaya çıkarılmamasından kaynaklanmaktadır.

Razi'nin diğer bir özeliği ise fizikte ışığın bir muhitten diğerine geçerken kırıldığı düşüncesini ilk ortaya atan kişi olmasıdır.

Kimya biliminde ise maddenin oluşumunu dört unsurun birleşmesiyle, yani Anasır-ı Erbaa (hava, su, toprak, ateş) ile değil, atomların birleşmesiyle açıklama eğilimindedir.

Razi çiçek ve kızamık hastalıklarının teşhis ve tedavi yöntemini keşfetti. Kalp sektelerine karşı kan almayı uyguladı. Ameliyatlarda hayvan bağırsağını dikiş maddesi olarak ilk o kullandı. Ateşli hastalıklarda soğuk suyu ilk o tatbik etti. Kaytan (fitil) yakısını, sesi meydana getiren sinirleri keşfetti. Mafsal romatizması, taş, mesane, böbrek ve çocuk hastalıklarıyla ilgili engin ve zengin bilgi sahibiydi. Böbrek ve mesanedeki taşları ilaçla parçalatma veya ameliyatla çıkartma yöntemini ilk defa o buldu.

Boşlukta çekimin varlığını ispatlamaya çalıştı. Tarihte ilk defa tabiat ilimleri felsefesini kurdu. Bu felsefenin Batı'ya geçmesi ancak 15. asırda, gözlem ve deneyse 17. asırda gerçekleşti.

Günümüzde Paris Tıp Fakültesi salonunda İbn-i Sina'yla birlikte fotoğrafının asılı olması, ona verilen değerin kanıtıdır."

Parkta bulunan asırlık ağaçlara kuşlar konmuş, bütün neşeleriyle ötmeye başlamışlardı. Razi'yi anlatmayı bitirdikten sonra sustu Deniz. Kuşların sesinden başka bir ses duyulmuyordu. Bir de arada sırada sokaktan geçen arabaların sesi... İkisi de konuşmaya korkuyordu. Konuşsalar, camdan yapılmış kule gibi yıkılacaklarını zannediyorlardı. Aren âşık olduğu kadının, iki arada bir derede kalmış olduğunu düşünüyordu. Şam'dayken anlamıştı aslında Mustafa'nın kendisine rakip çıkacağını. Deniz'le sohbet etmeye çalıştığındaki bakışlarını hatırlıyordu; her an üstüne atlayacak gibi öfkeyle dolu bakışlarını. Ya o gün iş teklifi bahanesiyle Cabir'in evine gittiğindeki hali? Kendisini düşman gibi görmüş, karşısında asık suratla oturmuş, ne dediyse hep ters cevaplar vermemiş miydi?

Göz ucuyla Deniz'e baktı. Deniz dalgın ve düşünceli gözlerini kapamış, kendisini kuşların sesine bırakmıştı sanki. Bedeni bankta ama ruhu kim bilir nerelerdeydi? Aklından geçenleri okumayı çok istedi Aren. Pırıl pırıl parlayan güneşe baktı. Fakat konuşmadan da duramayacağını biliyordu.

Deniz oturduğu banktan aniden kalktı. Eliyle başını tutuyordu,

Aren'e dönüp, "Bugünkü gezimizi burada sonlandıralım mı? Başım ağrıyor, eve dönüp biraz dinlenmem lazım," dedi.

Aren o sevimsiz olayın günlerini mahvetmesini istemiyordu, neşesi tamamen kaçtı, yüzü düştü. "Sen nasıl istersen Deniz," diyebildi. İçinden bildiği bütün küfürleri savurup kızın kolundan tutarak günümüzü mahvetmeyelim demek geçti. Yapamadı. Sessizce, hiç konuşmadan Deniz'i takip etmeye koyuldu. Parktan çıktılar, eve gidebilmek için yokuş yolu çıkmaya başladılar. Aren, Deniz'in konuşmasını bekliyor, fakat Deniz sessizce yolu adımlıyordu. Yol boyunca konuşmadılar.

Yol bitmiş, eve gelmişlerdi. Her ikisi de şimdilik konuşulacak bir şey kalmadığını bildiğinden odalarına çekildiler. Güneş pencerede kaybolmak üzereyken kapı çalındı. Yatağında dönüp duran Deniz, kapının sesiyle odasından çıktı, kapıyı açtığında karşısında Kübra vardı. Kübra'nın yüzü solgun ve de asıktı. Deniz, Kübra'nın olanları öğrendiğini yüz ifadesinden anlamıştı. Kapının önünden çekilerek Kübra'yı içeri davet etti, Kübra içeri adımını atar atmaz "Mustafa, Mustafa ne yaptı?" diye haykırdı panikle.

Deniz suskun kalmayı tercih ettiyse de arkadaşının ısrarcı bakışları karşısında yorgun bedenini koltuklardan birine bıraktı. Sanki Kübra yokmuş gibi derin derin soludu. Sonra ne diyeceğini bilemedi ve çay demlemek bahanesiyle odadan çıkacakken kapıda Aren ile burun buruna geldiler. Aren'den gelen parfüm kokusu başını döndürdü. Bu hoş kokuyu sabahtan beri neden duymadım, diye düşündü ve Aren'in yüzüne bakmadan mutfağa adımladı. Kübra bir anda karşısında Aren'i gördüğüne şaşırsa da tebessüm ederek oturduğu yerden kalktı ve samimi bir ses tonuyla, "Hoş geldin Aren. Mustafa'nın bugün yaptığı kabalığı duyar duymaz buraya geldim. Seni rahatsız etmedim ya!"

Aren bu sıcak karşılamaya sevinse de Mustafa konusunun açılması soğuk rüzgârlara neden oldu. Aren'in tebessümünün yarım kaldığını gören Kübra havayı yumuşatmak için, "İyi bir zamanda geldin. Yakında Trabzon'daki Sümela Manastırı ayine açılıyor. Türkiye'ye gelmişken ayini kaçırmak istemezsin sanırım," dedi.

Aren, Kübra'nın konu değiştirmekteki amacını anladı ve nazik bir şekilde, "Evet, uzun süredir gündemin ilk konusu bu. Açıkçası sevinmediğimi söyleyemem. Ama henüz Maraş'ı doğru dürüst gezemedim. Hem ev arkadaşımın bu konuda ne düşündüğünü bilmiyorum. Benle Trabzon'a gelmek ister mi?"

"Bence onun için de bir değişiklik olur. Hava değişimi iyi gelebilir. Maraş'tan ayrılması, düşüncelerini toplamasında ona yardımcı olacaktır. Neden içeri geldiğinde sormuyorsun?"

"Bugün olanlardan sonra beni evde isteyeceğinden bile emin değilim. Kendime kalacak bir otel bulsam iyi olacak. Hem iş görüşmesini de yarın yapıp ertesi günü gitmeyi düşünüyorum."

"Bu kadar çabuk mu gidiyorsun? Acelen olduğunu bilmiyordum."

Deniz elinde çay tepsisi ile kapıda göründüğünde iki arkadaşın sohbeti yarım kalmıştı. Deniz'in ağladığı kızarmış gözlerinden belli oluyordu. Çayları ikram ettikten sonra boş koltuklardan birine oturdu.

"Ben yokken ne konuşuyordunuz, yoksa beni mi çekiştiriyordunuz?" diye zoraki bir gülümsemeyle sordu. Konuşmak istemediği her halinden belli oluyordu.

Kübra, "Bence burada böyle oturup somurtmanın gereği yok. Kalkın, kurtlar gibi açım. Siz de açsanız terasta güzel bir yemek yiyelim, Maraş manzarası eşliğinde. Hem bu saatte terastan Maraş'ı izlemek harika olur," dedi.

Aren ile Deniz göz göze geldiklerinde Deniz gözlerini kaçırdı.

"Misafirimiz iki gün sonra gidiyormuş. Onu gezdirmeyecek misin?" dedi Kübra.

Çayların bittiğini bahane ederek Deniz odadan ayrıldığında Aren, "İki gün sonra gideceğimden haberi yoktu. Bu kararı az önce aldım ve ona söyleme fırsatım olmadı," dedi.

Kübra ortalığı yatıştırmaya çalışırken her şeyi eline yüzüne bulaştırdığını düşündü. "Eğer ben Deniz'i tanıyorsam senin aniden gitme kararı almandan hoşlanmayacaktır," dedi. Deniz'in içeri girerken yüzünün asık olmasından terasa gitmenin iyi bir fikir olmadığını anladı ve ince şalını omzuna atıp çantasını aldı, gitmek için izin istedi.

Ayakkabılıktan ayakkabılarını alacaktı ki arkasından gelen Deniz'in, "Ne yapacağımı bilemiyorum," demesiyle durdu, arkasına döndü.

"Son günlerde yaşadıkların mantıklı kararlar almanı engelliyor, biliyorum. Mustafa'nın yaptıkları da bardağı taşıran son damla oldu senin için. Ama yine de soğukkanlı ol, senin doğru kararlar alacağına eminim."

"Hangi doğru karar? Karar almamı gerektiren bir durum yok ortada. Aren'in iki gün sonra gideceğini sen söyledin. Mustafa'nın yaptıklarından sonra böyle bir karar alacağını tahmin ediyordum zaten ama bu kadar çabuk olacağını düşünmemiştim."

"Yakında Trabzon'da Sümela Manastırı ayine açılıyor. Onunla daha fazla vakit geçirmek istiyorsan birlikte oraya gidebilirsiniz."

"Aslında güzel bir fikir... Kafam çok karışık... Peki, Şam'daki o olaydan sonra bana gerçekten âşık olup olmadığını nasıl anlayacağım?"

"Davetsiz misafirin odada tek başına kaldı. Bence yanına dönsen iyi edersin. Sen sezgileri kuvvetli bir kızsın, anlarsın."

"Dalga geçmeyi bırak lütfen."

Karşılıklı gülüştükten sonra Kübra evden ayrıldı. Deniz'se bir süre sırtı duvara dayalı, ne yapacağını düşünerek zaman kazanmaya çalıştı. Odaya girdiğinde Aren'i kitaplıktaki kitapları karıştırırken buldu. Elinde tuttuğu derginin kapak konusu Saffet Kardeşler'di.

Aren, "Kitaplığındaki bütün kitapları okudun mu?" dedi her zamanki çocuksu gülümsemesiyle.

Onun gülümsediğini gören Deniz, içindeki acıların bir nebze olsun dindiğini düşünerek, "Bu soruna cevap vermeden önce ben sana bir soru soracağım," dedi.

"Elbette sorabilirsin?"

"İki gün sonra gideceğin doğru mu?"

Aren elinde tuttuğu dergiyi kitaplıktaki yerine koydu. Deniz'e yaklaşarak, "Kübra'yla konuştuklarınıza istemeden kulak misafiri oldum. Sana âşık olup olmadığımı arkadaşına soruyorsun," derken ellerinden tuttu, sesi iyice kısılmıştı, sözcükler dudağından zorla çıkıyordu sanki... Deniz'e iyice yaklaştı, nefesini nefesinde hissetti. Dudaklarının ucunu hafifçe öpmeye başladığında Deniz, Aren'in ağzını eliyle kapadı. "Saffet Kardeşler," diye konuşmaya başladı. Aren'den uzaklaştı, kendini arkasında duran koltuğa bıraktı.

"Evet, Saffet Kardeşler," dedi Aren, Deniz'in öpmesine izin vermediğine kızsa da bu defa en azından tokat yemediğine sevindi.

İhvan'üs-Safâ (Saffet Kardeşler)

*"İnsan küçük âlem,
Dünya ise büyük insandır."*

Kod adları: İslam Ansiklopedistleri, Saffet Kardeşler
Yer   : Basra, Irak
Tarih   : Miladi 11. yüzyıl (H. 439)

"Bu gruptakiler kendi aralarında birbirlerine 'saf, temiz kardeş' dedikleri için İhvan'üs-Safâ adıyla anılır.

Bir grup felsefeci 11. yüzyılda tahmini Basra veya Bağdat dolaylarında bir araya gelerek burada risaleler yayımlamaya başlar. Amaçları başta tabiat ilimleri olmak üzere diğer tüm ilimlerle felsefeyi aynı çatı altında buluşturarak aydın bir halk oluşturmaktır. Bunun için de Yunan filozoflarının düşünceleri ile Doğu görüşlerini bir araya getirirler. Saffet Kardeşler yeryüzünde adaleti temsil edebilecek bir devlet kurmayı amaç edindilerse de bu amaçlarına ulaşamadılar.

Hiçbir dine karşı değillerdi, çünkü temel dayanaklarını üç öğe oluşturuyordu: Kur'an, Yunan felsefesi ve Hint felsefesi. Bunun yanında matematik alanında Pisagorcuları, mantıkta Aristo'yu, metafizikte Eflatun ve Yeni Eflatuncuları, din felsefesinde Farabî'yi, ahlakta Sokrates ve mutasavvıfları takip ettiler.

İhvan'üs-Safâ filozofları da evrenin yaratılışıyla ilgili fikirler öne sürdüler."

Sudûr Olayı (Evrenin Yaratılışı)

"Onlara göre âlemde iç içe girmiş on küre bulunmaktadır. Bu nedenledir ki âlemin şekli kürevidir ve sürekli hareket halindedir.

Bu on küre sırası ile şöyledir:

1- Muhit küre
2- Sabit yıldızlar küresi
3- Zuhal
4- Merih
5- Müşteri
6- Güneş
7- Utarit
8- Uranüs
9- Ay
10- Bütün olayların cereyan ettiği, içinde yaşadığımız Dünya.

Bu kürelerin en genişine, ki sabit yıldızları ve dünyayı içine alır, 'Azam-ı Kürsi' denir. Diğerleri bunun içinde yer alır ve bunlara 'Yedi Gezegen' adı verilir.

Evrenin yaratılması için de dört unsura ihtiyaç vardır:
1- Allah
2- Faal akıl
3- Âlemin ruhu
4- İlk madde

İhvan'üs-Safâ'ya göre evren bir bütündür ve bu bütünün parçaları, yaşayan bir vücudun organlarına benzer. Onlara göre evrenin anlam ve anahtarı sayılarda gizlidir. Sayılar sayesinde insanlar, evrende var olan uyumu açığa çıkarmakta ve çokluğu birliğe bağlayabilmektedir. Sayılar olmasaydı belki bu yaşam da olmayacaktı. Sayı her şeyin temelidir. Allah birdir, insan birdir, dünya birdir. Aslında her şey birdir; birin bu kadar çokmuş gibi görünmesinin asıl nedeni filozoflar ve toplumdaki belirli bir zümredir. Onlar 'bir'i çok olarak görmese ve çok olarak yorumlamasa herkes 'bir'i görecek ve kabul edecektir. 'Bir'i görebilseler aslında aralarında hiçbir sorun olmayan din ile felsefe arasında savaş da yaşanmayacaktır. Onlar aslında bir çatı altında yaşayan iki görüştür. Aralarında bir çatışma yoktur. Eğer bu iki zümre 'bir'i doğru yorumlayabilse bu var olduğu sanılan savaş da ortadan kalkacaktır.

Saffet Kardeşler'in felsefesinde yer alan bir başka konu ise 'insan'dır. Onlara göre insan küçük âlem; dünya ise büyük insandır. Bu kadar gezegen içerisinde ruha sahip olan tek âlem vardır, o da dünyadır. İnsan da bu dünyanın içerisinde yaşamaktadır ve âlemin sahip olduğu ruhun bir parçasına sahiptir. Ruha sahip olması nedeniyle de insan, diğer bütün canlılardan ayrılır. Bu ayrılıktır ki insana mükemmele (kemale) erme yolunu açar. Asıl dikkati çekmek istedikleri nokta da, bu kadar canlı içerisinde sadece insanın mükemmele ulaşabilmesidir.

Mükemmele ulaşmak isteyen ruhların hepsi aynı seviyede değildir. Onun da basamakları vardır:

1- Meleki ruha sahip olan filozoflar

2- Kutsal ruha sahip olan peygamberler

3- İnsandan hayvana; hayvandan insana geçebilen ruh."

"İnsandan hayvana, hayvandan insana geçebilen ruh dediğine göre İhvan'üs-Safâ filozofları da tenasühe inanıyor," dedi Aren.

"Evet, onlar da, Saffet Kardeşler de tenasüh olayını kabul ederler, çünkü insandan hayvana geçen ruh ve hayvandan insana geçen ruhun varlığını savunurlar.

Hayvan ruhları uzunca bir devinimden geçer, bu esnada kendilerine uygun bir ruh bulduklarında insan ruhu olarak ortaya çıkarlar ve bunlar insan olduklarında genelde kötü insan olarak görülürler. Bir noktada şöyle de diyebiliriz: Kötü insanların ruhu, aslında hayvan ruhudur ve hayvan ruhu, insan olarak görünmektedir. Ruh aynı zamanda ebedidir, eğer ebedi olmasaydı ebedilik özlemi çekmezdi. Her ruh ebedi olmayı bu nedenle ister. Ruh ölümlü olsaydı, bu özlemi çekmezdi. Ruh ölümsüz olduğu için beden de aynı özlemi çeker. Bu noktada devinim başlar. Bitkilerden hayvanlara, hayvanlardan insanlara doğru bir devamlılık söz konusudur. Bitki ile hayvan arasında devamlılığı sağlayan, kayaları örten yosunlardır. Hayvan ile insan arasındaki devamlılığı sağlayan ise görünüş itibariyle insana çok benzeyen maymundur. Az önce insanların mükemmele erecek tek canlı olduğunu söylemiştim. Bazı insanlar mükemmele ulaşamazlar. Mükemmele ulaşamayıp dünyada avare avare dolaşan ruhlara 'atman' denir. Kemale eren ruhlar ise göğe ulaşırlar, bu ruhlara da 'para-atman' denir. Atman ile para-atman arasındaki fark ruhların iyi ya da kötü olmasından kaynaklanır. Ruhların atman ya da para-atman olmasını belirleyen ahlaktır. Ruhların taşıdığı ahlak kötüyse 'atman', iyiyse para-atman olurlar. Ruhun taşıdığı ahlak bu yönden çok önemlidir, çünkü ruhun iyi veya kötü oluşunun temelinde ahlak yatar. Mizaçlar karakterleri, karakterler ise mizacı etkiler. Bu etkilenmeye ruhun yaşadığı bölgenin iklim şekli, okuduğu okul, doğduğu aile, aldığı dini eğitiminin de etkisi vardır. Saydığım bu etkiler ruhun biçimlenmesinde de etkilidir.

Biliyor musun, İhvan'üs-Safâ'ya göre mizacı etkileyen bir unsur daha vardır. O döneme kadar hiç kimse bu konu üzerinde onlar kadar ayrıntılı durmadı."

Aren sessizce Deniz'i dinliyordu. Tebessümle karşılık vermekle yetindi.

"İhvan'üs-Safâ, aşkın meydana gelebilmesi için öncelikle 'bakışların' yardımına ihtiyaç olduğunu belirtir. Bir noktada bakış ya da bakışmak karşımızdakinden etkilendiğimizi göstermenin bir sinyalidir. İlk bakıştan sonra bakışa karşılık veren göz de konuşulmadan anlaşılmaya yardımcı olur. Böylece ortaya âşık ile maşuk çıkar. Aşk, bakışmayla büyüyecektir, bunun neticesinde âşık ve maşuk tek başına kalmanın yollarını arayacaklardır. Tek başlarına kaldıklarında konuşmak ve sohbet etmekten ziyade 'öpüşmeyi' tercih edeceklerdir, ki tek başlarına kalan âşık ve maşuk için öpüşmek kaçınılmazdır.

Öpüşme de elbette arkasından birleşmeyi getirecektir. Âşık, aşkına karşılık bulmuştur ve bakılan artık maşuktur. Bakılanın maşuk olmasıyla birlikte 'yakınlaşma arzusu' meydana çıkar. Eğer bu arzu karşılıklı ise tek kalmanın çarelerine bakılır ve bunun sonucunda da 'sohbet etme arzusu' ortaya çıkar. Eğer bu ikinci basamak da gerçekleştirilmiş, âşık ve maşuk tek başlarına kalmışlarsa sohbet esnasında içlerinde 'öpüşme arzusu' uyanır. Bu noktada iki taraf da, yani âşık ve maşuk da aynı isteği duyarsa bu aşama da gerçekleştirilmiş olur ve öpüşmeye başlanılır. İhvan'üs-Safâ'ya göre bütün aşamalar başarı ile sonuçlandıysa artık geriye sadece 'aynı örtü altına girmekten başka seçenek' kalmayacaktır. Eğer aynı örtünün altına girme basamağı da gerçekleştirilmişse 'en baştan beri arzu edilen şey' böylece gerçekleştirilmiş olur.

İhvan'üs-Safâ, örtünün altıyla fazla ilgilenmez, çünkü bu insanlar için doğal bir süreçtir. Onları en çok ilgilendiren kısım bakışmadan ve tek başına kalıp sohbet etmekten de çok 'öpüşme'dir.

İhvan'üs-Safâ'ya göre öpüşmeye geçemeden önce öpüştüğünüz kişiye dikkat etmek gerekiyor! Neden mi? Çünkü İhvan'üs Safâ'ya göre öpüşmek insanın mizacını değiştirir.

Tek başlarına kalıp sohbet ettikten sonra öpüşmeye başlayan âşık ve maşuk için öpüşme hali 'hayatın özüdür.' Ne yazık ki hayatın özü olan bu hal 'nem ve kandan oluşan yaş bir buhardan' meydana gelmektedir. Bu buhar, 'insanın bütün bedeninde' dolaşır ve 'cismin hayatı' bu buhar ile gerçekleşir.

İhvan'üs-Safâ, bu 'buharın özünün' sürekli olarak nefes yoluyla teneffüs edildiğini söyler. Bu teneffüs sonucudur ki 'kalpteki doğal sıcaklık' giderilmeye çalışılır, çünkü yalnız kalıp sohbet etmeyi başaran âşık ile maşukun her ikisinin de bedenini hararet sarar. Bu hararet sarılma esnasında daha da artar. Hararetin artması sonucunda da iki taraf derin derin nefes almak zorunda kalırlar, ki bu da kalpteki doğal sıcaklığın normal seviyeye inmesine yardımcı olur.

Âşık ve maşuk sarılmanın hararetiyle derin derin nefes alırken birbirlerinin tükürüklerini de emdiklerinin pek bilincinde olmazlar. Emme esnasında âşığın tükürüğü maşuka; maşukunki âşığa geçer. Yer değiştiren bu tükürük yutkunma neticesinde yutulur ve yemek borusu sayesinde mideye kadar gider. Mideye ulaşmayı başaran sevgilinin tükürüğü midede bulunan diğer rutubetlerle karşılaşır, bu tükürük midede kalmaz, gidecek başka yerler arar ve karaciğere kadar gider. Karaciğere ulaşan tükürük öpüşmeye devam eden bireylerin kanına doğru yolculuğuna devam eder. Yutulan bu tükürüğün macerası burada bitmez. Kana ulaşır ve kan aracılığı ile de damarlara yayılır.

Aslında bu durum ilk bakıştan beri istenilen bir durumdur. İlk görüşten beri arzu edilen sevgilinin ağız suyu kana karışıp damarlar sayesinde kişinin bütün vücudunu gezmeye başlar. Bedenin her yerine ulaştıktan sonra bireyin bedenindeki ete, kana, damarlara ve sinirlere dönüşür.

Böylece kişide bir parça sevgilinin ağız suyu olur. Bir de İhvan'üs-Safâ'ya göre öpüşürken 'esinti' çıkar. Öpüşme esnasında hararetten dolayı derin nefesler alıp veren sevgililer, birbirlerinin de nefeslerini teneffüs ederler. Böylece nefes alıp verme esnasında esinti meydana gelir. Bedenlerde çıkan bu esinti, havaya karışır. Havayı teneffüs etmekte olan sevgilinin koku alma organıyla birlikte genze ulaşır. Genze ulaştıktan sonra bir yolculuğa çıkar. Bu yolculuk, sevgilinin dimağına ulaşınca son bulur. Çünkü esintinin son durağı dimağdır.

Öpüşmenin kısa ya da uzun olması da bu nedene bağlıdır, çünkü nasıl ki lambadaki ışık, billur fanusa sirayet eder, dimağı da bu nefesten bir tat alır. Bu tat alma sonucundadır ki birbirlerinin nefeslerini alışveriş, sevgililere büyük lezzet verir.

Şunu da belirtmek gerekir ki esinti sadece genze ulaşmakla işini bitirmiş değildir, çünkü nefesin izleyeceği yol iki tanedir. Biri genze ulaşırken diğeri de emilen tükürüğün mideye gitmeye yol aradığı gibi, solunum yoluyla akciğere gitmenin yollarını arar. Eğer nefes, akciğere ulaşırsa onun için asıl yolculuk bundan sonra başlar. Akciğere ulaşan nefes, akciğer vasıtasıyla 'kalbe' ulaşır. Kalbe ulaşmayı başaran bu nefes, kalpten atardamara gider. Atardamardaki nabız sayesinde diğer organları dolaşmaya başlar ve artık tükürük gibi bireyin bir parçası olur.

Tükürüğün ve nefesin yolculuğu süreklidir. Yani süreklidir derken öpüşmeye bağlıdır. Tükürük ve nefes artık bireyin bir parçası olmuştur ki insanın vücudunda ahlakı oluşturan sıvılar da vardır. Nefes ve tükürük, bu sıvılarla da karşılaşır. Nasıl ki sevgililerin birleşmesinden sonra bedende çeşitli değişiklikler meydana geliyorsa, ahlakı oluşturan sıvılarla karşılaşan tükürük ve nefes de bireyin mizacında değişikliklere yol açacaktır."

Deniz sustuktan sonra, "Ama ben Saffet Kardeşler'in savunduğu felsefeden çok senin duygularını merak ediyorum," dedi Aren. "Susuyorsun ama soruma cevap almadan bu odadan dışarı bir adım dahi atmam, haberin olsun. Sabaha kadar burada böylece otururum."

Deniz bu sözler üzerine gülmeden edemedi. "Tıpkı küçük bir çocuk gibisin. Soruna cevap vermeyeceğim."

"Aşk insanın aklını başından alır, Deniz Hanım! Bu nedenle de bazı hareketlerimin çocuksu olması gayet doğaldır."

Kendisine Deniz Hanım diye hitap etmesi Aren'in ne kadar ciddi olduğunu gösteriyordu. Deniz gülümsemeyi bıraktı, biraz da sinirli bir ses tonuyla, "İki gün sonra gitmeye karar vermiş biri için çok iddialı konuşuyorsun. Sen çekip gideceksin, bense acılarımla ve hatıralarımla baş başa kalacağım. Sence bu adil mi?" dedi.

"Haklısın, bencil davrandığımı düşünüyorsun. İki gün sonra gitme kararı, bir anlık öfkeyle alınmış bir karar. Mustafa'yla senin için savaşmam gerekecekse bu savaşı vermeye hazırım."

Aren, Mustafa ismini duyduğunda Deniz'in renginin attığını biliyordu ama söylemeden de edememişti. Konu dönüp dolaşıp hep Mustafa'ya geliyordu. Güneş ufukta kaybolmuş, oturdukları oda neredeyse karanlığa teslim olmuştu. Deniz ışığı yakmak için oturduğu koltuktan kalktığında ayağının dibine bir taşın düştüğünü gördü. Ondan önce de büyük bir gürültüyle kırılan camın sesini duydu.

Aren oturduğu koltuktan kalkıp duvarın yan kısmına saklanmış, olup biteni anlamaya çalışıyordu. Deniz sessizce ama dikkatli davranarak cam kırıklarına basmadan Aren'in yanına geldi. Ona sıkıca sarıldı. Taşlar tek tek evin içine doluyordu. Aren sevdiği kadının kollarına, bir kedi gibi ürkek saklanmasına memnun olmuştu. Deniz'e sıkıca sarıldı. Parmak uçlarını Deniz'in belinde gezdirmeye başladı. Deniz de Aren'in kollarında olmaktan şikâyetçi değildi. Bluzunun üstünde hafifçe dolaşan parmaklar içini titrettiyse de başını kaldırmadı. Kaldırsa biliyordu ki Aren ile dudak dudağa gelecekti. Sonunda taşların atılması kesilmişti. Odanın her tarafı cam kırıklarıyla dolmuştu. Pencereden baktıklarında karanlık gecede sokakta kimse görünmüyordu. Ortalığı toplarlarken taşlardan birine bağlı olan bir kâğıt parçası Aren'in dikkatini çekti.

Aren heyecanla kâğıdı taştan çıkardı, açmaya çalıştı, Türkçe birkaç kelime karalanmıştı; Deniz, Aren'in heyecanla bir şeyler okumaya çalıştığını gördüğünde yanına geldi ve kâğıdı çekip Aren'in elinden aldı. Okuduğu gibi parçalara ayırmaya başlamıştı ki Aren, "Ne yazdığını bana da okumayacak mısın?" diye sordu. Deniz, "Önemli bir şey değil," diyerek elektrikli süpürgeyi getirmek için odadan çıktı. Kapıda elektrikli süpürge ile göründüğünde, "Önemli bir şey değilse neden yüzünün rengi değişti? Bana kâğıtta ne yazdığını söyleyecek misin?" dedi Aren.

Deniz, Aren'in sürekli aynı konuyu gündeme getireceğini biliyordu; sinirleri altüst olmuştu. Önce Mustafa kendilerini tehdit etmişti, şimdi de evi taşlanıyordu. Endişeli bir bakış attı genç adama. Kâğıtta "Pis Ermeni, Maraş'ı hemen terk et!" yazıyordu ve Deniz bunu Aren'in gözlerinin içine bakarak söyleyemezdi.

"Aren, önemli bir şey olmadığını sana söyledim. Şimdi ortalığı toplamamda bana yardımcı olur musun?"

Cam kırıklarını temizledikten sonra Deniz, ortamın yumuşaması için çay demledi. Fakat Aren'in gözlerindeki şüpheli bakışlar, aklının yarım yamalak okuduğu kâğıtta kaldığını anlamasına yetti de arttı bile. Deniz elindeki bardağı masaya bıraktıktan sonra Aren'in yanına oturdu. Ellerini ellerinin arasına aldı. Göz göze geldiklerinde Aren, Deniz'in dudaklarına yapıştı. Uzun bir süre öptü. İkisi de nefes nefese kalmıştı, bu anları Aren'in, "Bana kâğıtta ne yazdığını söyler misin?" diyen sözleri bozdu. Deniz bu romantik anın böyle bir soruyla engellenmesi karşısında öfkeyle Aren'in yanından kalktı. "Madem kâğıtta yazılanları öğrenmeyi çok istiyorsun, o halde söylüyorum sana: Pis Ermeni, hemen Maraş'ı terk et, yazıyordu. Duyduğuna mutlu musun şimdi!" dedi Deniz. Bu cümleleri söyledikten sonra ağlamaya başladı. Aren oturduğu yerden Deniz'e bakıyor, ne yapacağını ve ne söyleyeceğini bilemiyordu. Kalktı, Deniz'e doğru bir iki adım attı ama olduğu yerde durdu; bir an ona yaklaşmaktan çekindi. Pencerenin önüne geldi, kırılmış camdan karanlık sokağı izlemeye koyuldu.

"Şüphem yok, bunu Mustafa'dan başkası yapmış olamaz. Sanırım bu şehirden gitsem daha iyi olacak. Benim yüzümden üzülmeni istemem."

"Bu şekilde gidemezsin. Asla izin vermem."

"Kendime acıyorum, aşkıma inanmayan bir kadın ve onun

aşkına karşılık bulamamış sevgilisi arasında kaldığım için kendime acıyorum."

"Sana inanamıyorum Aren! Mustafa'nın sevgilim olmadığını daha kaç kere söyleyeceğim! İnanmıyorsan işte kapı orada, istediğin yere gidebilirsin. Unutmadan, sana gelince, evet, güvenmiyorum sana, çünkü geldiğinden beri Mustafa'yı aklından bir türlü çıkaramadın ve unutma ki buraya benim için değil iş anlaşması için geldin."

"Sadece iş anlaşması için geldiğimi nereden çıkardın! Üstelik evini taşlıyorlar, bana defolmamı söylüyorlar. Nasıl davranacağımı bilmiyorum. Ne yapmam gerektiğini de. Bir tarafta sen, diğer yanda evini taşlayan insanlar!"

"O halde buradan birlikte uzaklaşalım!"

"Benimle Şam'a mı geleceksin?"

"Hayır."

"Nasıl birlikte uzaklaşacağız peki?"

"Trabzon'a gideceğiz."

"Evi bu halde bırakarak mı? Polis çağırmayacak mısın?"

"Çağırmaya gerek yok."

Aren bu cevaba şaşırdı. "Sen de çok iyi biliyorsun evi kimin taşladığını! Onu neden bu kadar koruduğunu anlamıyorum. Sevgilin değilse neden polise gitmiyorsun? Senle bir geleceğimiz olacaksa ben Mustafa'nın gölgesi altında bir ilişki yaşamak istemiyorum. Anlıyor musun beni?"

Deniz ne diyeceğini bilmiyordu. Odayı bir sessizlik kapladı. "Gecenin bu saatinde seninle ilişkimizi konuşacak halim yok, Aren."

"Peki bugün konuşmayacaksın da ne zaman konuşacaksın, söyler misin bana? Seni öpmeme neden izin verdin o halde?"

Aren'in öfkeden gözü bir şey görmez olmuştu. Deniz onunla tartışmak istemiyordu. Kasvetli havanın dağılması için şakayla karışık bir ses tonuyla, "Meşşailik yapmaya ne dersin?" dedi.

"Meşşailik nedir?" diye sordu Aren. Kelimeyi öyle hoş ve de yanlış söylemişti ki, Deniz kendi kendine gülmeden edemedi. "Sen görürsün Deniz Hanım, ben de Türkçeyi en az senin kadar iyi konuşacağım, bir gün. O gün ben de sana güleceğim. Peltek olabilirim ama..." Sinirlendiğinde dili daha da peltekleşirdi. Deniz sinirden mi yoksa gerçekten hoşuna gittiği için mi kahkaha ile gülüyordu, Aren anlayamadı.

"A, kıskançlık yok. Ben de Ermeniceyi bilmiyorum."

"Beni hep şaşırtıyorsun, en çok beğendiğim yanın da bu. Hayatım boyunca senin gibi bir kadın aradım. Açık söylemek gerekirse çok kadınla birlikte oldum. Hiçbirinde de sendeki gibi ne yapacağı önceden bilinmeyen, esrarengiz bir hava yoktu. Biliyor musun, aradığım kadını bulduğumda din farkının olacağını rüyamda görsem inanmazdım."

Deniz, "Sence sorun mu bu?" dediğinde yüzünün asıldığını gördü Aren.

"Bence bugün bu kadar macera yeter! Seninle başka bir tartışma yaşamak istemiyorum."

"Hadi o zaman, ne bekliyoruz, Meşşailik yapalım."

Karşılıklı güldüler. Evden çıktıklarında sokak karanlıktı, az önce yaşanan olaya inat kol kola girerek sokakta adımlamaya başladılar. Dükkânların çoğu kapanmıştı. Arabalar tek tük geçiyordu. Boş sokakta sessizce adımlıyorlardı. Aren, "Peki, Meşşailik nedir?" diye sordu.

Deniz düşünceli halinden sıyrılıp sokak lambasının aydınlattığı yüzüne baktı. "Yürüyenler Okulu demek."

"Yani biz de şimdi o okulun bir mensubuyuz, öyle mi? Sen Meşşailik deyince Deniz, aklıma ne geldi; Peripatetisme'nin de anlamı adımlamaktır."

"Evet, zaten Meşşailik terimi de Grekçe 'Peripatetisme' kelimesinin Arapçada aldığı karşılıktır."

"Beni yine şaşırttın."
Deniz, "Belki seni şaşırtmayı seviyorumdur," dedi.
"Yani beni seviyorsun, öyle mi?"
"Hemen kendine pay çıkarma, sadece seni şaşırtmayı sevdiğimi söyledim."
"Kızma, tamam, hadi seni dinliyorum. Bu akşam bunu duydum ya senden, artık sabaha kadar gözüme uyku girmez."
"Bence uyusan iyi edersin, Trabzon'a gideceğimizi unutma."

"Meşşailik felsefesi, tabiat felsefesine paralel olarak ortaya çıktı. Kısa zamanda sistemli bir felsefi akım haline geldi. Peripatetisme…"

Aren, Deniz'in konuşmasını böldü. "İstersen bu kısmı ben anlatayım. Sen devam edersin… Peripatetisme, Aristotelesin, Atina'da kurduğu okulun bahçesinde derslerini öğrencileriyle gezinerek yapmasını ifade ediyor."

"Evet, Meşşailik ise İslam dünyasında Aristûtâlis, Aristâtâlis veya Aristû ismiyle de tanınan Aristoteles'in, başta mantık ve metafizik olmak üzere psikoloji (ruh), astronomi, tabiat, siyaset, ahlak ve diğer düşüncelerinin İslam dünyasındaki yorumlarını ve tesirlerini ifade ediyor. Meşşai terimi bu anlamlara ilave olarak ayrıca Aristo ile Eflatun felsefelerinin uzlaştırılmasını, keza Plotinos (MS 205-270) ve Yeni Eflatunculuk (Neoplatonizm) tesirlerini de içine alıyor. Bütün bu özellikleriyle Meşşailik, asıl felsefi meselelerde İslam'ın esaslarına bağlı kalan, metot yönünden başta Aristo'yu takip eden ve Eflatun ile yeni Eflatuncu felsefeleri de bünyesine katan bir ekol olarak karşımıza çıkıyor.

Meşşai felsefesi, başta Aristo olmak üzere Eflatun, Plotinos gibi felsefecilerin eserlerinin Arapçaya kazandırılmasından sonra IX. ile XII. yüzyıllar arasında kuruluşunu ve gelişimini tamamlamış, önemli filozoflar yetiştirmiştir. Doğuşundan kısa süre sonra

Sünni telakkiye uygun bir yapıya bürünmüş; böylece İslam düşünce dünyasının hâkim ve yaygın felsefesi olmuştur. Bu akımın en önemli temsilcilerinden biri Kindî'dir."

"Kindî mi?"

"Evet, Kindî."

"Kindî'ye geçmeden önce artık bir yerlerde oturup sıcak bir şeyler içelim," dedi Deniz. Genç adamın morali bozulmuştu ama yanında yürüyen güzel bayanın elini sıkıca kavradı. Teninin sıcaklığını elinde hissetti. Deniz bu defa elini kaçırmadı, tam tersine o da ellerinin arasındaki sıcak eli sıktı. Yıllardır aradığı aşkı bulduğunu düşünen Aren, kendini huzurlu hissediyordu. Mutluydu. Hayatı boyunca duymadığı mutluluğu, neredeyse iki haftadır tanıdığı bu kadının yanında bulmuştu. Fakat içinde açıklanması zor bir endişe vardı. Deniz'se bu sessizlikten istifade ederek ruhunun derinliklerinde, elini tuttuğu bu adamı sevdiğini itiraf ediyordu kendine. Aren ise içindeki endişenin peşini bırakmayacağını, bu endişenin adının Mustafa olduğunu itiraf ediyordu. Ama Mustafa ile kendini kandırdığını da biliyordu. Bu, rakibi ile ilgili bir huzursuzluk değildi. Dün gece rüyasında dedesinin ölüm anını yaşamış, kendisine ne söylediğini anlamaya çalışmıştı. Deniz'e gözünün ucuyla baktı, o an dedesine ait olan, fakat bunca yıldır Meline'nin kendisinden sakladığı kitabı yanında Maraş'a getirdiğini hatırladı. Genç kızı yolun ortasında bırakıp eve koşamazdı.

Gecenin ilerleyen saatlerinde açık bir kafe bulup oturdular. Yanlarına gelen garsona siparişlerini verdiler. Deniz, yaşadıkları anın büyüsünün bozulmasından korkuyordu. Kafe sakindi, neredeyse kafenin tek müşterisi kendileriydi. Köşede tek başına oturan genç haricinde kimse yoktu.

"Evet, nerede kalmıştım?" diye sordu Deniz.

"Beni her an şaşırtmakta bebeğim," dedi Aren tedirgin bir halde.

İlk defa bir erkeğin kendisine "bebeğim" dediğini duyuyordu Deniz. Yıllarca eğitime verdiği önemden dolayı sosyal hayatının kalmadığını, hayatındaki tek erkeğin "Mustafa" olduğunu düşündü. Kendi kendine öfkelendi. "Her taşın altından çıkmak zorunda mı," diye söylendi. Neyse ki Aren bunu duymadı.

İslamda Rasyonalizmin Doğuşu

İlk Meşşai (Yürüyenler) Filozofu: Kindî
"Felsefeye hâkim olmak istiyorsan
Önce matematiğe hâkim olmalısın."

Kod adı : Şaşkın Melik ve Arapların Filozofu
Batı'daki adı : Alkindus
Yer : Güney Arabistan'da bir kabile
Tarih : 801

Deniz konuşmasına devam etti.

"Kindî, Güney Arabistan'ın büyük kabilelerinden biri olan Kindî kabilesindendir ve bu isimle anılır. Asıl adı Ebu Yusuf Yakup İshak El-Kindî'dir.

Kindî bir filozof, matematikçi, fizikçi, astronom, hekim, coğrafyacı ve hatta müzikte bir uzmandı.

Bir savaş esnasında babasının hunharca öldürülmesinin ardından kabilesine eski ihtişamını kazandırmak için beyhude savaşlara girdi ve bu nedenle de "Şaşkın Melik" diye tanındı.

Batı dünyasındaki adı ise Alkindus'tur.

Yaptığı çevirilerle Grek ve Hint felsefesini İslam dünyasına taşıdı. Felsefenin İslamın bir parçası olmasını sağladığı için 'Arapların Filozofu' olarak da anılır. Kindî felsefeye kendisine felsefenin ne olduğunu sorarak başlar."

Aren, Kindî sözünü duyduğu andan beri durgunlaşmıştı, fakat Deniz onun bu halini Mustafa'ya bağladığı için hiçbir şey soramadı.

Aren ise zihninde Kindî ile ilgili bilgilerini tartıyordu. Tedirgindi, fakat Deniz'den Kindî'yi anlatmamasını isteyemezdi. Böyle bir istekte bulunursa açıklama yapması gerektiğini biliyordu. Deniz'in kendindeki dalgınlığı fark etmemesi için, "Meline bana bu soruyu çok sorardı," dedi. Deniz, Meline ismini duyunca gülümsemesi yarım kaldı. Aren kızdaki değişimi fark edince gülümsedi. "Sen Meline'yi kız arkadaşım mı sandın?" diye sordu. Deniz bu soru karşısında afallasa da cevap vermedi. Genç adam kısa bir sessizlikten sonra "Meline annemin adı," dedi.

Felsefe Nedir?

Deniz, Aren'in söyledikleriyle ilgilenmiyormuş gibi kaldığı yerden devam etti.

"Kindî'ye göre felsefe insanın gücü nispetince eşyanın hakikatlerini bilmesidir. Bu sebeple felsefe ve metafizik için 'Her gerçeğin sebebi olan ilk Hakk'ın ilmidir' der. Kindî'ye göre her insan filozof olamaz. Bir insanın filozof olabilmesi için bazı özellikleri taşıması gerekir. Mesela hikmeti öğrenme sevgisine sahip olmalı, faziletli olmalı ve en önemlisi de dünya zevklerinden vazgeçmiş olmalıdır. Bunun için de ölmek gerekir."

"Ölmek mi?" dedi Aren heyecanla.

"Ölmek deyince hemen korkma, bedenin ruhtan ayrılmasını kastetmiyorum. Ama gerçek şu ki İslam filozofları ölümü ikiye ayırır: Biri ruhun bedenden ayrılması, diğeri ise şehvetlerin terk edilmesidir. Burada kastettiğim ölüm, şehvetlerden uzaklaşmaktır. Şehvetlerden uzaklaşmanın çok zor olması nedeniyle bunu da bir tür ölüm olarak kabul etmek gerekir. Eskiler bu nedenle şehvete dayanan her türlü lezzeti kötü (şer) saymışlardır.

İnsanda bulunan nefsin, hissi ve akli olmak üzere iki yönü vardır. Hissini kullanan insanın aklı kullanması çok zordur. Bu nedenle insan aklını kullanmak istiyorsa hislerini öldürmelidir."

Aren, "Bu Razi'nin 'aşk insanın bilgi edinmesini engeller,' görüşüyle de benziyor," dedi.

"Bakıyorum sen de beni şaşırtmaya başladın.

Aşk da bir his türüdür. İnsanda sadece aşk duygusu değil öfke, kin, kıskançlık gibi bilgi edinmesini engelleyen duygular da vardır. Nefsini öldürmeden önce insanın kendini bilmesi de gerekir. Yani insan ilk önce işe kendisini bilmekle başlayacak. Bu nedenle de Kindî'nin felsefesine insan nedir sorusuna cevap vererek başlamak gerekir.

İnsan, cisim, nefis ve arazdan meydana gelir. İnsan kendini bildiği anda ilk sebebi bilecek, ilk sebebi bildiği anda da bilgisi tam olacaktır. Kindî bunu 'kendini bilen Rabbini bilir' diyerek özetler. Bilgimizin tam olmasını istiyorsak da Kindî'ye göre şu dört sebebin bilinmesi gerekecektir: maddi sebep, sebeb-i suret, fail sebep ve final sebep.

Bu dört sebep bilindiğinde eşya hakkındaki bilgi tam olacaktır. Eğer bilginin tam olmasını istiyorsan felsefeden önce matematiğe hâkim olmalısın, çünkü sayı olmasaydı hiçbir şey olmazdı."

"Bak yine seni şaşırtacağım: Saffet Kardeşler de ilk önce matematiğin bilinmesi gerektiğini söylüyorlardı," dedi Aren.

"Bu gece gerçekten beni şaşırtıyorsun, iki gün sonra gitmeye karar veriyorsun. Sonra Şam'a dönmekten vazgeçip Trabzon'a gitme fikrini kabul ediyorsun, şimdi de sana anlattıklarımı kıyaslayarak bana cevaplar veriyorsun."

"Ben aşkın gücüne inanıyorum."

Deniz kahkahayla güldü. Aren'in sinirlerinin bozulduğunu önünde duran çayı bir yudumda bitirmesinden anladı.

"Sadece şaka yapıyordum, alınmana gerek yoktu."

"Ben inandığımı söylüyorum. Sen gülsen de ben inanmaya devam edeceğim. Eminim ki sana olan aşkımın gerçekliğine inandığın gün sen de aşkın, sevginin aşamadığı engellerin olmadığını göreceksin. Birlikte belki de dünyayı kurtaracağız seninle!"

Söylediklerine Aren'in kendisi de inanamadı. Deniz'le birlikte dünyayı kurtarmak... Neden böyle bir cümle kurma gereğini duyduğunu bilmiyordu.

"Yüzyıllar boyunca birlikte yaşamış iki toplumuz," diyerek konuşmasına devam etti. "Son yıllarda aramıza sokulan nifaklar kim bilir sayemizde dostluğa dönüşür."

"Benim de umudum bu yönde Aren. Osmanlı Devleti zamanında nasıl birlikte yaşamışsak, aynı dostluğumuzun bugün de sürmesini istiyorum."

"Güzel, çünkü seninle 'siz bu kadar Ermeni'yi öldürdünüz, biz şu kadar Türk öldürdük' tartışmasına girmeyeceğim."

"Gerek yok Aren. Savaş esnasında insanlar kendilerini koruma içgüdüsüyle davranırlar. O dönemdeki Türklerin ve Ermenilerin de böyle şeyler yaşanmasını istemediklerini düşünüyorum. Dostlar, düşman olmaz. Düşman olurlarsa da ortak bir payda bulup barışırlar. Nerede kalmıştım?... Bilgi de aşk gibidir. Nerede görürsen peşinden koşacaksın. Bu zamana kadar hep bilginin peşinden koştum," diyerek çayından bir yudum aldı Deniz. "Ama aşkın peşinden koşturan olmadı."

"Merak etme, bundan sonra birlikte koşarız," dedi Aren, keyfi yerine gelmiş bir şekilde.

"Kindî bilgi hakkında şöyle der: 'Doğru nereden gelirse gelsin kabul edilmelidir. Doğrudan ve hakikatten değerli bir şey yoktur. Kim ki bilgiyi, doğruyu aramayı reddeder, küfre düşer. İnsan fazilete sahip olmak istiyorsa ona ulaşmanın yollarını ve zıtlıklarını da bilmesi gerekir.' Kindî kısaca insanı özetledikten sonra felsefe nedir sorusuna cevap arar.

Kindî felsefeyi, eşyanın hakikatinin bilinmesi diye açıklar. Hakikatler gereğince bilinirse insanı vahdete, yani tekliğe götürür. Tekliğe ulaşan insan içinse çokluk olmayacaktır. Bu da din ile felsefenin barışması demektir. Zaten göründüğü gibi din ile felsefe arasında bir savaş bulunmamaktadır. Bu nedenle felsefe sanatların sanatı, hikmetlerin hikmetidir. Kindî felsefenin ne olduğunu da açıkladıktan sonra artık felsefesini yavaş yavaş kurmaya başlar. Kindî'ye göre felsefe dört soru ile ilgilenir: Var mıdır? Nedir? Nasıldır? Niçin? Bu sorulara cevap vermek için de sebeplerin bilinmesi gerekir. Kim ki maddeyi bildi, sureti bilir; kim ki fail sebebi bildi, final sebebi bilir. Kim ki bu sebeplerin tamamını bildi, önce kendini bilir, sonra hakikate ulaşır. Felsefe çeşitlidir. Ortaya atılan görüşler de bu nedenle farklıdır. Kindî bu farkı insanların bilgi edinme yollarının farklı olmasına bağlar."

Sudûr Olayı (Evrenin Yaratılışı)

"Kindî bu zamana kadar tanıdığımız filozoflardan farklı olarak evrenin yaratılışını 'Allah olmasaydı hiçbir şey olmazdı,' diyerek açıklar. Ona göre Allah ilk sebeptir. Allah, yokluğu düşünülemeyen ya da varlığı için kendisinden başka sebebi olmayandır. Bir başka ifade ile Allah'ı anlatacak olursak, O yaratılmamıştır, her zaman var olmuştur ve var olmak için hiç kimse ya da hiçbir şeye muhtaç değildir. Hiçbir değişime veya bozulmaya (fesada) uğramaz. Allah dışındaki diğer bütün varlıklar değişime uğrar; sıcak-soğuk, kuru-yaş, tatlı-acı gibi.

Kindî, Allah için Ebedi Varlık terimini kullanır. Allah cisim değildir. O'nun cismi yoktur. Çokluk sahibi değildir. Çokluk sahibi olmadığı için de sonsuzdur. Doğmamış, doğurmamış, doğurulmamıştır. Tektir. İçinde yaşadığımız dünyanın varlığı değişken olduğu için geçicidir. 'Zaman' adı verilen mefhum ise belirlidir.

Zaman denilen şey cismin zamanıdır, çünkü zamanın müstakil bir varlığı yoktur. Bu nedenle zaman hareketin sayısıdır. Biliyorsun ki sayılar da kendi içlerinde ikiye ayrılır: bölünebilen sayılar ve bölünemeyen sayılar. İşte zaman bu bölünemeyen sayıdır. O sadece hareketi ölçer. Hareket ise hallerin değişmesidir. O halde şöyle bir ifade kullanabiliriz: Hareket, zamanı olan her şey için vardır ya da zaman, hareketi olan her şey için vardır. Yani madde ve sureti olan ve aynı zamanda mekân ve zamanla sınırlı olan her şey sonludur. Bu sebeple içerisinde yaşadığımız dünya da sonludur. Buna bağlı olarak hareketle zaman da sonlu olacaktır.

Âlem zorunlu olarak Allah tarafından yaratılmıştır. Her yaratılmış bir yaratana ihtiyaç duyar, tıpkı bir yerlerde bir tablo yapılmışsa onun bir ressamının olması gibi. İşte âlemin ve insanların yaratıcısı da Allah'tır. Eğer ki âlemin yaratıcısı birden fazla olsa idi her birinin benzer ve farklı özellikleri olacak, bu da âlemde kargaşaya sebep verecekti. Yani insanlar arasındaki savaş ve kavgalar gibi yaratıcılar da birbiriyle savaşacak ve kavga edeceklerdi ki bu da Kindî'ye göre imkânsızdır. Bu nedenle de yaratıcı 'tek'tir.

Allah'ta benzerlik ve ortaklık yoktur. Basittir ve madde ile surete ihtiyaç duymaz. O, varlıkları yoktan var edebilir, yoktan var etme gücüne sahiptir.

Değişme ya da fesada uğramaya gelince bunlar sıcak-soğuk, yaş-kuru gibi unsurlarda meydana gelir. Bu değişmelerin olduğu yer ise Ay Altı Âlem, yani Dünya'dır. Semavi âlemler bunlardan etkilenmezler, çünkü değişimin meydana gelebilmesi için ateş, hava, toprak ve suyu ihtiva etmesi gerekir. Yoksa bozulma meydana gelmez. Bu dört unsur (Anasır-ı Erbaa) fesat değildir.

Dikkat edilirse Güneş ışınlarının az geldiği bölgelerde ne insan vardır ne de bereket. Ama aynı şekilde güneş ışınlarının uygun derecede ulaştığı bölgelerde hem insan fazladır hem de toprak bereketlidir. Güneş'in uzaklığının ya da yakınlığının artması gece ile gündüzü meydana getirdiği gibi mevsimleri de meydana getirir. Bu da bozulmanın (fesat) bir parçasıdır. Eğer Ay da dünyadan daha fazla uzaklığa sahip olsaydı meteorolojik olaylar sırasıyla meydana gelemezdi. Ya da tam tersi daha yakın olsaydı bu defa da ne bulut olurdu, ne de yağmur. Yani gezegenlerin hareketleri hem dünyayı hem de insanı etkiler. Hatta çağları, halkın mizacını ve örf âdetlerini değiştirebilir. Ama yine bunun da asıl nedeni Allah'tır.

Şunu da belirtmek gerekir ki gökler insanların yaşamını etkilese de göğe bakıp yorum çıkarmaya, yani müneccimlik yapmaya Kindî karşıdır, çünkü ilim farklı, müneccimlik farklıdır.

Ayrıca Kindî'ye göre nefis, soyut bir varlıktır ve bozulmaya uğramadığı için feleklerle aynı cevherdendir. Nefis, insan bedeniyle geçici bir süreliğine birleşir. Öfke ve şehvet insanı çirkin davranışlara sevk eder. Ama nefis, onları frenlemeye çalışır. Eğer nefis bedeni terk ederse rüyadan uyanarak gerçek âleme geçiş yapar. Zevklerine düşkün insanlara yüksek nasipler verilmez.

İnsanları da duyguların ağır basmasına göre gruplandırır. Duyguların ağırlığına göre insanlar üçe ayrılır ve hayvanlara benzer:

1- Şehvet duygularının ağır bastığı insanlar domuza;
2- Öfkesi galip gelenler, köpeklere;
3- Aklın galip geldiği insanlar ise krallara benzer.

Nefis, şehvetlerine ve öfkelerine kapılan insanlardan çıktıktan sonra temizlenmek amacıyla önce Ay feleğine sonra da Utarit'e çıkarak onun üstündeki feleklerde belirli sürelerde bekler. Bu bekleme yerleri, nefsin Allah'ı akli olarak görebilmesi için yüksek âleme geçişin basamaklarıdır.

Ayrıca nefsin akıl, hareket, duyu gibi değişik güçleri vardır. Akıl, duyulur nesnelerle ne kadar az ilgilenirse hayal gücü de o kadar artar. Hatta bazen gerçekte olmayan şeyleri bile varmış gibi görmeye başlayabilir. Ya da gelecekten haber verebilir. Bu da karşımıza aklın da türleri olduğunu çıkarır. Kindî aklın dört türlü olduğunu söyler:

1- Ebedi olan fiil (eylem) halindeki akıl
2- Potansiyel halde nefiste bulunan akıl
3- Nefiste potansiyel olmaktan çıkıp fiil olan akıl
4- İdrak etmeye yarayan akıl

Kindî'nin felsefesini kısaca açıkladıktan sonra onunla ilgili şaşırtıcı bir bilgi de aktarayım sana. Biliyorsun ki günümüzde doktorlar, hastaya hangi ilacı ne kadar kullanacağını söylemektedir. Yani bir hapın dozajının ne olduğu hakkında bilgi vermektedirler.

Kindî, hangi ilacın ne kadar dozda kullanılacağını hesaplayarak ta o günden dozaj sorununa çözüm bulmuştur. Böylece doktorlar reçete yazarken hangi ilacın ne kadar dozda olacağını rahatlıkla bilmektedir.

Fizikte, geometrik optiğe zengin katkılarda bulunmuş ve bunun üzerine bir kitap yazmıştır. Bu kitap daha sonra Roger Bacon gibi ünlü biliminsanlarına rehberlik etmiş ve ilham kaynağı olmuştur."

Deniz, Kindî'nin felsefesini anlattıktan sonra genç adamın gözlerine baktı, kırılganlık mı yoksa tereddüt içinde mi olduğunu anlayamadı.

"Kalkalım mı Deniz, ne dersin?" diye sordu Aren.

Deniz etrafına baktığında kendileri haricinde herkesin gitmiş olduğunu gördü. Masaların üstü beyaz örtülerle kapatılmıştı; garson yerleri süpürmekle meşguldü. "Evet," demekle yetindi Deniz. Meşşailikle başlayan geceyi yine yürüyüşle bitireceklerdi. Kalktılar, karanlık sokakta adımlamaya başladılar. Eve gitmek istemiyorlardı, gökyüzündeki yıldızların sarhoş edici güzelliğini izlemeye koyuldular, sokaktaki evlerden birinin duvarına sırtlarını dayadılar. Aren'le göz göze geldiler. Aren bu bakışlardan Deniz'in de kendisine âşık olduğunu anladıysa da sadece bakmakla yetindi. Eve geldiklerinde ikisi de o kadar yorulmuştu ki kendilerini yataklarına bıraktılar. Aren, Deniz'in odasında yanan lambanın söndüğünü görünce yatağından kalktı, dolaba koyduğu çantasını alıp yatağa oturdu.

Kitabı eline aldı, sayfalarını karıştırıp karıştırmamak arasında tereddütteydi ama bütün cesaretini topladı ve ilk sayfasını açtı. Kitabın ilk sayfası simsiyahtı. Diğer sayfayı çevirdiğinde karşısına yine simsiyah bir sayfa çıktı. Deniz'in uyuduğuna emin olmak için odasının kapısını açtı, mutfağa gidip bir bardak su içti; döndüğünde ev arkadaşının kapısı kapalıydı ve uyanık olduğuna dair herhangi bir kıpırtı yoktu. Parmaklarının uçlarına basarak yürüdü, odasına girdiğinde lambayı yaktı. Kitabı tekrar eline alıp açtığında mağaraya benzer bir resimle karşılaştı. Resmin altında, "Bir dişi bir erkek çözecek sonsuz laneti! Mağara önünde!" yazıyordu. Aren bu yazıyı okuyunca soluk soluğa kaldı, Alaaddin'in "mağara çok önemli, gün gelir hayat kurtarır" dediği anı hatırladı. "Kendi kendime hayaller kuruyorum, sanırım son günlerde yaşadığım olaylar sinirlerimi iyice bozdu," diye söylendi. "Meline kitabı benden saklamakta haklıymış! Yoksa kendimi dünyayı kurtaracak bir adam gibi görmeye başlardım." Kendine güldü, *hastanı bile kurtaramazken dünyayı mı kurtaracaksın, sen kim dünyayı kurtarmak kim*, diye düşündü; kitabı çantasına saklayıp çantayı dolaba koydu ve uyudu.

Sabah kahvaltısını yaptıktan sonra şehri gezmeye devam ettiler. Yolları Mağaralı Mahallesi'ne düştü. Sabahın erken saatlerinde yolda tek tük insanlar vardı. Etrafı kalın tellerle çevrili olan mağaranın önüne geldiklerinde Deniz, parmağıyla mağaranın karanlık giriş kısmını işaret etti. "Bu mağara birkaç yıl önce tesadüfen bulundu. Gördüğün binanın temeli atılmak için kazılmaya başlandığında kazıda çalışanların şaşkın bakışları altında mağaranın ağzı göründü. Hatta birkaç işçinin mağaranın içine düştüğü bile söylendi. Yüzyıllardır karanlığa gömülü olan mağara birkaç yıl önce gün ışığına kavuştu."

"Mağaranın Hititlerden kaldığını söyleme sakın!" diyerek cümlenin sonunu Aren getirdi. Genç adamın yüzü kireç gibi olmuştu, Deniz nefes alışverişini duyuyor; adeta kalbinin atışını görüyordu.

Deniz, Aren'in Hititlerin tarihi hakkında geniş bir bilgisi olduğunu anladıysa da şaşkınlığını gizlemeyi başardı: "Evet, Hititler. Bu sokağın adının gerçek sahipleri... Mağaralı, mağara... Hititler, mağara evlerde yaşarlarmış... İşin garibi ise bulunduğumuz noktanın doğusundaki antik mozaik kalıntıları," diyerek yönünü şehrin diğer ucuna döndü.

"Antik kalıntılar," derken Aren'in sesi de yüzünün rengi de değişmişti.

"Roma döneminden kalan kalıntılar. Onları da yarın gösteririm. Böylece yarın gideceğimiz yeri de tespit etmiş olduk," diyerek gülümsedi Deniz.

"Vay, Maraş'ta Roma kalıntıları," diye söze başladığında yüzü iyice gerilmişti Aren'in. Aşkın peşinden koşarak geldiği şehirde yıllarca unutmaya çalıştığı kâbusun başlamasından korkuyordu. Başının döndüğünü sandı. Karanlık bir geceydi. Dedesi elinden tutmuş, onu bilmediği bir yere doğru götürüyordu. Dedesinin dilinde bilmediği bir dua vardı. Elinden tutan yaşlı adamdan ve gittikleri yoldan çok korkmuştu Aren. Birden titrediğini hissetti. "Deniz, lütfen eve gidelim," dedi.

Ondaki değişimi fark etmeyen Deniz, "Daha sana yemek ısmarlayacağım," diyordu ki genç adam koşar adım evin yolunu tutmuştu bile. Eve geldiklerinde Aren hiçbir şey konuşmadan odasına girip kapıyı kilitledi. Deniz, Aren'in kapıyı açmasını beklediyse de bir süre sonra umudu boşa çıktı. Genç adam, uzun süre yorganın altında titreyerek uyumaya çalıştı. Aklına gelenlerin bir rüya, bir hayal olması için dua edip durdu.

    Yıllar önce küçük bir çocukken dedesiyle birlikte gittiği mağarayı aklından bir türlü çıkaramıyordu. Güneşli bir yaz günü, dedesiyle gezmeye çıkmışlardı. Parkta salıncakta sallanırken dedesi ani bir hareketle hiçbir şey söylemeden onu salıncaktan indirmiş, hızlı adımlarla parkı terk etmişlerdi. Aren ne olduğunu anlayamadan ağaçlarla kaplı, ıssız bir yolda bulmuştu kendini, yoldan geçip karanlık bir mağara önünde durmuşlardı. Önce dedesi adım atmıştı karanlığa, arkasından Aren. Mağaraya adımını atar atmaz bir kokunun genzini yaktığını hissetmişti. Mağaranın içi altın işlemeli şamdanlara yerleştirilen mumlarla aydınlatılıyordu. Aren'in gözleri kamaşmıştı. Sonra mağaranın duvarlarının bu güne kadar görmediği tuhaf resimlerle dolu olduğunu görmüştü. Resimlerin içinde en iyi tanıdığı İsa ve Meryem'di. Bir resim daha çok ilgisini çekmiş, uzun süre ona bakmıştı. Gözleri kapalı olan, başında yılanlar dolanan birinin resmiydi bu. Bu esnada dedesi Aren'in yanına gelmiş, elini omzuna koymuştu. "Eğer gözleri açık olsa seni ve beni taşa çevirebilecek bir güce sahip o," demişti. Aren ürkerek geriye doğru bir adım atmıştı. "Korkma evlat! Bu haliyle kimseye zarar veremez. Fakat sana bir sır vereceğim. Bu sırrı Umman adında bir kızla tanıştığın gün hatırlayacaksın! Hatırladığın gün insanlığın kaderi senin ve o kızın elinde olacak. O güne kadar sen Batı, o Doğu'da yaşayacak. Büyük felaketin insanlığa bulaşmadan durması da sizin elinizde olacak," demişti.

    Aren öylesine korkmuştu ki o geceyi yıllarca hafızasından silmişti. O gece o mağaraya nasıl gittiklerini, sonra eve nasıl geldiğini, dedesiyle başka neler konuştuklarını bile hatırlamıyordu. Şimdi ise her şey yeniden başlıyordu. Yatağından fırladığı gibi

Deniz'in yanına geldi. Deniz, Aren'in heyecanını görüyordu ama ne olduğunu sormaya bir türlü cesaret edemiyordu.

"Deniz, umman ne demek?"

"Bu nereden aklına geldi Aren?"

"Sadece soruma cevap verir misin, umman ne demek?"

"Büyük deniz, okyanus anlamına geliyor. Neden merak etin?"

"Umman senin isminle alakalı! Of, Tanrım! Bunu neden daha önce fark etmedim. Tabii ya! Re'aşa, Mer'aş, deprem... Umman ve deniz... Aman Tanrım! Şu kalıntılardan, Roma kalıntılarından bahseder misin?"

"Germenicia antik kenti ya da diğer adıyla Medusa..." daha sözünü tamamlamamıştı ki Aren, heyecanla sağ eliyle istavroz çıkarmaya başladı.

"Yüce İsa adına, bir daha anma o adı!" Tedirgin bir halde etrafına bakındı. Aren'in gözlerindeki öfke ile karışık heyecanı okuyabiliyordu Deniz. Az önce kapattığı pencereden karanlık sokağı tekrar kontrol etti. Olanları bir türlü anlamıyordu. Genç adamın sabahtan beri tuhaf davrandığının farkındaydı, yoksa Aren sakin görünüşünün altında bir deli miydi? Medusa sözcüğünden sonra Aren bambaşka biri olup çıktı. Karşısında duran genç adama dikkatle baktı. Onun konuşmasını beklese de sorular beyninin içinde dönüp duruyor, merak duygusu iyice kabarıyordu.

Aren pencerenin perdesini kontrol ettikten sonra Deniz'e iyice yaklaşıp fısıldar gibi konuşmaya başladı. "Bu çok eski bir lanettir! Sen kimin adını ağzına aldığının farkında değilsin!" diyerek odanın içinde dönüp durmaya başladı. Deniz kendini en yakın koltuğa bıraktı.

Başına nasıl bir iş aldığını düşünmeye başladı. Ona aşkı tattıran bu adam, karşısında bilmediği bir lanetten bahseden esrarengiz bir kişiliğe bürünmüştü şimdi. Oturduğu koltukta hiç sesini çıkarmadan Aren'e bakıyordu.

"Bu lanet," diye fısıldayarak konuşmaya başladı Aren. "Tanrılar döneminden beri sürmektedir. O kadın, gözlerinin içine bakanı taşa çevirir."

"Aren, sakin olur musun? Neden bahsettiğini anlamıyorum. Kendine gel. Bana ne olup bittiğini başından anlat. Yoksa sana yardımcı olamam," diyerek genç adamın yanına geldi Deniz. Aren, Deniz'in yüzünü avuçlarının içine aldı. Kızarmış gözleriyle sevdiği kadına baktı ve, "Hemen buradan gitmeliyim," diyerek odasına doğru adımladı. Deniz kapıda durup yolunu kesti.

"Ne olduğunu anlatmadan şuradan şuraya gidemezsin."

"Deniz, anlamıyorsun. Çekil önümden lütfen. Acilen Şam'a dönmem gerek."

"Buna izin vereceğimi sanıyorsan yanılıyorsun. Ben de seninle gelirim."

"İnat etme! Burada kalırsan başına nasıl bir iş açacağımın farkında değilsin."

"O halde bunu Şam'dan Maraş'a gelmeden önce düşünecektin. Peşinde birileri varsa beni görmüşlerdir. Sen gitsen de beni rahat bırakacaklarını mı sanıyorsun? Ne kadar da safsın! Şu haline inanamıyorum. Küçük bir çocuk gibi mızmızlanıp duruyorsun."

Kavgaya tutuşacakları anda kapı çalındı. Heyecanla her ikisi de çalan kapıya baktı ama gidip açmaya cesaret edemiyorlardı. Sonunda Deniz kapıyı açmak için ilerleyecekti ki Aren kolundan tuttu. "Açma, bu iyi bir fikir değil. Hemen eşyalarını topla, buradan ayrılalım."

Kapı hızla çalınmaya devam ediyordu. Can havliyle bir ses duyuldu. İniltiler arasında, "Deniz, evde olduğunu biliyorum, kapıyı aç lütfen," diyen sesi bir kez daha duydular.

"Bu, bu Profesör Necdet!" diyebildi Deniz ve koşarak kapıyı açtı. Necdet birkaç adım atmıştı ki olduğu yerde yığılıp kaldı, sırtındaki bıçak ve ılık ılık akmakta olan kan Deniz'le Aren'in gözünden kaçmamıştı. Profesör güç bela gözünü açtı.

"Bu Umman! Lanet! Aren, aşk... Doğu ve Batı birleşecek..." diyerek gözlerini yumdu.

Deniz profesörün öldüğünü anladığında bir çığlık attı ama Aren daha fazla bağırmasını engellemek için eliyle Deniz'in ağzını tuttu. Aren, bir yandan Deniz'in çığlık atmasını önlemeye çalışırken diğer yandan da profesörün cesedini gözleriyle inceliyordu. Bu esnada profesörün bir elinin sıkıca kapalı olduğunu fark etti. Soğuk eli öylesine sıkıydı ki açmak için bir süre uğraşmak zorunda kaldı. Avucunda bir anahtar ve küçük bir kâğıt duruyordu. Anahtarla notu aldıktan sonra Deniz'i sakinleştirmeye çalıştı, Deniz'se üst üste yaşadığı olayların şokundaydı. Önce evi taşlanmıştı, şimdi ise ünlü araştırmacı profesör evine geliyor, ölürken ona lanetin başladığını söylüyordu. Üstelik Aren'i de tanıyordu!

"Neler oluyor Aren? Anlayamıyorum!" dedi çığlığa benzer bir ses tonuyla.

Aren, "Şimdi konuşmanın sırası değil. Bu evde kalamayız. Bizim için çok tehlikeli. Hemen çıkmamız gerek!" dedikten sonra odasına gidip yanından hiç ayırmadığı sırt çantasını aldı. Döndüğünde Deniz hâlâ profesörün cesedinin baş ucunda oturuyordu.

"Senin için gerekli olan eşyaları al ve hiç zaman kaybetmeden bu evden çıkalım," derken Deniz'i kolundan tutup kaldırdı. Deniz odasına girince Aren profesörün ceketini ve kollarını inceledi. Anahtar ve küçük kâğıt parçası haricinde başka bir iz ya da belirti yoktu.

Birlikte karanlık gecede dışarı çıktıklarında sokakta hiç kimse yoktu. Aren bundan emin olamadığı için hızlı hareketlerle arabaya bindi. Arabayı bu defa kendisi kullanacaktı.

Şehrin diğer ucunda bulunan bir okulunun ışıkları yandı. Okul iki katlıydı ve son bölmede bir çatı yer alıyordu, ışık bu çatının perdesi kapalı penceresinden sızarak yola düşüyordu. Okulun dış cephesinin yarısı siyah, yarısı beyaza boyanmıştı, bu durum halkın hiç de dikkatini çekmemiş ve hiçbir zaman biri çıkıp da neden bu renklerin kullanıldığı sorusunu yöneltmemişti. Şehrin insanları yorgun bir günün gecesinde derin uykularında uyurken iki katlı okulun çatı kısmında, kalması için yapılan küçük odada, Saffet kendisine haber verilen misafirin gelmesini bekliyordu. Heyecandan yanağı ala çalıyordu ve bir türlü o telefondan sonra yatağına dönememişti. Beklemekle geçen süre ona çok uzun gelmeye başladığında yatmadan önce masasının üzerinde hazır ettiği bir sürahi suya baktı. Dudaklarının kurumuş olduğunu o an fark etti. Sürahiyi eline aldı ve yan tarafta duran bardağa yaklaştırdı. Sürahiden dökülen suyun saflığına takıldı gözleri, bir süre elinde tuttuğu suya baktı. Okulun demir parmaklıklarının açıldığını duyduğunda suyu çoktan içmişti. Küçük penceresinin perdesini aralayıp sokağa bakınca sokak lambasının aydınlığında BMW marka bir arabanın durmakta olduğunu gördü. Okulun tam karşısında duran siyah arabadan siyah giysili bir adam indi, gecenin karanlığında sigarasının dumanını havaya üfleyerek Saffet'in bulunduğu kata baktı.

Merdivenden ayak sesleri geliyordu. Ses bir ara kesildiyse de adam odasının kapısını açıp içeri girdiğinde, Saffet olduğu yerde durmaya devam etti, içeri giren Paul'u sadece selamlamakla yetindi. Paul öfkeli bakışlarla Saffet'i süzerken Saffet ters giden bir şeyler olduğunu anlamıştı.

"Geleceğinizi söylemişlerdi efendim," dedi Saffet. Paul, Saffet'in söylediklerini duymamış gibi odanın içerisinde adımladıktan sonra Saffet'e döndü. "Bu küçük odada bir ömrü nasıl geçiriyorsun, sana hayret ediyorum," dedi.

Saffet gülümseyerek baktı. "Önemli olan odanın büyük ya da küçük olması değil. İşine yarayıp yaramadığıdır. Maddeden ne kadar uzak olursan kendine o kadar yakın olursun. Burada gördüğün gibi eşya adına bir şey yok. Böylece düşüncemi engelleyecek bir madde de yok," dedi.

"Senin düşünceni engelleyen bir şey olmayabilir ama bizim işlerimiz gittikçe karışıyor. Dün gece İzmir'e yola çıkan arabalarımız polisler tarafından ele geçirildi. Mozaikler yakalandı. Bu gece ise profesör için görevlendirdiğimiz adam, işi eline yüzüne bulaştırdı. Profesör yaralı bir halde adamımızın elinden kaçtı. Cesedini saatler sonra öğrencisi Deniz'in evinde bulmuşlar ama ne yazık ki anahtar ve notu bulamamışlar."

Saffet duydukları karşısında sakin olmaya çalışsa da yüzü iyice gerilmişti. Hem gecenin bu saatinde uykusundan uyandırılıyor, hem de işlerin yolunda gitmediğini öğreniyordu. "Biliyorsun, bunlar benim ilgi alanım dışında. Ben sadece atalarımdan devraldığım emaneti koruyorum."

"İşte o emanet bu gece asıl sahibine geçecek. Gün bugün!" dedi Paul. Saffet'in yüzü kızarmış, gözleri fal taşı gibi açılmıştı. Duyduklarına inanamıyordu. Babasının kendisine bu okulu emanet ettiği geceyi hatırladı. Bardaktan boşanırcasına yağmurun yağdığı bir geceydi, babası çok hastaydı ve güçlükle konuşabiliyordu. Fakat ölüm döşeğinde bile olsa zorla yatağından kalkıp, "Koluma gir Saffet ve beni mahzene götür," diyebilmişti. Mahzen lafını duyduğunda Saffet neredeyse küçük dilini yutacaktı. O güne kadar oraya girmesi yasaktı. Mahzene inene kadar kan ter içinde kalmışlardı. Karanlık gecede şimşekler çakıp gök gürlese de aşağıya indikçe bütün sesler susmuştu. Büyük demir kapının önüne geldiklerinde cebinden kapının büyüklüğüne zıt, küçücük bir anahtar çıkarmıştı babası. Kapıyı eliyle itelediğinde her yer kapkaranlıktı, bastığı yeri görmeden babasının kolunda ilerliyordu. O an ölmek üzere olanın babası mı yoksa kendisi mi olduğuna karar verememişti. Yaşlı adam bir hamleyle kolundan çıkmış, ortalık aydınlanıvermişti. Geniş alan bomboştu, yıllarca merak ettiği şeyin bomboş bir oda olduğunu görünce hayal kırıklığı yaşamıştı. *Hiçbir şey olmayan yere mi girmem yasaktı*, diye düşünürken kendisinden önde duran yaşlı adama bakarak bir an sinirlenmişti. Babası duvarlardan tutunarak ilerliyordu, Saffet'se kapının önünde öylece durmuş, boşluğa bakıyordu. Babasıyla aynı hizaya geldiklerinde adam arkasını dönmeden, "Yanıma gel evlat," diye seslenmişti. Hızlı adımlarla babasının yanına gittiğinde duvarda küçücük bir delik olduğunu, yaşlı adamın parmağını sokmasıyla anlamıştı. Ölmek üzere olan bu adamın ne yapmaya çalıştığına bir anlam veremese de ses etmeden onu takip ediyordu. Duvar ikiye ayrılıyordu ama zemin o kadar yumuşaktı ki ayrılma esnasında ses duyulmuyordu. Burası mahzenin girişi gibi karanlık değildi. Babası yaşlı gözlerle Saffet'e bakmış ve ağlamaklı bir ses tonuyla, "Bu görev bundan sonra senin," demişti. Saffet içinden, *ölüm onun aklını başından aldı galiba*, diye düşünüyor, bir an önce sabah olması için ya da bu kâbusun sona ermesi dileğiyle dua ediyordu. Dışarıdaki korkunç yağmur ve babasının tuhaf hareketleri karşısında iyice bocalayan Saffet, ne yapacağını bilmez halde babasının arkasından açılan duvarın içine girmişti. İçerisi yine bomboştu. Burada ne işleri vardı?

Küçük bir lamba ile aydınlatılan odada, sadece büyük bir masa duruyordu. Babası o an sanki on sekizinde bir delikanlıymış gibi bir hamlede masanın yanına gelmişti. Masanın ön kısmına geçip, çekmecelerden birini çekerek, ilk kapıyı açmak için kullandığından daha küçük bir anahtar çıkarmıştı. Arkasındaki duvara dönüp elinde tuttuğu anahtarı yine duvardaki küçük bir boşluğa sokmuştu. Duvarın bu defa tamamı değil küçük bir bölümü açılmıştı. Elini içine atıp elmas ve yakutlarla işli bir haç çıkardığında, Saffet bayılacak gibi olmuştu.

"Bu haç yüzyıllardır saklanıyor, kullanılacağı günü bekliyor. O gün geldiğinde Medusa'nın laneti dünyanın her yerini kaplamış olacak. Sadece bu haç bir kısım insanları koruyacak. O gün bu haçı elinde bulunduran azınlık haricinde herkes taşa dönecek!" demişti. Saffet'in haça dokunmasına izin vermemişti. Nefesi tükenmiş gibi öksürdükten sonra oğlunun şaşkın bakışları altında haçı tekrar yerine koymuştu. "Bu görev çok zordur oğul. Eğer o dönemi yaşayacak olursan ecelinle ölemeyeceksin!" Saffet özellikle de bu sözler üzerine iyice korkmaya başladıysa da dünyada gideceği başka bir yer yoktu! Bu yaşına kadar bildiği sadece bu okulun içiydi. Bu görevi mecburen üstlenecekti. Babasının mahzene inerkenki heyecanı ve gücü kalmamıştı. Son basamakta yere yığıldığında Saffet onun öldüğünü anlamıştı.

Saffet'in dalgınlığı Paul'ün gözünden kaçmasa da onunla muhabbet edecek zamanı yoktu. Bir an önce haçı alıp gitmeliydi. Ama ondan önce Paul, Saffet'e karşı son görevini yerine getirmeliydi. Ona hiçbir zaman erişemeyeceği güzellikteki kadınlarla birlikte olmasını sağlayacak yolu gösterecekti. Çantasında hazır bulunan şişeyi çıkardı ve dalgın bir halde odanın köşesinde durmakta olan Saffet'e uzattı. Saffet babasının ölümünden beri her gece bu anın rüyasını görüyordu. Korkuyor muydu, yoksa kutsal bir görev yaptığı için kendisiyle gurur mu duyuyordu, buna bir türlü karar verememişti. Hangisi olursa olsun kendisine uzatılan şişeyi hiç tereddüt etmeden aldı, tek bir yudumda bitirdi. "Aynen Sokrates gibi," dedi. "Evet," demekle yetindi Paul.

    Paul odadan yavaş adımlarla çıktı, yolun karşısında kendini bekleyen siyah arabaya bindi ve karanlık gecede geldiği gibi sessizce gözden kayboldu. Saffet yatağına uzandı, görevini yerine getirmenin mutluluğu ile derin bir uykuya daldı.

Gaziantep'e geldiklerinde Mozaik Müzesi'nin önünde durdular. "Bu müzede ne işimiz var Aren?" Aren, Deniz'in söylediklerini duymazlıktan gelerek önündeki UV ışığını dikkatle yukarı kaldırdı. Müze görevlisi çoktan derin uykusuna dalmıştı bile. Nazik bir gülümsemeyle Deniz'e geçmesini işaret etti. Aren müzenin geniş alanından bir gölge gibi ustalıkla süzülerek Nizip'te yakın zamanda çıkarılan mozaiklerin yanı başına gelip durdu. Deniz ise müzenin profesörün öldürülmesiyle ilgili nasıl bir bağlantısı olduğunu düşünüyordu. Profesör Necdet'in eski çağ ile ilgili yaptığı çalışmaları biliyordu. Kendi kendine mırıldanmaya başladı. "Necdet Bey benim evimde öldüğüne göre bu olayların içindeyim. Farkında olmadan ben de karıştım. Neden Profesör Necdet, beni böylesi tehlikeli bir işin içine soksun ki?" Aklındaki sorulara bir türlü cevap veremiyordu.

Aren ise büyük bir heyecanla bir heykelin başında durmuş gözlerini hiç ayırmadan ona bakıyordu. Bu, Roma dönemine ait bir buçuk metre uzunluğunda bronzdan yapılmış bir Mars heykeliydi. Heykel, Eski Yunan'da savaş tanrısı olan Ares'e aitti.

"Savaş Tanrısı Ares'e Romalılar 'Mars' derdi. Zeus ile Hera'nın oğluydu. Homeros'a göre son derece katı yürekli, kinci bir tanrıydı. Korku, dehşet, felaket, kavga ve ölüm onun en yakın arkadaşlarıydı. Onların da isimleri vardı. Deimos 'Korku', Enyo 'Felaket', Phobos 'Dehşet', Eris 'Kavga' ve Kerler ölüm tanrıları idi. Yunanlılar Ares'i pek sevmezlerdi ve bu nedenle de Yunan tapınaklarında onun tapınağına rastlamak imkânsızdı. Romalılara göre ise Mars üstün, soylu bir görünüşü olan, hiç yenilmeyen bir tanrıydı. Kuşlardan akbaba, hayvanlardan köpek Ares'e aitti."

Deniz, Aren'i dinlemiyordu bile. "Lütfen hemen yakalanmadan buradan çıkalım," deyip duruyordu korkuyla. Mars heykelinin yanından uzaklaştı, alnından terlerin aktığını, vücut sıcaklığının yükseldiğini hissediyordu. Aren zaman kaybetmeden hafifçe heykele doğru eğildi ve elinde tuttuğu ışıklı kalemle heykeli baştan aşağı inceledi. Müzenin içerisinde dolaşmaktan vazgeçen Deniz, Aren'in yanına tekrar geldi.

"İpek Yolu'nun güzergâhının ayrıntılı bir şekilde anlatıldığı belgeler Antik Yunan ve Romalılara dayanır. Tarım Havzası'nın kuzeyinden geçen kuzey rotasını ünlü tarihçi Herodot MÖ 450 yılında ayrıntılı bir şekilde tarif etti, güzergâh merkezlerine de oradaki yerli halkların isimlerini verdi. Herodot'un tarifine göre kuzey rotası Don Nehri ağzından başlayarak ilk olarak kuzeye ve hemen sonra Partların bölgesine doğru doğuya ilerlemekte, oradan da Çin'in batısında bulunan Kansu şehrinde son bulan Tanrı Dağları'nın kuzeyindeki kervan yolu üzerinden geçmektedir.

Güney rotasına ilişkin buna benzer bir tarif bulunmamaktadır. Ancak güney rotası yeniden kurgulandığında, rota Mezopotamya'dan başlar, fakat bu veri kesin değildir. İpek Yolu Anadolu'da Antakya'da başlayıp, Gaziantep'ten geçerek İran ve Afganistan'ın kuzeyinde Pamir Ovası'na kadar uzanır. Ayrıca Güneydoğu Bölgesi'nde bulunan Antep ve Malatya'yı geçip, Trakya üzerinden ve Ege kıyılarında İzmir, Karadeniz'de Trabzon ve

Sinop, Akdeniz'de ise Alanya ve Antalya gibi önemli limanlar üzerinden Avrupa'ya ulaşır.

O dönemlerde Antep, İpek Yolu üzerinde oldukça önemli bir merkezdi. Bu yoldan sadece tüccarlar değil sanatçılar ve biliminsanları da geçerdi, bu yol sayesinde dünyanın pek çok bölgesini dolaşırlardı. İslam filozofları, Batı'nın ortaçağ karanlığına gömüldüğü dönemde Eski Roma ve Yunan felsefesini inceliyor ve kendi dillerine çeviriyorlardı. Bir noktada İslam filozofları, Batı medeniyetinin sahip olduğu kültüre göz kulak oldu. Bunu yükselişin bir basamağı saydılar ve Rönesans dönemine kadar ellerinden gelen katkıyı yapmaya çalıştılar. Böylece İslam ve medeniyeti yükseldi, Rönesans'tan sonra ise Batı tekrar uyandı ve medeniyetin temel birikimlerini tekrar kendi topraklarına taşımaya başladı. Bu esnada iki uygarlık arasında 'Medusa Laneti' de gidip geldi. Hiç kimse bu lanetin üzerinde durmadı ya da öyle göründü ve bu lanetin gerçekleşmesi amacıyla hiçbiri Paul kadar çalışmadı. Paul, Medusa tarikatının bu gizli sırrını öğrendiğinde tüm dünyaya hâkim olmak amacıyla harekete geçti."

"Paul de kim Aren?"

Ares'in heykelinin yanından uzaklaştıklarında Aren'in gözüne bullalar çarptı. Onlara doğru yaklaştı, her birini tek tek incelediyse de işine yarayacak bullayı bulamadı. İçlerinden birini eline aldı, bu bir çeşit mühürdü. "O dönemde Zeugma mühür baskıları, Geç Helenistik ve Erken Roma İmparatorluk dönemi mühürcülük sanatının (Gliptik) en büyük koleksiyonunu oluşturuyordu ve dönemin siyasi, ekonomik, kültürel durumu ile fauna ve florası hakkında önemli bilgiler veriyordu."

"Peki, bu mühür ne işimize yarayacak?"

"Deniz, Zeugma, Kommagene Krallığı'nın dört büyük şehrinden sadece biri... MÖ 31'den itibaren tamamıyla Roma İmparatorluğu'na bağlandı. Zeugma köprü, geçit anlamına geliyor. Bütün bilgiler, bu köprü sayesinde dünyayı dolaşıyor. Ermenistan, Roma ve Sasani İmparatorlukları arasında gerçekleştirilen bir anlaşma sonucu paylaşıldı. Sasaniler, Büyük Ermenistan üzerindeki hâkimiyetlerini yeniden kurarken, Bizans İmparatorluğu da Batı Ermenistan'ın küçük bir bölümünü elde etti."

"Yani?"

"Demek istediğim sen bu işin ne kadar içindeysen ben de o kadar içindeyim."

Arkasını dönüp müze içerisinde adımladı, bir mozaik dikkatini çekti, önünde durdu. Deniz'in yanına gelmesiyle birlikte mozaiği işaret etti.

"Bu mozaiğe dikkatle bak." Mozaikte ayakta duran ve kâse ile içki içen bir erkek figürü -oturur durumda ve elinde meşale tutan bir Menad-, sağa doğru yürüyen ve kaldırdığı kollarıyla elinde tuttuğu bir nesne ile bir kadın figürü; tahtta oturan giyimli bir kadın ile çıplak torsosu etrafında dalgalanan bol kumaş kütleleri ile tasvir edilmiş, başının etrafı hareli bir erkek figürü, tahtın hemen yanında küçük ve çıplak bir çocuk figürü; sola doğru yürüyen, giyimli iki kadın figürü, en sağda ise iki elinde de bir tür flüt tutan bir kadın ile arkasında vücudunun üst bölümü çıplak, dağınık saçlı ve sakallı bir erkek figürü vardı. Merkezdeki grubu oluşturan çiftin yanında bir "Çocuk Eros" bulunuyordu. Elinde bir armağan kutusu taşıyan sağdaki iki kadın ile kollarının hareketinde Ariadne'nin başına koymak üzere olasılıkla bir defne çelengi mi uzattıkları, yoksa baht-kader ağını örmek üzere ip mi hazırladıkları pek anlaşılmayan iki kadın daha vardı.

"Bu mozaik Dionysos ile Ariadne birlikteliğini, başka bir deyişle düğününü yansıtıyor," dedi Aren gözlerini mozaikten ayırmadan. Dionysos'un Ariadne'yi Naxos Adası'nda bulmasından sonra gerçekleştirilen şenlikli evlenme törenleri, Dionysos konulu kompozisyonlarda oldukça sık betimleniyor, bu sahneyi de Dionysos ile Ariadne'nin düğünü olarak yorumlamak daha uygun olacak. Sol baştaki Menad, bu evlilikten hoşnut olmayan, Dionysos'u yitirmek üzere olmanın huzursuzluğunu ve küskünlüğünü yaşayan bir sevgili durumunda, dikkatini çekti mi? Görüyorsun değil mi?" diye sordu Aren.

"Evet, görüyorum. Fakat bunların günümüzle ne ilgisi var? Anlattıklarının hepsi eskide kaldı. Artık insanlar bunları bir masal olarak bile dinlemiyor."

"Bundan bu kadar emin olma, Deniz! Örneğin Bellona, Roma döneminde Romalıların zafer tanrıçasıdır, ya Dardanos'a ne diyeceksin? Dardanos, Zeus'un oğludur ve Troia Kalesi'ni o inşa etti. Çanakkale Boğazı eski adını ondan aldı. Ya da Ekho, bunu da mı insanlar bir masal olarak bile dinlemiyor sence? Gündelik yaşantımızın bir parçası bu! Ekho da bir tanrıça! Ormanlarda, dağlarda dolaşan yankı perisi... Ah Deniz, gözünün önündeki gerçeği görmüyorsun. Söylentiye bakarsan milenyumda, yani içinde bulunduğumuz çağda Medusa tarikatı Eski Yunan'dan bu yana Medusa'nın kendi başına alamadığı intikamını alacak!"

"Ne intikamı bu?"

"Ölümlü olmanın intikamı!"

"Ölümlü olmak mı? Medusa bir tanrıça değil mi?"

"Hayır! Tarikatın kurulma sebebi de bu zaten. Madem Medusa ve insanlar ölümlü, o halde bu ölümü bir an önce gerçekleştirmeli."

"Ama neden?"

"İntikam... İntikam dedim ya! Medusa yaşamına çok güzel bir genç kız olarak başladı, Deniz. Fakat bu güzellik ona mutluluk yerine acı getirdi. Hatta ölümüne neden oldu. O kadar güzelmiş ki, bütün tanrıları peşinde koşturuyormuş. Tanrıçalar bile onun güzelliğini kıskanmaya başlamış. Özellikle de Tanrıça Athena onu kıskananların başında geliyormuş. Athena ki Zeus'un en çok sevdiği kızıydı. Denizlerin tanrısı Poseidon ise Medusa'ya hayranmış. Başı öylesine dönmüş ki Medusa'nın aşkından, bir gün Athena'nın tapınağında Medusa'ya zorla sahip olmuş. Bu durumu kendisi için aşağılayıcı bulan Athena, Medusa'yı bir gorgo yaparak cezalandırmış. O vakit çok çirkinleşmiş, saçları yılana dönmüş, yüzüne bakanlar taş kesiliyormuş. Dünyanın en güzeli olmaktan en çirkini olmaya giden bir düşüş. Kim kabul eder bunu? Athena'nın öfkesi o kadar büyükmüş ki bu cezayı bile az bulmuş Athena! Daha ağır bir ceza vermek arzusuyla Perseus'la iş birliği yapmış ve gorgoya dönüştürdüğü güzeller güzeli Medusa'nın başını kestirmiş. Başı kesildiği anda Medusa'nın Poseidon'dan olma çocukları Pegasos ve Chrysaor gövdesinden dışarı fırlamış. Medusa'dan sıçrayan kan damlaları Libya çöllerine düşmüş ve birer yılana dönüşmüşler. Perseus, Medusa'nın kesik kafasını alıp gitmiş. Athena ise Medusa'nın derisini yüzüp Aegis'in markası yapmış."

"Güvenlik görevlisi uyanmadan buradan çıksak iyi olacak, Aren," dedi Deniz kendisine anlatılanları umursamaz bir şekilde.

Aren kolundaki saate baktı, "Merak etme, bir süre daha uyanacağını sanmıyorum. Buradan aradığımı bulmadan çıkmam," dedi kararlı bir ses tonuyla. Lafının kesilmesine sinirlense de şu an Deniz'le tartışmaya girecek zamanları yoktu.

Deniz, Aren'in bakışlarından rahatsız oldu ve hatasını telafi etmek amacıyla "Aegis nedir?" diye sordu.

"Aegis, Athena'nın göğsüne takılı bir plaka biçiminde betimlenen, yılan ve gorgoyla bezeli bir objedir. Homeros, Aegis'i kenarı yılanlarla çevrili, kaba tüylü bir göğüs zırhı olarak tanımlar, Athena'nın keçi derisinden yapılma süslü kalkanıysa, Medusa'nın ürkütücü başıyla süslenmiştir. Daha sonraları Athena bu kalkanı Zeus'a hediye etmiştir. Zeus bunun Medusa olduğuna başta inanmasa da sonradan inanmıştı. Medusa, başı kesilse de gözleri ile taşa çevirebilir. Mitolojiye göre bu kalkanın önünde en güçlü ordular bile bozguna uğrar. Biliyorsun, Batılılar ile Doğulular arasındaki ilk büyük savaş Truva'da oldu. Homeros'un anlatımına göre, Batı'yı temsil eden ve başkomutanı Agamemnon olan Aka orduları; Doğu'yu, Anadolu'yu temsil eden ve başkomutanı Hektor olan Truva orduları ile çok kanlı bir savaş yapar ama onlara baş eğdiremez. Bunun üzerine Aegis kalkanına sahip Athena Akaların imdadına yetişir ve tahta atın yapımına yardım eder. İşte bu savaşta Anadolu Truva Atı hilesi ile diz çöktürülür."

"Günümüzde Libya ve çevresinin kan gölü olmasının ve savaştan gözünü açamayışının sebebi sence Medusa'nın laneti mi?"

"Olabilir Deniz. Başı kesildiği anda Medusa'nın Poseidon'dan olma çocukları Pegasos ve Chrysaor gövdesinden dışarı fırlamıştı. Medusa'dan sıçrayan kan damlaları Kral Erichthonius'a hediye edilmiş. Mitolojiye bakılırsa bu iki damla kandan biri zehirdi, diğeri ise panzehirdi ve bu, o bölgeye hangi kanın döküldüğüyle alakalıydı. Görünen o ki zehir kısmı damlamış."

"İyi ama," dedi Deniz, "şunu da gözden kaçırmamak lazım: Medusa'nın başı pek çok şehirde bulunuyor. Yoksa Medusa figürleri, kötülükten ve büyüden koruyan bir inanca mı dönüştü? Zamanla insan topluluklarının dini inançlarını şekillendiren bir olgu haline mi geldi? Eğer böyleyse bakılanı taşa çeviren biri nasıl koruyucu olur?"

"İyilik ve kötülük görecelidir, Deniz! Sence iyi olan bir şey bence kötü olabilir! Medusa başları özellikle de IV. yüzyıla dayanan Roma kültüründe ve eski Bizans'ta önemli yapılara, kılıç kabzalarına ve sütun kaidelerine ters ve yan olarak işleniyordu. Didim Apollo Tapınağı bahçesinde, Yerebatan Sarnıcı'nda ve Anadolu'nun gün yüzüne çıkartılmamış tarihinde Medusa'nın izlerini görmek mümkün."

"Kötülüklerden korunmak için Medusa başı yapılıyorsa günümüzde neden bir tehlike olsun ve ayrıca bunun İslam dünyası ile ne alakası var?" derken yan tarafta durmakta olan bir tablo dikkatini çekti Deniz'in. Kimin tarafından ya da kaç yılında yapıldığı bilinmeyen bu tabloda genç bir adam, küçük bir kızın elinden tutmuş, mavi gökyüzünün üstünde bir buluta oturmuştu, yeryüzünde neyi izledikleri belli olmuyordu ama baba ile kız olduğu anlaşılan bu iki kişinin ellerinin birleştiği yerde küçük bir boşluk vardı. Deniz bunu nasıl fark ettiğine şaşırırken Aren onun nereye baktığını merak etti, Deniz'in baktığı tabloya baksa da ilginç bir durum göremedi. Deniz tabloya iyice eğildi, bu kısım tablonun diğer bölümlerine göre daha mattı ve metal kısmı daha sönüktü. Aren'e dikkatle bakılmayınca görülemeyecek olan mühür kısmını işaret etti. Aren, çantasındaki anahtarı çıkarmayı düşündüyse de anahtara göre büyük bir boşluktu, bullaların olduğu yere koştu, fakat hiçbir bulla boşluğu dolduracak boyuta sahip değildi.

Genç adam, "Deniz, güvenlik görevlisi kendine gelmeden buradan çıkmamız lazım. Ama bullaların hiçbiri olmuyor!" dedi.

Deniz'in gözleri tabloda o küçük boşluğa takılmıştı. Tabloyu izlerken eli birden boynuna gitti. Aren de müzenin loş ışığı altında Deniz'in boynundaki zinciri görmüştü. Deniz zinciri parmaklarıyla tutup çekti. Yıllardır taşıdığı bu zincirin ucundaki kolyeyi incelemek aklının ucundan bile geçmemişti. Aren heyecanla, "Bu bir bulla!" dediğinde Deniz'in gözleri fal taşı gibi açıldı.

Boynundan çıkardığı kolyeyi Aren'e uzattı, genç adam heyecanla tablonun boşluğuna bullayı yerleştirdiğinde tablonun arkasından küçük bir bölmenin açıldığını gördüler. "İşte burada! Hadi artık çıkalım buradan." Müzeden uzaklaştıklarında Aren derin bir nefes aldı ve arabanın kapısını açarak Deniz'in binmesini bekledi. Karanlık gecede gözden kaybolduklarında Aren, "Deniz, lanet başladı. İkimiz bugün buradaysak sabah olduğunda bütün insanlar taşa dönmüş olacak. Bunu engellemek seninle benim elimde!"

Deniz yaşadıkları bir yana, duyduklarından öylesine korkmuştu ki arabanın koltuğuna iyice gömüldü.

"Şimdi en kısa zamanda Maraş'a dönmeliyiz. Çok eski zamanlarda Antep, Maraş, Halep hep İpek Yolu'nun içerisindeydi. Avrupa, ortaçağ karanlığına gömüldüğünde İslam dünyası bilim ve teknolojide çok ilerlemişti. İpek Yolu sayesinde Arap dünyasına çeviriler yoluyla Eski Yunan düşünceleri girdi. Bu çevirilerde Araplara, Yahudiler ve Ermeniler de yardımcı oldu. İslam dünyasının hızla gelişmesi ve felsefede de kendini göstermesi ile birlikte Avrupa, Haçlı Savaşlarına karar verdi. Bu savaşlar esnasında Avrupa'nın unuttuğu Eski Yunan felsefesi ve mitolojisi o güne kadar İslam dünyası tarafından çeviriler yoluyla korunmuştu. Medusa'nın iki kanını hatırlıyor musun?"

Deniz titreyen bir ses tonuyla cevap verdi. "Evet, hatırlıyorum. Biri zehir diğeri ise panzehirdi."

"O kanlardan biri haçın üstüne damladığında Medusa'nın güzelliğini bilen insanlar bir tarikat kurdu. Binlerce sene de geçse onun intikamını almak için yemin ettiler. Daha önce de dediğim gibi, Avrupa ortaçağ karanlığını yaşamaya başlayınca bu intikamın da üstü kapandı. Onu koruyanlar yerin altına çekilerek kendileri için uygun günü beklemeye koyuldular."

"O halde bunlar, kötüler. İntikamın peşinde koştuklarına göre! O haç! Hani kan damlayan haç! Şimdi nerede?"

"Haçın nerede olduğunu biliyorum. Sorun haçı bulmak değil. Asıl sorun bu laneti çözecek olan kadını bulmakta!"

"Hangi kadın?"

"Doğu ve Batı'yı birleştirecek olan kadın! Şimdilik bu kadar yeter, Deniz. Şu anda senin bana İslam filozoflarından İkinci Öğretmen diye anılan filozofu anlatman lazım!"

"Farabî'yi mi kastediyorsun?"

"Evet, sizin Farabî dediğiniz ama bizim Avennasar olarak tanıdığımız filozofu! Kendisine Muallim-i Sani (İkinci Öğretmen) unvanını kazandıran eserinin Sıvan al-Hikma Kütüphanesi yangınında yok olduğu söylenen büyük filozof!"

Deniz iyice şaşırmıştı. Aren'in Farabî hakkında bu kadar bilgisinin olmasına aslında şaşırmaması gerekirdi!

Aren, Deniz'in dalgınlaştığını görüyordu.

"Korkuyor musun?"

"Hayır, sadece şaşkınım!"

"Ama biz Şaşkın Melik gibi beyhude bir savaşa girmiyoruz! Şu anda bizi takip eden bir aracın olduğunu söylersem sanırım daha çok şaşıracaksın. Şaşkın Melike olacaksın!"

"Dalga geçmeyi bırak! Doğru mu söylüyorsun? Takip mi ediliyoruz."

"Onları atlatma işini bana bırak. Sen Farabî'yi anlatır mısın?

Farabî

"Bilgi, düşünce ve tefekküre dayanan bir hürriyet,
insan hayatı ve toplum için elzemdir."

Kod adı : Muallim-i Sani
Batı dünyasında adı : Ebu Nasar, Avennasar, Alfarabius
Yer : Bugünkü Özbek Cumhuriyeti'nin başkenti Taşkent'e bağlı Farab bölgesi
Tarih : 870

"Farabî, 870 yılında Farab bölgesinde dünyaya geldi. Asıl adı Ebu Nasır Muhammed ibn Türkan el Farabî'dir.

İlk öğretmen (Muallim-i Evvel) Aristo'dur. Farabî Aristo'nun eserlerini, aslından çok daha anlaşılır şekilde şerh etmiş, yani açıklamıştır. Bu nedenle de Batı âlemi kendisini Aristo'dan sonra gelen İkinci Öğretmen olarak, yani Muallim-i Sani olarak kabul etmiştir. Kendisine Muallim-i Sani (İkinci Öğretmen) unvanını kazandıran eserinin Sıvan al-Hikma Kütüphanesi yangınında yok olduğu söylenir.

Farabî ile birlikte İslamda felsefi düşüncenin konusu ve alanı en geniş sınırlarına ulaştı. Daha önce, gerek tabiatçı gerekse ilahiyatçı filozoflar siyaset ve sosyal felsefeyle ilgilenmezlerken, özellikle Farabî ilk defa bu konuları da felsefi düşüncenin sahasına soktu. Başta Aristo olmak üzere bazı Yunan filozofları üzerine olan çalışmalarını bir kenara bırakacak olursak, kendi varlık felsefesinde daha çok Yeni-Eflatunculuk hâkimdir. Bu bakımdan Yeni-Eflatunculuk gerçekte Farabî ile İslam düşüncesine girmiştir denebilir. Farabî bu akımın Doğu'da sistematik olarak ilgi çekmesini sağladı. Kindî ile başlayan Meşşai felsefesi Farabî ile zirveye ulaştı.

Farabî İslam dinini, Eflatun ve Aristo fikirlerinin yeşerdiği Yunan (Grek) felsefesini ve Yeni Eflatunculuk ile Eski Hint, Sasani-İran ve Bizans (Doğu Roma) etkisinde kalan İslam kültürünü ve en başta da Kur'an-ı Kerim'i iyice özümsemiş ve bütün bunların bir sentezini oluşturmuştur.

Farabî'ye göre bir filozofta bulunması gereken bazı özellikler vardır. Gerçekte bir filozof bütün ilimleri bilmeli ve bu bilgileri diğer ilim alanları için de yararlı hale getirmelidir. Bunlarla sınırlı değildir bir filozofta bulunması gereken özellikler. Ayrıca Allah fikri, dinin hareket noktası olduğu için her düşünür ve ilim adamı felsefeye başlamadan önce Allah'ı iyice özümsemelidir. Ondan sonra felsefe üzerine kafa yormaya başlamalıdır. İşte bu nedenle Farabî, felsefeyi ilimlerin ilmi, ilimlerin anası, hikmetlerin hikmeti ve dahası sanatların sanatı olarak tanımlar."

Var Olma (Sudûr Olayı)

"Farabî'ye göre varlıkların var olmasının tek sebebi Allah'tır. Allah, kemal sahibidir, kendine yetendir, ezelidir, sebepsizdir, maddeye ihtiyacı yoktur, ortağı ve zıttı da yoktur. Aynı zamanda Allah tariflere sığmaz ve tarif bile edilemez. Allah, birlik, hayat ve hikmet sahibidir. Ve bu özelliklerin tamamı özüne aittir.

Madde olmadığı için ve maddeyle birleşmediği için O, özü itibariyle 'akıl'dır, çünkü madde suretin akıl olmasını engeller ve maddeden tamamen soyutlanan şey de özü itibarı ile 'akıl'dır.

Allah'ın, özü kavrayabileceği herhangi bir araca ihtiyacı yoktur. O kendini düşünen düşüncedir. Aristo ve Ortaçağ Latin düşünürlerinin ifadesi ile söyleyecek olursak; 'O akıl, akıl ve makul'dür. İnsan aklının eksik olması ve maddeyle birleşmesi nedeniyle insan O'nu idrak etmekten uzaktır. Buna örnek olarak; ışık, görünen şeylerin en mükemmeli ve en belirlisi olmasına, hatta renklerin seçimine bile yardımcı olmasına rağmen, biraz kuvvetli gelen ışık gözün görmesini engeller ve her taraf karanlık olur. O da işte gözleri karartan bir nurdur. Bu nedenle biz O'nu eksik olarak algılarız. Bu, O'nun eksiliğini veya noksanlığını göstermez. Sadece bizim akli kuvvetlerimiz zayıftır o kadar. Şu da bir gerçek ki biz ne kadar maddeden uzaklaşırsak O'na o kadar yakınlaşırız.

Allah, âlemdeki bütün varlıkları 'tabii bir zorunlulukla' meydana getirmiştir. Âlem, Allah'ın kemaline hiçbir şey katmaz. Bu Allah'ın sınırsız cömertliğinin, insanlara lütfunun bir sonucudur.

Âlem nasıl yaratılmıştır sorusu akla geliyor burada.

Vacibü'l-Vücut olan İlk Varlık'tan ilk ve tek olan birinci akıl sudûr eder (meydana gelir). Bu birinci aklın Allah'ı bilmesi ve akıl etmesi neticesinde ikinci akıl meydana gelir. İkinci akıldan ikinci felek, üçüncü akıldan üçüncü felek, dördüncü akıldan dördüncü felek ve zincirleme olarak bu onuncu akla ve feleğe kadar gider ve onuncu akıl, yani faal akıl meydana gelir.

Her aklın bir göğü vardır. Faal akla denk düşeni ise Ay Altı Âlem feleğiyle sona erer. Ve insan aklının çokluğuna yayılır. Her akıl, kendinden aşağıdaki aklı etkiler. Aşağıdakiler, üsttekilerden alıcı; kendi aşağılarına ise vericidirler. Allah'ın özünden meydana gelen bütün bu akıllar, onlara bağlı olan felekler ve yıldızlar ile dört unsur (Anasır-ı Erbaa) bütün güçlerini Allah'tan alır. Bunların en zayıfı ve bütün doğuşlar ile çürümelerin meydana geldiği yer ise Ay Altı Âlem'dir.

Ay Altı Âlem'de dört unsur diye bilinen hava, ateş, toprak, su; madenler, bitkiler, hayvanlar ve son olarak da insanlar yer alır. Bunların tamamı da madde ile alakalıdır. Ve madde olmadan da suret olmaz. Bunu şöyle açıklayabiliriz: Elinizde bir cam parçası vardır ama o şişe değildir. Ne zamanki cam parçasına şişe şeklini verirsiniz, cam parçası o zaman şişe olur. Yani şekli vermediğiniz sürece o, cam parçası olarak kalır.

Madde en eksik haldir. Farabî bu duruma 'heyula' der. Bu kelime günümüzde hayalet anlamında kullanılırken eskiden 'bütün cisimlerin ilk maddesi' anlamında kullanılıyordu. Heyulanın özelliği ise şeklinin ve suretinin olmamasıdır. Fakat her şekil ve surete girebilir. Yani maddenin bütün özelliklerini içinde barındırır. Dört unsur birbirine zıt olmasına rağmen hepsinin maddesi bir ve aynıdır, ki dünyanın içerisindeki bütün varlıklar da bu dört unsurdan meydana gelmiştir. Bunların birleştireni ise aynıdır: Allah.

Bu birleşmelerin ve ayrılmaların tek sebebi de Allah'a duyulan aşktır. Bu aşkla her şey doğar, büyür ve bir süre sonra da yerini başka varlıklara bırakır.

Bütün bunları fark etmenin bir yolu da gözlem ve tecrübedir. Bu nedenle Farabî, gözlem ve tecrübeye önem verir.

İnsanların gökyüzünden etkilendiklerini kabul etmekle birlikte müneccimliğe karşı çıkar. Geleceğin gökyüzünden bilinemeyeceğini söyler, çünkü eğer gelecek bilinir bir hale gelirse insanoğlunun gelişimi olumsuz yönde etkilenecektir. Bunun sebebi şudur: Bilinmeyen şey insan üzerinde iki olaya neden olur: korku ve ümit. Korku olmazsa ne din kalır ne de kanun. Bu da toplumlarda kargaşaya neden olacaktır. Bu nedenle de her şeyin bir sebebi vardır. Nedensiz hiçbir şey yoktur. İnsan da nedensiz hiçbir şey isteyemez ve yapamaz. Bunun da sebebi yine Allah'tır. Sebebini bilmediğimiz bir olay meydana geldiğinde 'tesadüf' deriz ama aslında bizim bilmediğimiz bir neden vardır. Nedeni bulursak tesadüf ortadan kalkar.

Aren bir yandan Deniz'i dinlerken diğer yandan da arkalarından gelmekte olan arabayı takip ediyordu dikiz aynasından. Arkasındaki araba takip ettiği hissi vermemek için yol üzerindeki bir petrol istasyonuna girdi. Genç adam bir an yanlış bir hisse kapılıp Deniz'i de boş yere korktuğunu düşündü. Genç bayan tedirgin olduğundan takip edenlerin kimler olduğunu soramıyordu, endişeli bir halde anlatısına devam edecekti ki Aren arabayı daha hızlı kullanmaya başladı. Araç, petrol istasyonundan çıkmış tekrar takip mesafesine girmişti. Aren gerçekten takip edilip edilmediklerini anlamak için hızlandı. Araç, sakin bir şekilde yoluna devam ediyordu.

"Anlatına devam edebilirsin," dedi.

İnsan Denen Meçhul mü?

"Farabî diğer bilimler yanında fizyoloji ve psikolojiyle de ilgilenmiş, gerek duyduğu durumlarda tıbbi bilgiler de vermiştir. Farabî'ye göre en önemli organımız kalptir. Kalp bütün azalara ısı yollar. Bu ısı da maddi ve manevi yaşam için gereklidir. Kalpten çıkan ruh, atar damarları takip ederek vücuda yönlendirilir. Kalpten sonra en önemli organımız beyindir. Beş duyu organımızla elde edilen duyular beyne iletilir ve beyin bu duyular sayesinde vücudu yönlendirir. Beyin kalbin çalışmasını ve hareketlerin düzenli olmasını sağlarken; kalp yolladığı ısıyla beyni besler. Kalp ve beyinden sonra ise önemli diğer organlarımız karaciğer, dalak ve üreme organlarıdır.

İnsan vücudundaki her organ ahenkli bir aile gibidir. Nasıl ki aile başkanı diğer üyelere hizmet eder, diğer üyeler de aynı şekilde aile reisinin isteklerine uyar. Bu ahenk nedeniyle de ruh ve beden daima birliktedir. Bu sebeple de tenasüh (ruh göçü) olayını kabul etmez, çünkü ölüm meydana geldikten sonra ruh, ruhlar âleminde yaşamına devam eder. Ruhun da kendine göre yerine getirmesi gereken görevleri vardır. Bunlar üçe ayrılır: Beslenme, büyüme gibi görevleri bitkisel vazifesi, iyiyi alıp kötüden uzaklaşmak hayvani vazifesi ve bunlarla birlikte aklın idaresiyle güzeli ve iyiyi seçmek ise insani vazifesidir.

İnsan bu andan itibaren de kemale ermek için yaratılmıştır.

Aklı da ilmi akıl ve pratik akıl olmak üzere ikiye ayırır. Aklın dereceleri vardır. Bil Kuvve akılda insan beş duyu organının yardımıyla elde ettiği duyumları alıp tutar. Farabî'den yüzyıllar sonra gelecek olan Batılı bilgelerin 'tabula rasa' dediği alan da budur.

Fiili akıl ise dış dünyadan gelen algıların zihin tarafından tecrübe edilmesi, kıyaslanması, ayrılması, analiz edilmesidir. Buna aynı zamanda edilgen akıl da denir. Yani bil kuvveden gelen duyumlar burada işlenir. Ve bil fiili akla dönüşür. İdrak meselesi ise dış ve iç yetiler, (melekeler) Farabî'nin deyimi ile kuvva (kuvvetler) sayesinde olur. Dış melekeler beyne beş duyu organıyla dış dünyadan sürekli algı yollarlar. İç melekeler (al-mufakkara) ise zihinsel kuvvetlerdir. İşte bu zihinsel kuvvetler sayesinde düşünür, tartar, biçer ve bir sonuca ulaşırız.

Bir de depo yeri vardır ki bu da bilgilerin saklanmasını sağlayan hafızadır. Ayrıca bil fiili akıl soyutlama işini yaparken ve kendi kendine düşünürken, dış dünyadan hiçbir şekilde yardım almaz. Buna rağmen bil kuvve akıl dış dünya olmadan algılama yapamaz, yani veri toplayamaz.

Farabî ayrıca neden rüya gördüğümüzü de açıklar ve der ki muhayyile kuvveti, duyma ile konuşma yetilerinin arasında orta bir yetidir. Uykuya geçildiği anda duyma, konuşma ve isteme yetileri harekette bulunmadıklarından muhayyile yetisi serbest kalarak kendisinde bulunan ve algı yoluyla gelen duyumları ayırmaya, birleştirmeye ve yorumlamaya; öfke, sevgi, şehvet gibi fiilleri yönetmeye başlar ve kişi böylece değişik rüyalar görür.

Bilginin Devleti

"Farabî, dönemine ulaşan hemen hemen bütün kitapları incelemiştir. Bu arada hem içinde yaşadığı Abbasi Devleti'nin durumu hem de daha önce yaşamış toplumların içinde bulunduğu bunalımlı dönemleri ve kaçınılmaz yıkımları bildiği için gelecek nesillere iyi bir örnek olmak istemiştir.

Bunun için de devlet şekillerini incelemiş ve erdemli devletlerle erdemsiz devletlerin özelliklerini bildirmiştir.

Toplumu bireyler oluşturduğu için de Farabî siyaset konusuna önce insanı ele alarak, daha doğrusu ahlak ve fazileti anlatarak başlar. İlk önce bir insanın arzularıyla hareketleri arasında bir dengenin bulunması gerekir. Beslenme ve tedavi vücudun sağlığını ifade eder. Vücudun dengesini kuran doktordur. Ve onun sanat alanına tıp denir.

Toplumlarda ise bu dengeyi sağlayacak kişi yönetici, yani Reis'tir. Reis'in sanatını uygulama alanına siyaset denir. Bu sebeple ahlakı siyasetten ayırmak veya ayrı düşünmek mümkün değildir.

Farabî toplumsal felsefeyi ikiye ayırır. Ahlak disiplini ile insan güzel davranışları öğrenerek güzel davranışların nedeninin bilgisine ulaşır ve güzeli bir meleke haline getirir. Siyaset felsefesinde ise ahlak disiplininde olduğu gibi devlet, iyinin bilgisine ulaşarak halkının da bu iyinin bilgisini öğrenmesi ve koruması gerektiğini söyler. Bu açıdan bakıldığında siyaset ilmi dengeyi sağladığında iyi, faydalı olacak ama her ne sebep olursa olsun dengeyi kaybettiğinde zararlı olacaktır.

En yüksek fazilet bilgidir. Bilgi edinmenin kaynağı ise akıldır. Bir insanda eğer salim düşünce ile bir şeyleri gerçekleştirme gücü var ise o insan hür insandır. Salim düşünceden yoksun bir insan ise hayvanca (behemi) insandır. Ama salim düşünceye sahip fakat iradeden mahrum bir insan köle ruhlu bir insandır.

Farabî bilgiye verdiği önemi şu örnekle daha iyi açıklar: İki insandan biri Aristo'nun kitaplarındaki bütün bilgileri bilmesine rağmen hal ve hareketlerinde bu bilgiye uymuyor; diğeri ise bu bilgilerin hiçbirini bilmez iken davranışlarıyla bu bilgileri gösteriyorsa birincisi tercih edilmelidir; çünkü bilgisiz biri her zaman doğru karar verme gücünü gösteremez.

Bilgi ve düşünce ile tefekküre dayanan bir hürriyet, insan hayatı ve toplum için gereklidir.

İnsanların ulaşması gereken bir kemal noktası vardır. Bu kemale ulaşmak için de insanların birçok şeye ihtiyacı vardır. Bu ihtiyaçları tek bir insanın karşılaması mümkün değildir, çünkü Allah insanlara farklı farklı kabiliyetler vermiştir. Bu nedenle insanlar topluluk halinde yaşamak zorundadırlar. Bu noktada şunun da altını çizmek gerekir; mecburiyetlerden oluşan toplumlar sadece zorunlu ihtiyaçlar toplumlarıdır. Bunlar da faziletli bir devletin oluşması için yeterli neden değildir.

Saadete erebilmek için nazari fazilete, araştırma faziletine, ahlak faziletine ve uygulama bilgisine sahip olmak gerekir. Gerçek devlet iyilik ve kötülükleri kavrayan insanların kendi iradeleri ile seçtikleri Reis'in yönetiminde gerçekleşebilir.

Bu arada bazı düşünürlerin ve insanların söylediği gibi kuvvetlilerin zayıfları ezmesi bir tabiat kanunudur; fakat Farabî bütün yaratılmışların birbirleriyle kavga içerisinde olacağı ya da güçlü hayvanların kendilerinden güçsüzleri avlayacağı mantığına tümüyle karşıdır. İster insan ister devlet olsun bu mantıktakileri Dau's-Sebi, yani Yırtıcı Hayvan olarak niteler ve bunu çok cahilane bir davranış olarak görür.

Toplumları da bu noktada dörde ayırır:

1- Kâmil toplumlar
2- Küçük toplumlar
3- Milletlerin her birine ait olan orta toplumlar

Bunlar da yaşadıkları bölgenin hava, toprak, ateş ve su gibi faktörlerinden etkilenirler ve bireylerin yapılarında farkılıklar ortaya çıkar.

4- Birkaç milletin (topluluğun) bir araya gelerek oluşturduğu büyük toplumlar. Bu, günümüzün Birleşmiş Milletleri diyebileceğimiz tek dünya toplumudur.

Yeryüzündeki bütün insanlar, tek yürek tek kalp İlk Varlık'a yönelirler. Farabî bilgiye çok önem verir. Bu nedenle de en önemli kitaplarından birine Medinetü'l-Fazıla, yani Erdemli Devlet adını koyar.

Ona göre faziletli insan bir şeye sadece iyi olduğu için erişmeye çalışan kişidir. Erdemli devletler de fazilete ulaşmak için bir araya gelen, tek vücut olan topluluklardır. Nasıl ki bir vücuttaki bütün organlar bir hedef, bir amaç için çalışırsa, erdemli devletler ve insanlar da tek bir amaç ve hedef için çalışırlar: Kemale ermek.

Bu toplumlarda seçilmiş olan Reis çok önemlidir. Reis,

Kanun'da (Kur'an-ı Kerim) bulunan kurallara uyarak her ferdin kemale ulaşması için çalışmalıdır, çünkü insanların var olmasının nedeni üstün saadete ulaşmaktır. Seçilmiş olan Reis aynı zamanda halkı eğitmekle de görevlidir. Zevklerin her türlüsünden de arınmış olması gerekir. Paraya, şöhrete, kadına, pahalı hediyelere düşkün olmamalıdır. Ve kendini çağın gerektirdiği bütün bilgilerle donatmış olmalıdır.

Erdemsiz devletlerde ise yukarıda saydıklarımızın tam tersi olur. Reis ehil biri değildir, kendini bilgiyle donatmamış ve paraya, yemeye, içmeye, eğlenceye düşkün biridir ve bu durum yönettiği insanlara da sirayet etmiştir.

Bu açıdan bakınca erdemsiz toplumları da sadece yaşamak için bir arada olan zorunlu ihtiyaç devleti; ticarete yönelmiş tüccar devleti; zevk, yeme, içme için bir arada olan hasis devleti; servet, mal biriktirme yarışında olan gösterişçiler devleti; başka insanları köleleştirmek, mallarını ellerinden almak isteyen tegallüp devleti ve arzularını hiçbir şeyden alıkoymayan devlet olmak üzere ayırır.

Devletleri bu şekilde ayırdıktan sonra Farabî, bir tecavüzü önleyecek yahut toplum için hayırlı hizmetler sağlayacaksa savaşı meşru bulur, eğer tam tersi istila ya da kazanç elde etmek amacıyla yapılıyorsa bunu canavar psikolojisine bağlar.

Farabî, acı çekilmesini engellemek için, insanları Allah'a yönelmiş, on gök ve on aklın etkisiyle erdemli bir devlet içerisinde saadete ulaşmış toplumlar istemektedir.

Farabî aynı zamanda musiki alanında da büyük bir üstat idi. Kanun adı verilen müzik aleti onun buluşudur.

Ayrıca Farabî *El-Medinetü'l-Fâzıla* adlı eserinde, bütün kâinatın ve kâinat içindeki varlıkların ancak daimi bir mücadele ile var oldukları tezini işleyerek, beş asır sonra Hobbes ve Darwin'in ortaya atacakları teorilerin öncüsü olmuştur."

Aren, Deniz'in son cümlesini de söylemesiyle birlikte arabayı ani bir hareketle yolun sağ kısmından sol kısmına geçirdi ve ara sokaklardan birine dalarak hızla kendilerini takip etmekte olan araçtan kurtulmaya çalıştı. Deniz arabanın içerisinde bir o yana bir bu yana savrulurken çığlık atmaya bile gücü kalmamıştı. Gözlerini kapamış, hiçbir şey düşünemiyordu. Aren bir süre sonra arabayı park ettiğinde Deniz gözlerini açmaya korkuyordu.

Aren, "Artık güvendeyiz. Gözlerini açıp arabadan inebilirsin," dedi.

"Bizi takip eden araba ne oldu?" Bu esnada gözlerini açan Deniz, arabayı bir uçurum kenarında bulduğunda yüreği ağzına geldi. "Buraya neden geldik?" diye sordu.

Genç adam gülümsedi. "Başını kitaplardan kaldırıp hayatın felsefesi hakkında da kendine sorular sorduğuna sevindim."

"Dalga geçmeyi bırakır mısın? Üstelik çok mu komik bir halim var da gülüyorsun?"

"Dağınık saçlarınla harika görünüyorsun, gecenin bu saatinde."

"Profesörü kim neden öldürdü? Bana söyler misin? Neler oluyor? Peşimizdeki adamlar da kimdi?"

"Sakin olur musun? Bak şehre. Şehir ayaklarımızın altında. Yıldızların ışığı ve sokak lambalarının aydınlığında parıldıyor."

"Takip ediliyoruz ve sen romantizm peşindesin. İnanamıyorum sana!" Deniz karanlıkta uçurumun kenarında dolaştıktan sonra tekrar arabanın yanına gelmişti.

Aren ise ağır adımlarla uçurum kenarına yaklaştı, yerden bir taş bularak olabildiğince uzağa fırlattıktan sonra yere oturdu. Çantasından çok eski olduğu anlaşılan bir kitap çıkardı. Kitabı iki eli arasında sıkıca tuttu, kalbinin üstüne bastırdı; anlaşılmayan birkaç sözcük söyledikten sonra özenle açtı. Sayfalarını karıştırmaya başladı. Geçen gece kendisini şaşkına çeviren mağara resmine bakıp durdu. Bu mağaranın yaşananlarla bir bağlantısı olması gerekirdi, arka sayfayı çevirdiğinde krokiye benzer bir şekille karşılaştı. Heyecanla diğer sayfaları karıştırdığında adeta yaşananların resimlerle anlatıldığını gördü. Kitabı yazan her kimse en ince ayrıntısına kadar laneti resimlere dökmüştü.

Deniz ise arabaya yaslanmış, gözlerini kapamış, öylece duruyordu. Ormanın içerisinden hayvan sesleri geliyordu ve konuşmaya korkuyordu, arabadan uzaklaşarak Aren'in yanına geldi. Şehir sokak lambalarının ışıltısı altında parlıyordu. Bir an aklına Şam geldi, yanında oturan adama göz ucuyla baktı; ilk cinayetin işlendiği tepeye çıkarken de Şam böyle ışıklar altındaydı ve o an bu genç adama âşık olacağını hayal edemezdi.

Aren, Deniz'i daha fazla korkutmamak için kitabı çantasına koydu.

"Biliyor musun, Doğu ile Batı arasındaki fark her zaman sürecek," dedi Deniz. "Hobbes ve Darwin! Hobbes'in 17. yüzyıldan sonra neredeyse atasözü gibi olan bir sözü var: Homo Homini Lupus (İnsan insanın kurdudur). Ayrıca devletle ilgili görüşü de ilginçtir. 'Devlet olmadan insanın yaşamı yalnız, fakir, mutsuz ve kısadır,' diyor. Darwin ise evrim teorisinden sonra en çok bilim ve sanat hakkındaki görüşleriyle ilgi çekti. 'Bilim ve sanat bir kuşun kanadı gibidir. Bu iki kanadı kullanabilen toplumlar uçar ve özgür olurlar. Uçamayanlar ise tavuk olur. Tavuk toplum önüne atılan bir avuç yemi gagalarken, arkadan yumurtalarının alındığının farkında bile olmaz,' der.

Aslında her ikisi de beş asır önce Farabî'nin değindiği noktaya ayrı ayrı vurgu yapıyorlar: Bütün kâinatın ve kâinat içindeki varlıkların ancak daimi bir mücadele ile var oldukları tezini işliyorlar. Her ne kadar Farabî kâinatın bir mücadele içinde olduğunu söylerken insan, insanın kurdudur gibi bir görüşü savunmasa da Avrupa'daki yankılarından biri bu oldu. Farabî, kâinatın doğal dengesiydi. O bu düşünceye, yani kuvvetlilerin zayıfları ezmesi bir tabiat kanunudur mantığına karşıdır ve insan veya devlet olsun bu mantığı taşıyanları Dau's-Sebi, yani Yırtıcı Hayvan olarak niteler. Hatırladın değil mi? Evet, bunları ben sana anlatmıştım. Anlayamıyorum. Bunun Medusa tarikatı ile ne gibi bir bağlantısı var?"

Aren karanlıkta Deniz'in saçlarını okşadıktan sonra "Medusa'nın laneti. Medusa bir ölümlüydü. Yani insan! Ve onu tanrıçaların kıskançlığı öldürdü. O halde o dönemde yaşayan insanlar, bu ölümlüyü kurtarmadıysa ölümü hak etmişler demektir. Ruh, bedene her istediğini yaptırabilir."

Deniz şaşkınlıkla Aren'in yüzüne baktı. Son söylediği söz İbn-i Sina'ya aitti. "Sen ne dedin?" diye sordu.

"Ruh, bedene her istediğini yaptırabilir."

"Bu söz İbn-i Sina'nın ama!"

"Hayır, Avicenna'nın!"

"Kelime oyunu yapma Aren. Avicenna, İbn-i Sina'nın Batı'daki adı," dedi sinirle.

"Şu karşı evleri görüyor musun? Hani damında loğ olan evi!"

"Evleri görüyorum ama loğ dediğin şey ne?"

"Medusa'nın kentinde yaşayan biri için bu soru hiç de hoş değil. Yollarda, toprak damlarda, yeri bastırmak ya da tarlalarda toprağı ezmek için gezdirilen silindir taşlara denir."

"Sen nereden biliyorsun demeyeceğim artık. Benim bilmediğim o kadar çok şeyi biliyorsun ki şaşırmıyorum."

"Haydi, kalk gidiyoruz."

"Az önce Paul ile görüştüm, haçı almış ve yola çıkmış." Adam oturduğu masadan ayağa kalktığında siyah cüppesinin hışırtısı duyuldu sessiz odada. Masaya yumruğunu vurduğunda Josef, üstattaki bu değişime bir anlam verememişti.

"Senin çok güvendiğin adamın, profesörü elinden kaçırdı."
Yüzü renkten renge giren Josef ne diyeceğini bir an bilemediyse de, "O halde Jules'in cezasını ben kendi ellerimle vereceğim," diyerek ayağa kalktı ve elini belindeki silaha attı.

"Jules'in hesabı çoktan görüldü. Önemli olan o değil zaten. Profesörün ölmeden önce uğradığı ev..."

"Cesedinin bulunduğu evi diyorsun."

"Evet, polis ekiplerinden önce birkaç adamımız eve girmeyi başarmış, söylediklerine bakılırsa sağ eli zorlanarak açılmış."

"Sağ elinde bir şeyler saklıyordu, demek istiyorsun." Elini silahından çektikten sonra, "Kafam karıştı. Hiçbir şeye anlam veremiyorum," dedi.

"Bir gecede her şey allak bulak oluyor." Üstat hâlâ ayaktaydı. Josef'in söylediklerini düşündüğünde onun bazen gerçekten saf olduğuna inandı.

"Tarikatımız," diye söze başladığında üstat, yüzüne bir tebessüm gelmişti. "Profesör ile Deniz arasındaki bağı bir türlü çözememişti. Deniz'in Şam'a gitmesi ve onun arkasından profesörün de gizlice Şam'a giderek Deniz'i yakın takibe alması onların arasındaki gizemi çözmemizi sağladı."

"Profesör, Deniz ve Şam," diye mırıldandı Josef. "Aren'le ilgili geniş bir araştırma yaptırdığından ve Alaaddin adında biriyle görüştüğünden de haberimiz var. Aren'in Deniz'in arkasından Medusa şehrine, yani Maraş'a sadece âşık olduğu için geldiğini düşünmek saflık olur Josef. Deniz babasının kim olduğunu bilmeden büyüdü, fakat felsefeyi seçmesi onun kaderiydi. Kader, onu bilmediği bir serüvenin içine çekti," dedi gülerek. Josef bu gülüşün altındaki intikam kokusunu çoktan almıştı.

"Aren'in dedesi, Medusa'nın diğer kanından gelen tarikatın üstadıydı."

Josef heyecanla ayağa kalktı, "Şimdi anlıyorum, profesörün son nefesini vermek için neden Deniz'in evine gittiğini."

"Kuş beyinli adam," diye öfkeyle baktı üstat Josef'in gözlerinin içine. "Defol git odadan ve bana bu iki kaçağı bul."

Josef üstadın böylesine sinirlenmesine neden olan şeyi anlamasa da hiçbir şey söylemeden oturduğu koltuktan kalktı ve gecenin karanlığında sokakta adımlamaya başladı.

Üstat cüppesinin hışırtıları içerisinde koltuğuna gömüldü.

"Bir yanı kırık merdivenle ne yapacaksın, Aren? Hem gecenin bu karanlığında bu evin damında ne işimiz var? Biri görse hırsız sanacak bizi."

"Sen sadece merdiveni sıkı tut ve beni düşürme. Gürültü çıkarmadan gelmemi bekle." Aren, biraz endişeli de olsa merdivenden çıkmayı başarmıştı. Derin bir nefes aldıktan sonra etrafına bakındı. Bu yükseklikten de şehrin manzarası görülmeye değerdi. Yavaş adımlarla loğun yanına geldiğinde bir süre bu silindir taşa baktı durdu. *Hiç kimsenin aklına gelmemiştir*, diye düşündü. Silindir taşa doğru uzanmıştı ki çantasından bir kalem ile fener çıkardı. Taş, yıllardır toprağı düzeltmede kullanıldığından bazı yerlerinde delikler açılmışsa da yine de ilk günkü gibi sağlamdı. Taşın üzerindeki yazıları okumaya çalıştıysa da zorlandı. Yine de pes etmeye niyeti yoktu. Avicenna'nın sözü aklına geldi, gülümsedi. Zaten tarikat üyeleri de taşa yazı yazma fikrini Avicenna'dan esinlenerek yapmışlardı. "İpin taşı kesmesi aklın alacağı bir şey değil! İp zamanla taşı aşındırabildiyse, benim kafam da zamanla zor bilimleri çözebilir."

"Tarikat üyeleri taşa, şekil vererek sırrı yazabildiklerine göre ben de bu sırrı çözebilirim," dedi. Vaktinin sınırlı olduğunu biliyordu. Gecenin karanlığında bir kadın çığlığı duyduğunda arkasına baktı, Deniz kolunu tutarak yanına doğru adımlıyordu. "Sana beni aşağıda bekle demedim mi?" diye endişeyle fısıldadı. Çığlığı duyan evlerden birinin ışığı yandı. Aren çantasından ucu ince bir bıçak çıkardı. Loğun üstüne eğildi, gözle görülmesi zor olan ince çizgilerin üstünden gitti. Loğun üstündeki küçük taş parçası yerinden oynadığında uzaktan koşarak gelen birinin ayak seslerini duydular. Taşı çantasına koyup damdan atlamak zorunda kaldığında Deniz'e öfkeli gözlerle baktı. Başka seçeneği yoktu. Yere düştüğünde ayağını burkmuştu ama şu an sadece Deniz'in inmesi için merdiveni duvara yaslamaktan başka bir şey düşünmüyordu. Deniz de merdivenden indikten sonra karanlık gecede arabanın motorunun sesi duyuldu. Ayak seslerini duydukları yabancının telefonla bir yerlere bilgi verdiğini gördüklerinde çoktan evin olduğu bölgeden uzaklaşmışlardı.

"Aren'le Deniz'in nerede olduğunu öğrendik, efendim."
Telefonun diğer ucundaki ses, "Onları hemen yakalayın!" diye emir verdiğinde adamlar, yıldızların bile aydınlatamadığı gecede sokaklarda iki kişiyi aramaya çoktan başlamışlardı bile.

Şehrin diğer ucundaki mahallelerden birinin ücra sokaklarında herkes uykudayken bir hareketlilik görülüyordu. Siyah elbiseli üç dört adam merdiveni duvara yaslamış, evin üstüne çıkmaya çalışıyorlardı. Ellerindeki el feneriyle loğu incelediklerinde silindir taşın bir parçasının yerinde olmadığını gördüler.

İçlerinden biri, "Efendim, silindir taşın üstünde bir parçası eksik," diyerek üstada bilgi veriyordu.

Diğer siyah giysili adamın telefonu çaldığında aceleyle arabalarına bindiler ve gözden kayboldular.

"**P**rofesörün evinde ne işimiz var, Aren?" diye konuşmaya başladığında Deniz, Aren evin içerisine girmişti bile. Deniz'i yanında getirdiğine pişmandı ama bırakacağı güvenli bir yer de yoktu. Aren, ev sahibiymiş gibi hiç zorlanmadan Profesör Necdet'in çalışma odasına girdi. Gizli kapıyı rahatlıkla bulup profesörün elinden aldığı kâğıdı cebinden çıkardı ve şifreyi girdikten sonra kapının açılmasını bekledi. Arkasını döndüğünde Deniz'in oturma odasının ışığını yaktığını, kapının altından süzülen ışıktan anladı.

"Burada olduğumuzu herkese göstermek mi istiyorsun sen?" diye azarlayarak ışığı kapadı. Deniz'i de profesörün gizli odasına almak zorunda kaldı. Kapıyı kapadıktan sonra dışarıdan gelen ayak seslerini duydular. Aren masanın üstünde duran bilgisayarı açtığında kamera dışarıda siyah giysili dört adamı gösteriyordu. Lanetin tarikatı izlerini bulmuştu.

Aren masa lambasının ışığında taşın üzerindeki şekilleri okumaya çalışırken Deniz de duvara asılı olan aynada kendisine bakıyordu. Bir yandan masanın üzerine eğilmiş taşı merakla inceleyen Aren'e göz atarken, bir yandan da darmadağınık saçları için üzülüyordu. Bir gecede çökmüş olan gözlerine ve hep toplayıp topuz yapmaya alıştığı saçlarına baktı. Aklına Profesör Necdet düştü, üniversiteye başladığı ilk günlerdi. Dik duruşu, ağır yürüyüşü, saçlarına düşen aklar ve keskin bakan kahverengi gözleriyle kürsüden ders anlattığı günü hatırladı. İlk hafta derslerde kendisiyle ilgilenmese de ders bitimlerinde Deniz'i odasına çağırıyordu, profesörün dikkatini çekmek hoşuna gitmişti. O günden sonra profesör, Deniz'in anlamadığı ve hatta hiçbir zaman üzerinde düşünme fırsatı bulamadığı bir yakınlık gösterir olmuştu. Öylesine ustaca davranıyordu ki arkadaşları bile onun Deniz'le yakından ilgilendiğini fark edememişlerdi. Hatta Deniz, profesörün kendisini takip ettiği hissine kapılmasa bunun farkında bile olmayacaktı.

Kameraya baktığında Aren, siyah giysili adamların evin içerisine benzin dökmekte olduklarını gördü. Evi yakacaklardı, böylece kendileri de evde saklanıyorlarsa onların hesabına göre dumandan zehirlenerek öleceklerdi. Oysa profesör gizli bölmeyi yaparken çok akıllıca davranmıştı, kapının altından değil dumanın, tozun bile girmesi mümkün değildi, acil çıkışlar için de bir kapı yaptırmıştı.

"Profesörü kim, neden öldürdü?" diye sessizliği bozan bir soru yöneltti Deniz.

Aren taştan başını kaldırmadan, "Profesör son zamanlarda Medusa'nın lanetinin İslam filozofları tarafından da bilinip bilinmediği üzerine bir araştırma yapıyordu, çünkü Medusa sadece Maraş'a ait bir kültürün devamı değil. Eski Roma ve Yunanlara kadar dayanıyor. Onların gittiği her yere Medusa da gitti. İnsanlar, Medusa'nın Laneti tarikatı ve onu önlemeye çalışanlar diye ikiye ayrıldı."

"Bunun İslam felsefeyle ne alakası var?"

Aren bir an başını kaldırdı, gözündeki gözlüğü parmağıyla itip Deniz'e baktı. "Makedonyalı İskender'in düzenlediği seferlerle dünyanın dengesi değişti. Sahneye Türkler ve Araplar güçlü bir siyasi yapıyla çıktıklarında Avrupa içten içe bu laneti çözmeye çalışıyordu. Skolastik düşüncenin etkisiyle bu konu da unutulmaya yüz tuttu. Felsefenin çeviriler yoluyla, özellikle de Beytü'l-Hikme'deki yoğun çalışmalar sayesinde Arap dünyasına girdiği biliniyor, muhtemelen bu çeviriler esnasında Medusa da İslam dünyasına girmiştir. İlk filozofların materyalist ya da tabiatçı olmaları sonucunda İslam dünyasında da Avrupa'daki kadar olmasa da küçük bir grup taraftarı oldu diye düşünülmektedir. Bir rivayete göre Razi'nin Medusa'yı önleyecek gücü kendinde bulamadığı için göz ameliyatı olmadığı varsayılır. Taşa dönüşen bir filozof olmaktansa kör bir filozof olmayı yeğledi."

"Bunların hepsi bir uydurmaca, Aren. Mitolojik dönemde insanlar Medusa'ya inanabilir, onun kendilerini kötülükten koruyacaklarını sanabilirler ama anlattığın hiçbir şeye inanmıyorum."

"Farabî, İbn-i Sina ve özellikle de Gazali, büyük bir ihtimalle Medusa'ya inanmadılar. Fakat hiçbiri de onun varlığını dile getirmeye, hatta ona inanmadıklarını söylemeye bile gerek görmediler. Hatta bir adım daha ileri gidersek Gazali'nin filozoflar hakkında söylediklerinden sonra İslam dünyasında felsefenin durduğunu ve İspanya'ya Endülüslere kaçmak zorunda kaldığını söyleyebilirim. Bu sayede Medusa tekrar asıl sahiplerine, yani Avrupalılara geri döndü."

"İbn-i Sina'nın felsefesini çok iyi biliyorum. Senin iddia ettiğin gibi bir görüş onun felsefesinde yok. Sadece onun değil, hiçbir İslam filozofunda yok. Gazali'ye gelince ondan dolayı İslam dünyasında felsefenin bittiğini sanıyorsan yanılıyorsun, hem neden felsefe Gazali yüzünden Endülüs Emevilere kaçacak? Güldürme beni lütfen! Ben bu konuda doktora yapıyorum, hatırlatırım sana!"

Aren burada konuşmaya son vererek elindeki taşı daha dikkatle incelemeye başladı. Dökülen benzin yüzünden ev yanıyordu, kısa süre sonra itfaiyecilerin ve polislerin eve dolacağını meraklı komşuların da bu kalabalık içerisinde yer alacağını biliyordu. Arka kapının nereye açıldığını bilmediğinden kendilerini bir anda kalabalığın içinde bulabilirlerdi.

Deniz'se koltuklardan birine oturmuş, İbn-i Sina'nın felsefesini düşünüyordu.

İbn-i Sina

"İpin taşı kesmesi aklın alacağı bir şey değil!
İp zamanla taşı aşındırabildiyse,
benim kafam da zamanla zor bilimleri çözebilir."

Kod Adı   : Eş-Şeyhu'r-Reis (Baş Üstat)
Batıdaki adı : Avicenna
Yer   : Buhara
Tarih   : 980-1037

"Günümüzde birçok hastalık tedavi ediliyorsa bunda İbn-i Sina'nın büyük katkıları vardır," dedi Deniz.

"Kırk kere okuduğu Aristo metafiziğini bir türlü anlayamadığını da itiraf eder. Tesadüfen eline geçen Farabî'nin El-İbâne adlı eserini okuyunca Aristo metafiziğini anlar. İbn-i Sina bazı sabahlar, yatmadan önce düşündüğü problemin cevabını bulmuş olarak yatağından kalkardı.

İbn-i Sina, Helenistik dönemde Yeni Platoncu bir kimliğe büründürülmüş olan Aristotelesçiliği, felsefe yöntem ve ölçüleri içinde kalarak İslami bir söylemle ortaya koymaya çalışmış; Gazali, Fahreddin Razi, İbn-i Teymiyye gibi İslam dünyasında çok etkin olan bilginlerin ağır eleştirilerine karşın Eş-Şeyhu'r-Reis (baş üstat) unvanını bütün dönemlerde korumuştur.

Farabî gibi, fikir hayatının son döneminde büyük bir değişim geçirdi. Katı akılcılıktan vazgeçip, Farabî'yi izleyerek bir Doğu felsefesi, yani gerçek anlamıyla bir İslam felsefesi kurmayı denedi. Bu değişimi o kadar benimsemişti ki, son eseri olan El-İşârât ve't-Tenbihât adlı eserinin önsözünde: Eş-Şifâ'daki fikirlerim artık benim değildir diyecek kadar ileri gitti."

Sudûr Olayı (Evrenin Yaratılışı)

"İbn-i Sina'nın da yaratma teorisi Farabî gibi sudûr'a dayanır. Allah'tan sırayla ilk akıl ve buna bağlı olarak ilk felek ortaya çıkar. Sudûr yoluyla tek varlıktan çıkan varlığın derecelerinden biri olan insan da tekrar Allah'a döner. Küçük âlem olması bakımından insanın büyük âlemin özelliklerini taşıdığını söyler. Her şey sevgiden doğmuştur. Birliğe de sevgiyle dönülür. Bu nedenle sevgi sayesinde madde âlemindeki bütün cisimler birbirini cezp ederek bitkiler, hayvanlar âlemindeki tabii meyillere yükselir ve insanda şekillerin güzelliğine dönüşür. İnsanüstü âlemde semavi cisimler ve ruhlar da bu sevgiden ötürü birbirleriyle cazibe halindedirler, ki sevgilerin tümü Allah'ın külli ve ezeli sevgisinde erir.

Vacib'ül-Vücut tek ve basit olduğu için O'ndan tek eser meydana gelir. O da, Farabî de olduğu gibi ilk (birinci) akıldır.

İlk aklın kendine vücut vermesini düşünmesinden ise ikinci akıl sudûr eder. Kendi varlığını düşünmesinden de birinci felek sudûr eder. Böylece kademe kademe üçüncü, dördüncü, beşinci, altıncı, yedinci, sekizinci, dokuzuncu ve onuncu akla ve dokuzuncu feleğe kadar ulaşılır. Her bir feleğin bir önceki feleğe duyduğu derin özlem (sevgi) ile her felek kendi hareketine kavuşur. Bu feleklerin hareket şekli dairevidir. Düz çizgi ise sadece maddeler âleminde mevcuttur.

Onuncu akılda ise Ay Altı Âlem'de dört unsur meydana gelir

ki bu dört unsur maddenin aslının ve şekil almaya müsait olan heyulanın oluşmasını sağlar. Geçici âlemi idare eder. Bu nedenle onuncu akla 'faal akıl' da denir. Bu nedenle eşyalar da Allah'ın ezeli olan ilminden yukarıdaki sıraya göre sudûr etmiştir. Onları düzene koyan ve devam ettiren de yine Allah'tır. Allah hakkındaki karışıklıklar veya tereddütler Allah'tan değil, bizim onu kendi aklımızla kıyaslamaya kalkmamızdan kaynaklanmaktadır.

İbn-i Sina'ya göre Allah, ilk sebep, nurların en üstünü ve bütün nurların kaynağıdır. Allah daha ezelde dünyaya bir düzen vermiştir ki bu düzen O'nun mükemmelliğini göstermektedir. Bir defa varlık kazanan bu mükemmelliğe uygunluk göstermek zorundadır. Ve İbn-i Sina felsefede aranan bütün soruların cevabının dinde bulunduğunu söyleyerek din ile felsefeyi bir arada tutmaya çalışmıştır, ki bu da bize din ile felsefenin çakışmadığının iyi bir örneğidir, çünkü İbn-i Sina daha 10 yaşında iken Kur'an-ı Kerim'in tamamını ezberlemiştir.

İbn-i Sina idrak mertebelerine göre seslenir. Yani halka yönelirken başka bir üslup, âlimlere seslenirken başka bir üslup kullanır.

İbn-i Sina sudûr olayında dört prensibe dayanır: yaratılış meselesi, Allah'ın cüz'ileri bilmesi, ahiret meselesi ve peygamberlik meselesi.

İbn-i Sina'ya göre Allah yaratıcı, icat edici, meydana çıkarıcıdır. Âlem ise yaratılmış, icat edilmiş, ortaya çıkarılmıştır.

Allah, ilk sebep ve zaruri varlıktır. Allah ilktir, birdir; burada O Plotinus'un bir'ini, Eflatun'un üstün iyiliğini, Aristo'nun ise sırf aklını birleştirmiş oluyordu. Her ne kadar İslam felsefesinin bir yönü Batı felsefesine dayanıyorsa da onları birebir taklitle kalınmamıştır. Tamamen İslami bir temele oturtulmuştur.

Madde ve formdan oluşan cevherler bu dünyaya; sadece mücerret varlıklar ilahi âleme aittirler.

İbn-i Sina bu görüşünü açıklarken bazı terimler kullanır:

İhdas: Mümkün varlıkların meydana gelmesi

İbda: Zeval bulmayan varlıkların vasıtasız olarak ortaya çıkması

Halk: Vasıtalı veya vasıtasız, cismani varlıkların meydana gelmesi

Tekvin: Fani varlıkların vasıtalı olarak meydana gelmesi.

Zaruri varlık her şeyin kendinden çıktığı varlıktır. Ve kendisinden bütün varlıkların çıktığı tek varlık ise Allah'tır.

Ona göre Allah'ın bazı menfi ve müspet sıfatları vardır: O sabittir, yani hareketli değildir; sırf fiildir, onda kuvve ve imkân yoktur; değişmezdir, birdir; ortağı yoktur, basittir, bedeni yoktur, zıttı da yoktur, çünkü bütün zıtlar zaten kendisinde mevcuttur. Bunlardan dolayı Allah, yarattıklarından ayrılır.

Allah, iyilik ve kötülükleri ayırt etmek için insanlara imkân verir. İnsanda isteme hürriyeti kuvveden fiile geçmekte ve gaye sebeple açıklanmaktadır. İyiliği aramak ve kötülükten uzak durmak için faal gücün münfail güce üstün gelmesi gerekir, çünkü iradeyi harekete geçiren niyettir. Kısacası hür irade akılla ihtirasın çarpışmasından ortaya çıkar. İşte bu nedenle ahlak iki dünya arasında bir köprü gibidir.

Allah, zatını bilir, O'nda bilenle bilinen ve bilici aynı şeydir. Müspet sıfatlarını ise şöyle sıralar: Allah diridir. Bu nedenle de Hayy'dır. O'nun hayatı bizim hayatımız gibi değildir. Bizim iki kuvvetimiz vardır: Biri idrak eder, diğeri yapar. Ama O yalnızca 'bilgi'dir. Onun bilgisi fiilidir ve sudûrun sebebi de budur. Allah idare edicidir. İnsan her şeyi mükemmelleşmek için isterken O'nda bu durum söz konusu değildir. Bu nedenle ilim zaruri varlığın sebebidir. Allah kadirdir. İnsanlardaki kudret icada muhtaç iken Allah'ta kudret ilimden ibarettir. Bu nedenle de felsefe din ile uyuşur. Allah işitici ve görücüdür. Her şeyi duyar ve görür. Fakat

Allah'ın işitmesi ve görmesi bizimki gibi değildir. Semi' ve basar arasında da fark yoktur.

Allah'ın bilgisi sıfatlarının en küllisidir. Allah cüz'ileri, ancak külli ile alakaları nispetinde bilir. İlk varlık her şeyi zatı bakımından bilir. Bu nedenle hiçbir cüz'i şey Allah'ın gözünden kaçmaz.

Ma'ad kelimesi geri dönmek anlamında kullanılır. Yani ruhların ilk sudûr ettiği ilk prensibe dönmelerini kasteder. İnsanın ruhu manevi bir cevherdir. Birçok melekeleri barındırmasına rağmen kendi basittir. Yok olmaz. Bedenle münasebeti ne öncedir, ne sonradır. Bedenin yok olması, mahvolması ruhu etkilemez. O, beden dağılsa bile devam eder. İnsanı insan yapan şey de zaten bir ruh ve nefse sahip olmasıdır. İnsan bedenini yok sayarak da ruhunun var olduğunu görebilir. Bir yolcu için at ne ise ruh için de beden odur. Ruhun zatını mükemmelleştirmek için bedene ihtiyacı vardır. Yani beden ruhun aletidir. Ruh faal olarak var olmaya bedenlerin onu almaya hazırlanmasıyla başlar. Beden fani; ruh bakidir. Ruhun bütün işi, alışkanlıkları kazanmaktır. Beden bu konuda ruha yardım ederken zamanla yaş ilerledikçe tekâmülü engellemeye başlar. Ruh bu arada faal akılla ittisal melekesini kazanırsa uzvi aletleri kaybetmesi ona bir zarar vermez, çünkü o artık üstün âlemi aletle değil, doğrudan doğruya kavramaya başlar.

Ruhani haşrı kabul ederken maddi haşrı kabul etmez. Ama halka seslenirken haşrı kabul eder. Kur'an'dan örnekler verir. Ve bu meselede şeriatın dediğinin kabul edilmesi gerektiğini, çünkü aklın bunu çözmede ve anlamada yeterli olamayacağını söyler. Ama bunu yaparken de ruhani haşr ile maddi haşr arasında tereddütlü kalıyor. Ayrıca ruhun saadeti, bütün kemallerin kaynağı mutlak iyilik ile birleşmek, çokluktan birliğe geçmektir. Bu saadetin yüksekliği ruhun istidadına bağlıdır. Ruh bu saadete iki yönden ulaşır: Biri zihnidir, diğeri ise ahlakidir. Ahlaki hazırlık ise cismani melekelerden kurtulmakla mümkündür. O'na göre nefs; hayat sahibidir. Ve bedeni meydana getirir. Ruhtan önce beden olamaz. Bedenin ölümü ile de ruh yok olmaz. Ruh bir cevherdir, bu sebeple de bedenden tamamen bağımsızdır, çünkü ruh bedensiz kendi kendini bilebilir. Ama ruhun bedene; bedenin de ruha ihtiyacı vardır. Beden, ruhun hizmetinde bir araçtır ve bilgi için ruha duyumlar sağlar. Bedenle birleşip kişiliğini kazanan ruh, beden öldükten sonra tekrar bir bedene girmez.

Bu noktada İbn-i Sina nefsi üçe ayırır:
Nebati nefs (doğma büyüme vb.)
Hayvani nefs (hareket etme, algılama, doğma, büyüme vb.)
İnsani nefs (nebati ve hayvani nefs ile birlikte akıl)

İbn-i Sina'ya göre peygamberlerde âlimlerde bulunmayan üstün bir kabiliyet, kutsal bir sezgi gücü vardır. Bu ise faal akılla temasa geçmeyi sağlar. Başkalarının zihinle kavrayamadıkları hakikatleri onlar sezgi gücü ile kavrarlar. Bu akla da 'kutsal akıl' denir, ki Vahiy de bu kutsal gücün bazı insanlara verilmesidir. Peygamber haberleri melek sayesinde alır.

Melekler, maddeden ayrı olan akıllardır. Kur'an'a dayanarak burada Kutsal Ruh ve Sadık Ruh'tan bahseder. Peygamberlerin mucizeleri ve velilerin kerametleri vardır. Onlar bu özellikleriyle diğer insanlardan ayrılırlar. Eğer peygamberler faal akılla direk temasa geçerlerse alıcı durumundadırlar. Hakikat, süjenin zihnine yansır. Gök nefsleri işe karışırsa hayal gücü rolünü oynamaya başlar. Bu ise sadece peygamberlere aittir. Veliler belirli bir sürede bu manevi temizliği kazanırken, peygamberler buna doğuştan sahiptirler.

İnsanlar tek başına yaşayamadıkları için medeniyetler kurmuştur. Bu ise ancak geleneklere uymak ve adaleti sağlamakla elde edilir. İnsanlar arasında adalet ve zulüm konusunda da ayrılıklar vardır. Birinin adalet dediğine diğeri zulüm der. Birliği sağlamak için de işte ilahi bir haberciye ihtiyaç vardır. Bu habercilerin Allah katından geldiklerini göstermek için de mucizelere ihtiyaçları vardır.

İbn-i Sina'ya göre bir insanın peygamber olması için zekâsının açık ve berrak, hayal gücünün mükemmel ve tabiata hükmeden biri olması gerekir. Birincisi hakikati doğrudan doğruya kavramaya yarar, ikincisi ilhamın vahye dönüşmesini sağlar. İbn-i Sina peygamberin Cebrail'i gördüğünü ve işittiğini kabul eder. Üçüncü özellik ise peygamberliğin esaslarından değildir. Ama insanları inandırmak için gereklidir.

Sürekli perhiz ve oruçlarla uzun bir süre zühd hayatı yaşamak insanın ruhlar âlemine nüfuz etmesini sağlar, kişi beden ve maddeye söz geçirecek hale gelebilir. Kalp sırları ve gelecek olaylar gizli levhada 'önceden yazılmış' olduğu için peygamber veya veli bunu değiştiremez. Ama bilgisini alabilir. Ruh bedene istediğini yaptırabilir. İnsan kendi bedenine etki edebildiği gibi başka bedenlere de etki edebilir. Bu ise anca gönülden edilen dua ile mümkündür.

İbn-i Sina bilginin her ne kadar duyum ve idrak ile başladığını söylese de, bunun yanında tecrübeyi de sayar. Böylece 'bütün bilgilerimiz makullerden ibarettir' der.

Ona göre varlık ve düşünce aynı şeydir. Düşüncenin dışında varlık olamaz. Yani düşündüklerimiz vardır ve bütün var olan şeyler düşündüklerimizdir. Gören ile görünen, düşünenle düşünülen arasındaki fark sadece eşya âleminde mevcuttur.

İlimler nazari ve ameli olmak üzere ikiye ayrılır. Nazari ilimlerin gayesi hakikat, ameli ilimlerin gayesi ise hayırdır. Nazari ilimler; Tabii, Riyazi ve İlahi ilimler olmak üzere üçe ayrılır.

İlahi ilimler beşe, tabii ilimler ise ikiye ayrılır:

1- Asli olan tabiat ilimleri
2- Fer'i olan tabiat ilimleri.

Asli olan tabiat ilimleri de sekize ayrılır: Fer'i olan tabiat ilimleri ise tıp, ahkâm-ı nücum, feraset, rüya tabiri, tılsım, neyrencat ve kimya olmak üzere yediye ayrılır. Riyazi ilimler de sayı ilmi, geometri, heyet ilmi, musiki olmak üzere dörde ayrılır."

Deniz oturduğu koltuktan hafifçe doğrultu, Aren'in loğdan çıkardığı taşı incelemesine baktı, sonra tekrar arkasına yaslandı ve bu defa da İbn-i Sina'nın Batı'yı nasıl etkilediğini düşünmeye başladı.

"İbn-i Sina halk sağlığı, çevre sağlığı, göz, diş, kalp, kan ve damar hastalıkları, cerrahi, yanık tedavisi, spor, çocuk sağlığı, patoloji, eczacılık, koruyucu hekimlik, teşhis ve tedavi yöntemleri gibi tıbbın birçok alanında görüşler ileri sürdü. Bu alandaki uygulamalarıyla tıp bilimine evrensel boyutta katkılarda bulundu; bu nedenle kendisine Batı'da 'tıbbın kralı' denildi. İbn-i Sina'da ne Medusa ne de onun lanetini anımsatacak bir kelime var."

Düşündüklerini Aren'e de anlattığında genç adam başını kaldırdı, gülümsedi.

"Gözden kaçırdığın bir nokta var. İbn-i Sina ruhu bedenden ayrı manevi bir cevher olarak görür ve insana tair (l'homme volant, uçan insan) der. Bu tabir daha sonraları Bonaventura ve Albertus Magnus tarafından tekrar felsefe lügatine girecek ve bu 'uçan insan' deyimini diriltilecektir. Şunu da hiçbir zaman unutma Deniz, Avrupalılar hiçbir zaman sözün altındaki mecazi anlamla ilgilenmez. Onlar daha çok somutla, yani madde ile ilgilidirler. Düşünsene, 'uçan insan' ve Medusa'nın laneti. Bu tarikata üye olanlar için müthiş bir fırsat."

Deniz omzunu silkti ve duyduklarına aldırış etmeden ayağa kalktı; aynada kendini izlemeye koyuldu. Birkaç hafta öncesine kadar yüzünün ne kadar hoş olduğunu düşündü, şimdi ise uykusuzluktan çökmüş bir haldeydi.

Aren'in bir deli olabileceğini düşünse de, peşlerindeki adamlar bu düşüncesini daha ilk saniyede çürütmeye yetiyordu. Aynada bir an arkasında duran duvarda loş ışığın etkisiyle çerçeve olduğunu düşündüğü bir karaltı gördü. Resim mi yoksa fotoğraf mı olduğunu anlayamadığı görüntü aynadan kayboldu. Bedeninin ve ruhunun, yaşadığı olaylar yüzünden yorulmuş olduğuna karar verdi. Koltuğa dönüp bir süre uyumayı düşünüyordu ki şekil, aynada tekrar belirdi. Sonra bunun çerçevelenmiş bir fotoğraf olduğunu anladı. Fotoğrafa eğilerek dikkatlice bakmaya çalışsa da bir şey seçemedi. Aren'in kızacağını düşünse de merakından lambayı yakmadan duramadı. Ne de olsa bu gizli odada onları kimse bulamazdı. Aren'in yanan lambanın etkisiyle gözleri bir süre kamaştı, Deniz'in dikkatle duvarda duran fotoğrafa baktığını görünce heyecanla ayağa fırladı. Lambayı kapadı ve Deniz'i kolundan tutarak koltuğa oturttu. "Lütfen hiçbir şeye dokunma!"

Deniz nefes nefese kalmıştı. Ne diyeceğini bilemeden oturduğu yerde kaldı bir süre. Eliyle duvardaki fotoğrafı işaret etti. "Orada, o fotoğrafta küçük bir kız çocuğuyla yanında duran bir adam var. Bu fotoğraf müzede gördüğümüzün aynısı!" dedi şaşkınlıkla. Aren ise bir an önce işini halledip evden çıkmayı düşünüyordu. Deniz'in söylediklerini duymamıştı.

Deniz ağlamaklı bir ses tonuyla, "Kaldır başını ve beni dinle!" dedi. Aren'in arkasındaki duvarı işaret ederek, "Duvarda bir fotoğraf var, o fotoğraf müzede gördüğümüzle aynı! O, ama o fotoğraftaki çocuk benim, yanımda duran adam ise Profesör Necdet! Işığı yak, lütfen!" diye bağırdı.

Aren, "Benzetmiş olmalısın, sen ve Profesör Necdet üniversitede tanışmadınız mı?" diyerek inanmayan bir tavırla oturduğu yerden kalktı, ışığı yaktı. Duvarda duran fotoğrafa dikkatle bakmaya başladılar.

"Bu ev, hatırlıyorum şimdi, çocukken de rüyalarıma girerdi, anneme anlattığımda sadece rüya gördüğümü söyleyip üzerinde durmamaya çalışırdı. Fakat annemi kimi günler ağlarken bulurdum. Babam, hakkında hiçbir şey anlatmazdı. Onun yaşayıp yaşamadığını bilmiyorum," dedi Deniz.

"Baban hakkında hiçbir şey bilmeyebilirsin ama fotoğraftaki çocuk sen değilsin," dedi Aren ve masasının başına döndü.

"Bu fotoğraf çekildiğinde sanırım iki ya da üç yaşlarındaydım."

"Hayır, o çocuk sen değilsin!" dedi öfkeyle Aren. Çalışmasına devam etmesi gerekiyordu ama Deniz'e birçok gereksiz açıklama yapmak zorunda kalıyordu.

"Sana o çocuk benim diyorum. Bunu ispat edebilirim."

"Yerine oturur musun! Çok ciddi bir iş üzerinde çalışıyorum. Bulunduğumuz ev yanıyor ve sen gördüğün fotoğrafa dalıyorsun."

Deniz gözlerinden dökülen yaşlara mani olamadı, ağlıyordu. "Neden bana inanmıyorsun! O kız çocuğu benim. Profesör Necdet de beni ilk gördüğü günden beri gözünden ayırmamıştı. Sürekli beni takip ettiği gibi bir hisle yaşadım bu güne kadar. Neden gelip benim evimde ölüyor, Aren? O halde bana bunu açıkla!" Sinirle masaya dayandı. "Hayatıma girdiğin günden beri başıma gelmeyen kalmadı. Önce Mustafa evimi taşladı, fazla zaman geçmedi ki kendimi bir mitolojinin, daha doğrusu bir lanetin içinde buldum. Peşimizde tarikat üyelerinin olduğunu, Necdet Bey'i de onların öldürdüğünü söylüyorsun. Gizli odaya kapanmış küçük bir taş parçasının üstünde inceleme yapıyorsun. Beni hemen buradan çıkar, evime, normal yaşantıma dönmek istiyorum."

"Çocuklaşma Deniz, haklısın, eğer senin peşinden Maraş'a gelmeseydim bunların hiçbiri olmayacaktı. Profesör belki de şu anda hayatta ve yaşıyor olacaktı. Alaaddin haklıydı, seni unutup normal hayatımı yaşamalıydım! Senin sinirlerin bozulmuş, bir sakinleş, mantıklı düşünmeye çalış! Ve şimdi beni rahat bırak!"

Deniz sinirlerine hâkim olamadı. "Ne yani bütün suç benim mi? Senin bana âşık olacağını nereden bilebilirdim ben!"

"Senden önce ben bir kurbağaydım, öptün ve prense döndüm," diyerek gülümsedi Aren.

"Alay etmenin hiç de sırası değil sanırım."

"Bak Deniz! Bu lanetin durdurulabilmesi ve ebediyen unutulması için Medusa'nın doğruluk kanından gelen saf bir kadın ve erkek gerekiyor. Profesör Necdet'in bu alanda çalışmalar yaptığını, bu konuyu yakından takip eden herkes biliyor. Profesör milattan önceki dönemlere ait antik eserlerin bir kısmının Maraş'ta bulunduğunu gün yüzüne çıkarmıştı. Bu eserlerin içinde bir tanesi vardı ki eğer bulunduğu öğrenilirse dünyada yaşam dururdu. Profesör Necdet ve güvendiği bir öğrencisi bu gerçeği herkesten sakladı. Beş ay önce profesörün öğrencisinin intihar ettiği haberi yayıldı. Polisler de yaptıkları incelemeler sonucunda bunun intihar değil cinayet olduğuna dair herhangi bir delil ya da ipucu bulamadılar. Ailesinin yaptığı açıklamalara da bakarsan hayat dolu, yaşamı seven bir gençti, geleceğe dair de güzel planları, güzel bir sevgilisi vardı, başarılıydı; intihara meyilli değildi."

"Her ikisi de ihanete mi uğradı?"

"Evet, bu sırrı bilen üçüncü bir kişi vardı. O, Medusa'nın kesik başının Maraş'ta olduğunu yurtdışındaki bağlantılarına haber verdi."

"Medusa'nın kesik başı Maraş'ta mı?"

"Aslında bu biraz da tesadüfen ortaya çıktı. Bir yandan profesör çalışmalarına devam ederken diğer yandan da eski eser kaçakçıları çalışmalar yapıyordu. Aynı günlerde hem Necdet Bey hem de hırsızlar, Eski Yunan ve Roma kalıntılarına ulaştılar. Hırsızlar, buldukları eserleri kaçırmaya çalışırken yakalandılar. Fakat profesörün bulduklarından kimsenin haberi yoktu. O güne kadar bilinen sadece, Truva Savaşı'nda bu Aegis'in kullanıldığıydı. Lanetin gerçekleşebilmesi için de Medusa'nın kesik başı ve o dönemden kalma bir haçın yan yana gelmesi gerek! Onu da bir araya getirecek kişinin Medusa'nın dökülen kanından içen birinin neslinden gelmesi gerekiyor!"

"Söylediklerinden hiçbir şey anlamıyorum."

"Şu kadarını söyleyebilirim ki Deniz, Profesör Necdet'e göre Medusa İslam dünyasına girmiş ve kendisine taraftarlar bile bulmuştu. Birçok felsefeci ve bilimadamının ondan haberi vardı. Fakat hiç kimse bu konu hakkında konuşmak istemiyordu. Bu konu açılınca adeta duymaz, bilmez ve görmez oluyorlardı. Onların sessiz kalması bu lanetin yok olduğu anlamına gelmiyordu.

Profesör Necdet'e göre Gazali, yaşadığı dönem itibariyle Medusa gerçeğini bilmese de diğer tehlikelerin farkındaydı. Gazali, diğer filozofların yanlış yolda olduğunu, aslında önemsenmesi gerekenin sadece Allah olduğunu dile getirerek onların suskunluklarına karşı bir çığlık oldu. Gazali bu şekilde bir çıkış yaparak filozoflara ve insanlara doğru yolu göstereceğini düşünüyordu. Olan sadece ilim ve felsefeye oldu. Bu coğrafyadan göç eden ilim ve felsefe Endülüs'e kaydı. Dikkat et, Gazali'den sonra bu coğrafyada büyük bir felsefeci yetişmemiştir."

"Ne yani bu Medusa'nın bir laneti mi?"

Aren gülümsedi. "Hayır, bu Gazali'nin felsefeye vurduğu bir darbeydi."

Meşşaî Felsefesine Reaksiyon: Gazali

*"Sanmayınız ki sakın ben ölmüşüm gerçekten
Vallahi siz de kaçın buna ölüm demekten."*

Kod Adı : Engin Deniz, Hüccet'ül- İslam
Yer : Horasan eyaletinin Tus şehri
Tarih : 1058 (H. 450)

"Meşşailiğe karşı çıksa da Gazali ele aldığı konular açısından kendine özgün bir felsefe oluşturdu ve neredeyse tek başına bir ekol oldu.

Onun yaşadığı dönem çok karmaşık bir dönemdi. Rüzgârın nereden estiğini tahmin etmek bile mümkün değildi. Kendisini Nizamü'l-Mülk medreselerinin başına getiren ve bu medreselerin kurucusu olan Nizamü'l-Mülk, Bâtini bir fedai tarafından öldürüldüğünde Gazali felsefi görüşünü çoktan kurmuştu. Nizamü'l-Mülk'ün öldürülmesi bile tek başına savaş veren Gazali'nin felsefesinin etkisini kıramadı. O, ele aldığı tüm konularda ve özellikle de felsefenin tutarsızlıklarını gözler önüne sermek için çalıştı. Bâtınilik hakkında çok eser yazdı ve bu eserleri sayesinde bu inançta olanların sayısının azalmasına neden oldu; felsefeye karşı oluşu felsefi düşüncenin gelişmesini önledi. Yunan felsefesine karşı yaptığı reddiyeler sonucunda İbn-i Rüşd, İbn-i Tufeyl ve İbn-i Bacce gibi düşünürler felsefeyi ona karşı savunmak zorunda kaldılar. Kelam'ın daha çok akaid kısmına önem vermiş olan Gazali aklı ön planda tuttu. Mantık ve münazara ilkelerini kullandı. Ancak Kelam ilmi Gazali'yi tatmin etmedi. Bunun üzerine aklın yerine mükâşefeyi koydu. Gazali Ehl-i Sünnet'e karşı çıkan fırkalarla da mücadele etti. Özellikle Mutezile ve Bâtınilik ile çatıştı. Bâtınilerin Ehl-i Sünnet'e karşı yaptıkları Gazali'yi bu topluluğa karşı reddiye yazmaya teşvik etti. Gazali bunlara karşı sert eleştiri amacıyla altı eser kaleme aldı. Batı düşüncesine sahip felsefecilerle mücadele etmek amacıyla Gazali felsefeyi çok iyi öğrendi ve esasları üzerinde kafa yordu. Sonra sert eleştiriler yazmaya başladı ve özellikle de Aristoteles ve onun takipçileri olan İbn-i Sina ve Farabî'nin üzerinde yoğunlaştı. Bu kişiler Ehl-i Sünnet itikadına muhalifti. Felsefeye karşı olumsuz bir tavır takınan Gazali, mantığın birçok yanını İslam dinbilimlerinde kullandı. Tasavvuf ve şeriati bağdaştırmayı başararak tasavvufun uzun süre yaşayabilmesini sağladı. Gazali'nin Kelam alanındaki fikirleri İslam düşünce tarihinde bir dönüm noktası oldu.

Bâtıniler, sayı olarak azalırken Büyük Selçuklu Devleti'ndeki diğer düşünce akımları tahminimize göre Medusa taraftarları da başta olmak üzere kendilerine barınacak başka yerler bulmakta zorunda kaldılar."

Deniz, Aren'in bu açıklamaları üzerine Gazali ve felsefesi hakkında düşünmeye başladı. "Çünkü Gazali insanların zerre kadar bir şüphe taşımalarını istemiyordu," dedi Aren.

Bilginin Kaynağı

"Gazali önce bilgiyi ele aldı. Acaba ilim (bilgi) neydi diye sorup durdu kendi kendine. O, her şeyin özünü kavramak istediği için, içinde asla şüphe yer almayan kesin bilgiye ulaşmak istiyordu. Ulaşacağı bu bilgi öyle bir bilgi olmalıydı ki mucizeler gösteren biri bile itiraz ettiğinde bu bilgiden kesinlikle şüpheye düşülmemeliydi.

Anlıyor musun? Gazali, insanları şüphede bırakacak bir nokta bırakmak istemiyordu. Bu durum da şüphe üzerine kurulan bütün tarikatların sonu demekti! Elbette ki felsefe de bunların içindeydi!"

"Evet," dedi Deniz. "Böylesi bilgiye 'ilm-i yakin' (kesin bilgi) adını verdi, çünkü eğer bilgi kesinlik taşımıyorsa o bilgi kesin bilgi değildi.

Kesin bilgi sayesinde hakikat ile de bir bağlantı kurdu. Hakikate akıl ile değil, ilahi âlemden parlayan bir nur sayesinde ulaşılacağını savundu ve görüşünde ilham ile mükâşefeye geniş yer verdi."

Deniz, "Aklı da devreden çıkarınca akla dayalı bütün görüşlerin iflas etmesine neden oldu," dedi.

"Aklın devreden çıkması ikinci bir darbe oldu.

İşte Gazali, bu düşüncelerle kesin bilginin peşine düştü. Peki, nereden başlamalıydı?

İlk önce duyu organları geldi aklına, çünkü duyu organları birçok şey hakkında bilgi edinmemizi sağlıyordu. Bir süre duyu organlarıyla elde ettiği bilgileri düşündü. Ve aklı bir gün ona şöyle dedi: Bak görüyorsun, duyu organlarıyla elde ettiğin bilgi bir süre sonra değişiyor... Örnek olarak da yıldızları gösterdi. Gökyüzüne baktığında yıldızlar küçük madeni bir para gibidirler ama astrolojiye baktığında dünyadan bile büyük yıldızlar vardır. O halde duyu organlarına nasıl güvenebileceksin?

Böylece Gazali'nin duyu organlarına olan güveni sarsıldı ve bu defa zaruri aklın prensiplerine güvenmeye başladı.

Bu defa duyu organları şöyle seslendi: Bana aklın ile güvenmedin. Peki, akla güvenmen için bir nedenin var mı? Benim haksız olduğumu gösteren akıl gibi, aklın güvenilmez olduğunu gösteren, akıl ötesi, daha yüksek bir otorite olamaz mı?

Gazali bu esnada rüyayı fark etti. Genellikle rüyada gördüğümüz şeylerin gerçek olduğuna inanırız. Hatta bu inanmada bazen öyle ileri gideriz ki kötü bir rüya gördüğümüzde rüyanın etkisiyle yatağımızdan kan ter içinde kalkarız. Fakat uyandığımız anda bunun gerçek olmadığını anlarız. O halde peygamberimizin dediği gibi ölümden sonraki hayata kıyasla, şimdiki uyanıklık halimiz uyku değil midir?

Ona göre duyu organları ve zaruri aklın prensipleri, içinde bulunduğumuz duruma bağlı olarak gerçektir. Öyle bir durumla karşılaşırsın ki uyanık halin o duruma göre uyku olur. İşte bu noktaya ulaştığında akıl yoluyla elde ettiğin bilgilerin de asılsız olduğunu görürsün.

Düşünceler bu şekilde kafasının içinde dolaşırken bir süre sonra kendi çabasıyla değil, Allah'ın onun içine nuru akıtmasıyla fikirler yerlerine oturur. Bilgi elde etme metodu ve bilgiden yararlanma bazen fıtrattan doğarak kalbe ilahi bir lütuf kanalıyla gelir. Bazen de (bu en sık görülenidir) gayret ve çalışma kanalıyla olur. Peygamberlere bilgi birinci yoldan gelir.

Gazali böylece bilginin kaynağına eriştikten sonra ilim 'Allah'a giden yolu ve bu yolun engellerini bilip ona göre davranmaktan ibarettir' der. Bu bağlamda ilmin Şeriat'a dayanmadan gerçekleştirilenini sapıklık olarak nitelendirir.

Bu da üçüncü darbeyi getirdi. Birçok tarikatın amacı Gazali'nin bahsettiği Allah'a ulaşmak değildi. Bireyin kendi kendine kendini gerçekleştirmesiydi.

Gazali âlimlerin ilim ile meşgul olurken dikkat etmeleri gereken hususları da sıralar:

1- Devrin ilimlerinin çoğu bu dünyaya aittir ve yalnız toplum hayatının düzenlenmesi gibi meselelerden oluşmaktadır. Sürekli böyle bir çalışma ahret hayatının da olduğunu unutturacaktır. Buna dikkat edilmelidir.

2- Âlimlerin çoğu yaptıkları işi toplumsal zorunluluk (farz-ı kifaye) olarak nitelemektedirler. Ancak ferdi zorunluluk (farz-ı ayin) gerçekleştirilmeden böylesi meşguliyetlere girişilmemelidir.

3- Birçok âlim kendi mesleki nitelikleriyle bir servet, bir güç ve mevki kazanma arzusu içindedir. Bu son derece tehlikeli bir durumdur.

4- Âlimler idarecilerle hiçbir ilişki içinde olmamalıdırlar. Onlardan görev almamalı, kendilerinden resmi bir fetva verilmesi istendiğinde ihtiyatlı davranmalıdırlar.

5- Dini bilgi dallarının tahsil edilmesinde sanıldığının aksine toplumun düzenlenmesi açısından fayda vardır. Önemli olan, insanın gerçek kaderinin öbür dünyada olduğunu unutmamak ve ilmin dallarıyla bu manada uğraşmaktır."

"Bu da başka bir darbeydi," dedi Deniz. Aren, Deniz'in gözlerinde biriken yaşları eliyle sildikten sonra ona sarıldı. "Evet, bu da başka bir darbeydi. Bununla da yetinmedi; ilimleri bazen konusuna, bazen faydasına veya zararına, bazen felsefeye uyarak maddeyle olan ilişkisine, zaman zaman kaynağına, değerine ve gayesine göre sınıflandırdı.

En önemli konulardan biri de Gazali'nin metafiziğindeki 'akıl'dı. O, aklın fonksiyonunu sorguladı. Her fırsatta akla olan güveni sarsan Gazali aklın yetersizliğinden bahsederek, akıl ile ilgili birtakım şüpheler ve tereddütler içinde bulundu. *El İktisâd Fil İ'tikad* isimli eserinin daha giriş kısmında, 'Aklın takıldığı yerler vardır. Bu yerlerde o kişinin akla müracaat etmesi nasıl mümkün olur! O kişi, aklın sınırlı olduğunu ve sahasının mahdud olduğunu bilmelidir,' diyerek bunu göstermeye çalıştı. Akli bilgiye rağbet etmeyen Gazali rasyonaliteden irrasyonaliteye yöneldi. Bu amaçla tasavvufa gönül bağladı. Ancak kimileri böylesi bir tavrı beşeri ve sosyal ilimlerin gelişmesinin önünde engel olarak algıladı ve Gazali'den sonra İslam'ın sufileştiğini ve bunun bir gerilik sebebi olduğunu vurgulayıp durdular. Metafizik bilginin mümkün karakterli olduğunu, bu nedenle doğrulanmasının akıl bakımından eşdeğer iki alternatif taşıdığını belirtti. Gazali salt akla dayalı metafiziğe inanmadığı gibi salt akla dayalı bir ahlakı da reddetti. İnsanın hangi durumda ne tür bir karakter sergileyeceğinin ve nasıl davranacağının bilinemeyeceğini, ahlak ilminin ilahi bir yardıma muhtaç olduğunu savundu. Ek olarak insanın hangi değerlerin öte dünyada ödül kazandıracak davranışa yönelteceğini bilmesinin de imkânsız olduğunu söyleyen Gazali, bu davranış ve değerlerin bağımsız aklın düşünme süreci içinde değil, bizzat Allah'ın bildirmesi ile bilinebileceğini söyledi.

Aklın ilimler içindeki durumunu bu şekilde belirleyen Gazali akla birtakım anlamlar yüklemedi ve bunları *İhya*'sında ele aldı:

1- İnsanın nazari bilgileri kavramak için yaratılıştan sahip olduğu kabiliyet

2- Yetişkin bir çocukta veya normal bir insanda yerleşmiş bulunan zaruri bilgiler

3- Tecrübelerle elde edilen ilimler

4- İşlerin akıbetini bilmek, geçici şehveti yok ederek devamlı saadeti kazanmak kabiliyeti.

Gazali akıl ve metafizik ile ilgili görüşlerinden sonra felsefenin bölümleri ile ilgili görüşlerine bakmakta fayda var, Deniz."

"En büyük darbe burada mı yoksa?"

"Gazali felsefenin dört bölümden oluştuğunu söyler. Bunlar Riyaziye (Matematik), Mantık, Tabii İlimler, İlahiyat, Siyaset ve Ahlak'tır. Ona göre zamanında bu ilimlerin felsefecilerinin toplam yirmi meselede yanıldıklarını, bunlardan üç tanesinden dolayı da kesin olarak kâfir sayıldıklarını, diğer on yedisinden dolayı da bidatçı olduklarını ekledi. Bu meseleler için ayrıntılı olarak *Tehafütü'l Felâsife* adlı eserine bakma lazım.

Bunlardan ilkinde filozoflar ölen bedenlerin bir daha dirilemeyeceğini iddia ediyordu. Mükâfat görenin de, azap çekenin de sadece ruhlar olduğunu dile getiriyorlardı. Mükâfat ve cezalar bedenler için değil, ruhlar içindi. Bu meselede filozoflar Gazali'ye göre haklıdırlar ancak mükâfat ve cezanın bedenlere uygulanmayacağını söylerken Allah'ı inkâr etmiş olduklarını belirtir.

İkincisinde, filozoflar Allah'ın tek tek belirli şeyleri yani cüz'iyatı değil, genel şeyleri, yani külliyatı bildiğini söylemelerini eleştirir. Bunu da 'gerek göklerde ve gerekse yerde, zerre kadar bir şey bile, onun bilgisi dışında değildir' ayet-i kerimesi ile temellendirir.

Üçüncüsünde ise filozofların kâinatın ezeli ve kadim (yani varlığının öncesiz) olduğu şeklindeki görüşlerini eleştirmiştir. Halbuki Allah dünyayı sonradan yaratmıştır, bu manada kâinat kadim değil hadistir.

Bu açıklamalarına göre de gerçeği arayanları dört gruba ayırır ve hepsini tek tek en ince ayrıntılarına kadar inceler:

1- **Kelamcılar:** İnanmış insanların kafalarını karıştırmak isteyen kişilere karşı doğmuştur. Ama daha sonraları sünneti savunmak amacıyla derin konulara girmeleri, fikri ayrılıkların yol açtığı şaşkınlık bulutlarını dağıtamamıştır. Kelam ilmini yerden yere vuran Gazali, yine de ilacın hastanın birini iyi ederken diğerine zarar verdiğini belirtip, Kelam'da aradığını bulamamıştır.

2- **Bâtıniler:** Gerçeklerin yanılmaz bir öğretmen tarafından öğretileceğini ileri sürerler. Gazali bu grubu da inceledikten sonra şöyle der: Kendilerinden el çektik.

3- **Felsefeciler:** Gazali, felsefecileri de 3 gruba ayırır:

a) **Dehriler:** Bunlar en eski felsefecilerdendir. Bunlar Allah'ı inkâr ederler. Onlara göre kâinat öteden beri, bugünkü gibi, kendi kendine var olagelmiştir.

b) **Tabiat Felsefecileri:** Bunlar daha çok cansızlar, canlılar ve bitkiler üzerinde araştırma yaparlar. Anatomi üzerinde durmuşlardır. Tabiat felsefecilerine göre ölen bir nefis (ruh) bir daha dirilmez. Durum böyle olunca bunlar ahirete, cennet ve cehenneme gibi konulara inanmazlar.

c) İlahiyatçılar: Bunlar Sokrat, Aristo gibi felsefecilerdir. Dehriler ile tabiat felsefecilerine şiddetle karşı çıkmışlardır. Bir yaratıcının olduğunu kabul etmişler ama peygambere iman etmemişlerdir.

Gazali ayrıca matematik, mantık gibi din açısından zararsız ilimler ile tabiat ve metafizik gibi sapıklıklara yol açabilecek ilimler arasında ayırım da yapar. Gazali'ye göre felsefeciler toplam yirmi hata yapmışlar, bunların üçü ise kesin olarak dinden çıkmaya neden olan durumlardır: Bedenin öldükten sonra dirilmesini reddetmeleri; Allah'ın sadece Kül (bütün) hakkında bilgisi olup cüz'ü (parça) bilmemesi ve âlemin hep var olmasıdır. Bu üç sebep insanı küfre götürmektedir.

4- Tasavvuf Yolu: Hakikate ulaşmanın yoludur.

Gazali'ye filozof diyenler çıkmışsa da felsefe ve tefekkürün anlamını bilememekle suçlanmışlardır, çünkü Gazali'nin eleştirilerine hedef olan bütün düşünce ekipleri aklı temel almışlardır. Aklını kullanmayan insan büyük günah işler. Allah'ın kullarına bahşettiği en büyük nimetlerden biridir akıl. Bu nedenle de insan aklını en iyi şekilde çalıştırmalıdır. Felsefeciler sadece akıllarını kullanırlar. Mütefekkirler ise akıllarını kullandıkları gibi akıldan önce peygamberlere inanırlar ve onların getirdikleri haberlere inanarak imanı yüreklerinde taşırlar.

Sudûr Olayı (Yaratılış Meselesi)

En çok üzerinde durduğu konuların biri de Yaratılış meselesidir, çünkü bu konu Eski Yunan'a kadar gider. Aristo'dan beri filozoflar arasında gelen görüşe göre âlem kadimdir ve başlangıcının olmadığı gibi bir sonu da yoktur. Başka bir ifade ile sonradan meydana gelen madde değil, maddenin şekli ve niteliğidir. Yani Allah maddeyi yaratmıyor, maddeye sadece şekil veriyor ve Allah âlemi zorunlu olarak yaratmıştır diyorlardı. Gazali'ye göre ise; âlem ilahi irade ile yoktan yaratılmıştır ve âlem Allah'tan sudûr etmemiştir. Allah onu yaratmıştır. Allah, kendi zatını bildiği gibi tek tek varlıkları ve olayları da bilir. Yani Allah, insanların tek tek küfür veya imanda olup olmadığını bilir.

Filozoflarda kabul gören bir diğer görüş ise zamanın sonsuz olduğu iken Gazali'ye göre zaman âlem ile birlikte yaratılmıştır. Zaman ve mekân sonsuz değil tam tersine sonludur, zaman ve mekân bizim muhayyile kuvvetimizin ve algı duyularımızın şartlarıdır ve dışa ait gerçeklikleri ve geçerlilikleri yoktur.

Yani âlem yoktan yaratılmıştır ve bunu akıl ile değil, ancak kalp gözü ile anlayabiliriz.

Filozoflara göre ruh, maddeden bağımsız bir cevherdir. Ruh maddeye muhtaç değildir ve madde (beden) olmadan da kendi kendini bilebilir. Bu sebeple de haşr ancak ruhani olabilir.

Gazali, filozofların bu görüşlerini kabul eder ama burada bir konuda ayrılırlar. Filozoflar akli deliller getirirken, Gazali delillerini dinden alır. Ve Gazali de bedenin ruh için sadece bir araç olduğunu kabul eder.

Gazali'ye göre her insan dünyada bir mutluluk peşindedir ama asıl mutluluk ahiret mutluluğudur ve bu ancak iyi ahlak sahibi insanlara nasip olacaktır.

Tabiatta meydana gelen olayların da yine ilk sebebi Allah'tır ve bizim gördüğümüz sebepler ancak ikinci dereceden sebeplerdir. Ve tabiatta görülen tabiat kanunları da sünnete uygundur.

Gazali'nin bu sert çıkışı, İslam dünyasında şaşkınlıkla karşılandı. Görünen o ki bu arada felsefe İslam dünyasında yerli yerine oturmuş ve akımların birbirlerine tepki göstermesiyle yeni ekoller ortaya çıkmıştı. Fakat Gazali'nin bu ani çıkışı her şeyi altüst etti. Bu kadar sohbet yeter."

Aren, Deniz'in yanından kalktı, masanın üzerinde duran bilgisayardan dışarıyı izlemeye başladı. "Artık buradan çıkmamız gerek. Biraz sonra ev diye bir şey kalmayacak. Bu oda da kendi kendini imha edecek," dedi.

Deniz'in konuşmasına fırsat vermeden koltuktan kalktı, Deniz'e yaklaştı ve arkasında duran duvara eliyle dokundu. Duvar hiç ses çıkarmadan açıldı; ortalık kapkaranlıktı ve hiçbir şey görünmüyordu. Aren çantasından bir fener çıkararak ortalığı aydınlattığında merdivenleri gördüler. Merdivenden indikten sonra geniş bir salona girdiler. Orada kendilerini bir araba bekliyordu. Aren kapıyı açarak Deniz'e oturmasını işaret etti. Sonra karanlık gecede evin çok uzağında bir sokakta buldular kendilerini. Arkalarına baktıklarında itfaiyecilerin yangını söndürmek için uğraştıklarını gördüler.

"Felsefeye sadece sözcükler kalıbı olarak mı bakıyorsun Deniz?"

Deniz, Aren'in sessizliği bu şekilde bozmasına bir anlam veremediyse de, "Ne demek istedin?" diye sordu.

"Felsefe kitaplardan öğrenilir ama onun etkilerini günlük yaşamda görmek gerekir. Sense sadece kitapları okumakla yetiniyorsun."

"Sence felsefe üzerine bildiklerimin hiçbir kıymeti yok mu?"

"Bunu kastetmedim. Felsefeye salt akademik bakıyorsun, onun büyük halk kitleleri üzerinde yarattığı etkiyi görmezden geliyorsun. Gazali'yi hem çağdaşları hem de ondan sonrakiler, felsefenin önünü kestiğini söyleyerek suçladılar. Parlak bir zekâsı vardı. O dönemin bilimi sayılabilecek felsefe ile yoğun olarak ilgilendi. Aristo'nun ve onun İslam dünyasındaki takipçileri olan İbn-i Sina ve Farabî'nin görüşlerini tahlil edip eleştirdi, 'uçurumun kenarına geldiği' zaman Gazali, hem ruhsal hem de fiziksel olarak bir buhran dönemini geçirdikten sonra tasavvufa yöneldi. Hiç kimse onun o buhranlı yıllarını bilmez. Ve hiç kimse daha çocukken yolunun eşkıyalar tarafından kesildiğini ve öğrenmede nerede hata yaptığını bu yolla öğrendiğini de bilmez."

"Evet, bahsettiğin olayı biliyorum."

"Bilmek önemli değil Deniz, insanların yanıldıkları nokta da bu! Bildiklerini sanarak avunmaları... Oysa onların zihinleri Tabula Rasa'dan başka bir şey değil. Gazali, Tabula Rasa'yı daha o yıllarda yaşar. O güne kadar Gazali de pek çok şeyi bildiğini sanıyordu. Ama yanıldığını anladı. O zamanlar Nişabur o bölgenin en büyük ilim merkeziydi. O bölgedeki talebeler gibi Gazali de tahsil için Nişabur'a geldi, edindiği bilgileri kaybetmemek için onları düzenli bir şekilde yazdı ve defter haline getirdi. Şehrine döndüğünde bu defterlere bakarak insanlarla bir şeyler paylaşmak istiyordu. Yıllardır verdiği emeğin ürünü olan bu defterleri canı gibi sevip gözü gibi korudu.

Yıllar sonra vatanına dönmeye karar verince defterlerini düzenleyerek torbasının içine yerleştirdi ve kafileyle birlikte yola koyuldu. Fakat yolculuk esnasında bir gece, kafile yolda eşkıyaların saldırısına uğradı. Kafilenin önünü kesen eşkıyalar malları ve istedikleri şeyleri birer birer topladılar. Sıra Gazali'nin eşyasına gelince yalvarıp yakarmaya başlayan Gazali, 'Bundan başka ne varsa alın, bir tek bunu bana bırakın!' diye eşkıyalara direnmeye başladı.

Hırsızlar bu söz üzerine torbanın içinde kıymetli bir eşya olduğunu sandılar. Ancak torbayı açınca bir avuç karalanmış kâğıttan başka bir şey göremediler.

Eşkıya reisi, "Bunlar nedir, neye yarar?" diye sordu Gaza-li'ye.

Gazali, 'Bunlar benim birkaç senelik tahsilimin ürünüdür. Bunları benden alırsanız bilgilerim boşa çıkar. İlim tahsilindeki zahmetlerim heba olup gider,' diye karşılık verdi.

Eşkıya reisi, 'Gerçekten senin bilgilerin bunun içinde mi?' diye sorunca Gazali, 'Evet!' dedi.

Ve ardından yıllar sonra Gazali'ye, 'Düşünce hayatıma yol gösteren öğütlerin en iyisini, yol kesen bir hırsızın dilinden işittim,' dedirten şu sözcükler dökülür eşkıya reisinin ağzından:

'Yeri bohça içi olan ve çalınması da mümkün olan bilgi, bilgi değildir. Git de haline bir çare düşün!'

Bu sözler Gazali'nin zihninde büyük yankı buldu. O güne kadar papağan gibi hocasından dinlediklerini defterlere kaydeden Gazali, daha çok düşünmeye, araştırmaya ve elde ettiği bilgileri, zihin defterine işlemeye karar verdi.

Gazali'nin gerçeği bir eşkıyadan öğrenmesi gibi sen de gerçekleri görmeye başlasan iyi edersin."

Deniz, gecenin bir yarısı nereye gittiğini bilmediği bir aracın içinde şehirden uzaklaşmıştı. Kendisinde miydi, değil mi bunu bile bilmiyordu. Aren'e baktı, düne kadar Maraş ve İslam felsefesi hakkında hiçbir şey bilmediğini iddia eden bu adam, tam tersine hem karış karış Maraş'ı biliyordu hem de İslam felsefesini... Bu nasıl mümkün oluyordu. Hayal gördüğünü düşündü, sağ eliyle sol kolunu çimdiklediğinde bu hayalden uyanacağını umdu, fakat öyle olmadı.

Kenarları çam ağaçlarıyla kaplı yola girdiklerinde Deniz rahat bir nefes aldı. Şehirden mümkün olduğunca uzaklaşmışlardı. Sinirlerinin yatışmaya başladığını hissediyordu. Dar bir yola saptılar. Aren Gazali hakkında başka hiçbir şey konuşmadan bütün dikkatini yola vermişti. Dağın zirvesine çıktıklarında Aren arabayı durdurdu. Deniz, gördüğü şey karşısında neredeyse küçük dilini yutacaktı. Aren'in yüzündeki gergin ifade kayboldu, arabadan indi ve anormal bir durum yokmuş gibi adımlamaya başladı. Sanki evliydi ve eşiyle piknik yapmaya gelmiş kadar rahattı.

Arabada oturmaya devam eden Deniz'e döndü, gülümsedi "Korkma, yakında bütün kâbus sona erecek," dedi.

Arabaya doğru yürüdü, torpido gözünü açtı ve orada durmakta olan altın işlemeli bir anahtarı aldı. Deniz'in tarafına geçti, kolundan tutarak, "Arabadan iner misin?" dedi. Deniz artık hiçbir şeye itiraz etmiyordu. Arabadan indi. Geniş bir bahçenin içerisinden geçtiler. Bahçe karanlık olsa da Deniz iki ağacın arasına kurulan salıncağı görmekte zorlanmadı.

"Bahçeler, yalancı cennet gibidir. İçine girdiğinde oyalanıp kalırsan savaşı kaybedersin," dedi Aren.

Deniz dalıp gitmişti, arkadaşının söylediklerini duymadı bile.

Bir konferanstan sonraydı, Profesör Necdet günler öncesinden konferansa Deniz'le gideceğini söylediğinde bazı akademisyenler bu fikre karşı çıkmıştı. Ama o bütün itirazlara rağmen Deniz'i götürmüştü. İki gün boyunca sürekli Necdet Bey'in yanındaydı Deniz. Son gün kendisini kaldığı otel odasına çağırtmış ve kısa bir sohbet etmişlerdi.

Necdet Bey yorgun gözlerle Deniz'e bakmıştı. Deniz her zaman titiz olarak bildiği hocasının kendisine yorgun gözlerle bakmasına üzülse de sessizce onu dinliyordu. Odaya girdiğinde hiç fark etmemişti arkasında duran tabloyu. Necdet Bey babacan bir tavırla konuşuyordu ki aniden ayağa kalkıp Deniz'in arkasında duran tabloyu işaret etmişti. Yemyeşil ağaçların arasında karanlık bir şato duruyordu. Şatonun önünde biri kız biri erkek olduğu anlaşılan iki kişi durmuş konuşuyorlardı. Profesör Necdet tabloyu işaret ettikten sonra, "Gün gelecek bahçe ile Bacce arasındaki bağı çözeceksin," demişti.

Deniz hiç farkında olmadan, "Bahçe ve Bacce!" diye inledi. Aren, "Hatırla ve kapıyı aç!" dedi.

"İnsan evrenin küçük bir kopyasıdır. O bu nedenle iyiliği ve kötülüğü, çirkini ve güzeli, karanlık ile aydınlığı kendi içinde taşır," dedikten sonra Aren'e döndü. "Bu yıllar önce profesörle gittiğimiz otelde gördüğüm tablo, müzedeki tablo ve evindeki fotoğraf hep aynı şeyi çağrıştırıyor. Şimdi önünde durduğumuz bu kapı hem onlarla hem de çocukluğumda gördüğüm rüyayla aynı!

Elindeki anahtara gerek yok Aren, bu kapının nasıl açılması gerektiğini sanırım biliyorum." Eliyle kapıya dokundu. "Anahtar deliğinin yan tarafında bir düğme olması gerekiyor," dedi, derken de düğmeyi bulmuş ve kapı yavaşça açılmaya başlamıştı. İçeri girdiklerinde Aren evin bütün ışıklarını yaktı. Deniz kendisini bir anda Endülüs'te sandı, yer ayaklarının altından kaydı ve kendisini karşıdaki tepede bulunan Kurtuba Ulu Cami'nin yolunda yürürken buldu. Arkalarında kalan Vadil-Kebir Irmağı, her günkü gibi bugün de sessizce akmaya devam ediyordu. Caminin ortasına yerleştirilmiş olan kilisenin çan kulesi ilk dikkatini çeken şey oldu. Kalın, taş duvarlı, kale gibi bir yere geldiklerinde her ikisi de durdu. Etrafa hoş koku salan portakal ağaçlarına baktılar. İçeri girmeden önce Aren, Deniz'in elini tuttu, ikisi de konuşmuyordu; bakışmakla yetindiler. Kubbe sisteminde üst üste binen kemerlerde kırmızı beyaz mermer ve oymalı mermer mihrabı dikkat çekiyordu, duvarlarda kûfi yazılar, lacivert zemine altınla işlenmişti. Özellikle de minber, pek çok fildişi parçasıyla, değerli taşlardan altın çivilerle yapılmıştı.

Deniz, Aren'e o soruyu sormaması gerektiğini biliyordu, elinde tuttuğu altın anahtarla ilgi bir soruydu bu! Sanki profesörün kendisine bahçe ile ilgili ima ettiği bir gerçek vardı ve Deniz o gerçeği bulmuştu. Belki de bu nedenle Aren anahtarı kendisine vererek kapıyı açmasını istemişti. Kurtuba Ulu Cami içerisinde köşe bir yer bularak bağdaş kurup oturdular. Cami çok kalabalık olsa da hiç kimse onları görmüyordu.

Deniz gözlerini kapadı. Felsefeyle günlük yaşamı birleştirmesi gerektiğini biliyordu. Derin bir nefes aldı. Bir toz bulutu yükseldi, arkasından insan çığlıkları duyuldu. Komutanları olduğu belli olan keskin bakışlı adam gür sesiyle, "Gemileri yakın!" emrini verdiğinde bütün askerleri emre itaat etmiş ve gemileri yakmışlardı. "İspanya'da hüküm süren Vizigot Krallığı iç mücadelelerle uğraşırken bir de Müslümanlarla savaşmak zorunda kalıyordu. Vizigotlarla yapılan savaşı kazanan Müslümanlar, İspanya'ya ilk adımı atıyorlardı. Daha sonraları Endülüs İslam Devleti'ni kuran I. Abdurrahman ibn Muaviye, Kurtuba'da çok büyük bir cami yaptırmak istedi. Bu caminin Bağdat'ta bulunan camilerden daha büyük, daha güzel ve görkemli olmasını istiyordu. Kurtuba'da bu işe en uygun arsayı seçti. Arsa bir Hıristiyana aitti. İstenilen yüksek fiyatı ödeyip arsayı satın aldı. I. Abdurrahman her gün inşaatta amele gibi çalıştı. İnşaat malzemeleri Doğu'nun çeşitli ülkelerinden getirtildi. Ahşap kısımlar için Lübnan'ın en mükemmel ağaçları, başka yerlerden renkli mermerler, Irak'tan ve Suriye'den kıymetli taşlar, inci, zümrüt, fildişi bu araziye yığıldı. Her şey çok güzel ve çok boldu. Cami ihtişamlı bir bina halinde yükselmeye başladı.

Vadil-Kebir Irmağı kenarında bulunan arsa üzerinde inşasına başlanan caminin yapımı bir yıl sürdü.

Müslümanlar Endülüs'e iyice yerleştiler ve üç büyük dinin yanı sıra diğer dinler bir arada yaşamaya başladı. Arapça, Berberice, İspanyolca, Portekizce, Latince, Fransızca, Katalanca gibi yedi lisanın karışmasından ortaya yeni bir dil çıktı: Endülüs Acemiyyesi (el-Lâtiniyye). Bu dil, sayesinde herkes istediği dili rahatlıkla öğrenebiliyordu. Arapça ve bazı Müslüman gelenekleri yerli halk arasında yayıldı. Aynı zamanda yerli halkın dili olan Latincenin ya da bu dilin İspanya ağzı olan Romencenin konuşma dili olarak Müslüman halk arasında yayıldı.

II. Hakem'den beri yaygınlaşan felsefi eserleri anlama ve yorumlama konusunda filozof İbn-i Bacce'ye kadar dikkate değer bir gelişme olmadı. Diğer düşünürler birçok çalışmalarda bulundukları halde Aristo'yu anlamada İbn-i Bacce kadar ileri bir seviyede değillerdi.

Aristo'yu Endülüs'ün ortasına diken İbn-i Rüşd, hakikati bulmada akıl ile vahyin ikiz kardeş olduğu inancını kökleştirdi. Ayet-i Kerime'de belirtildiği üzere bazıları muhkem, bazıları müteşabih olan Kur'an ayetlerinin müteşabih olanlarının ancak 'rasihun' tarafından anlaşılabileceği beyanında felsefecilerin kastedildiğini iddia etti. Hıristiyan dünyasının temel taşı olan Aristo'ya bu derece yakınlık, İbn-i Rüşd'ün içinde bulunduğu toplum için ciddi bir tehdit oldu.

Müslümanların askeri hâkimiyeti kaybetmeye başladığı bu dönemde Yahudi asıllı filozoflar ve onlara tabi olan meslektaşları, Yahudi-Hıristiyan-İslam diyaloğu tezlerini geliştirdiler. Tıpkı İbn-i Bacce-İbn-i Tufeyl-İbn-i Rüşd'ün din-felsefe uzlaşmasını sağlama çalışmaları gibi onlar da 'Musevilik ve İsevilik de haktır' görüşünü gündeme getirdiler."

Deniz gözlerini açtığında kendisini çocukluğunda rüyalarında gördüğü evin içerisinde buldu. Yaşadıklarına bir anlam veremese de bunun tam karşısında durmakta olan Kurtuba Ulu Cami'nin küçük maketiyle bir ilgisi olduğunu anlamakta zorlanmadı. Nasıl olmuştu da bugüne kadar burnunun ucunda duran bu gerçeği fark edememişti. Dilbilimi ile felsefenin yakından bir ilişkisi vardı ve kelimeler de insanların yaşamlarına yön veriyordu. Aren haklıydı, hep akademisyen bakış açısıyla bakmıştı okuduklarına ve de yaşadıklarına.

"Kurtuba Cami'nin yanından uzaklaşıp salona gitmeye ne dersin?" dedi Aren. Ağır adımlarla yürümeye başladılar. İnce bir zevkle döşenmiş olduğu zaten girişten anlaşılan evin antresinden geçtikten sonra salona ayak bastığında çeşitli kokuların karışımından oluşan harika bir koku burnundan genzine kadar gitti. Köşelere döşenmiş Şark minderlerinden birine oturduğunda aslında evdeki bütün eşyaların antika olduğunu, hatta antika değil saray eşyaları olduğunu gördü. Minderin rahatlığından olsa gerek, gün boyunca ne kadar yorulmuş olduğunu hissetti. Gözlerini tavana diktiğinde tanıdığı felsefecilerin ustalıkla tavana birer motif olarak çizildiğini gördü. Aren, elinde bir tepsiyle içeri girdiğinde midesi açlıktan zil çalıyordu. Çaylarını yudumlamaya başladıklarında sorusunu Aren'e sorup sormamak arasında kararsızdı. Çayından bir yudum daha aldı. "O halde Medusa'yı İslam dünyasına sokan Kindî değil mi?" diye sordu.

"İslam dünyasında felsefe çevirilerinin onun döneminde ağırlık kazandığını ve Kindî'nin özel bilgilerini çok karmaşık bir dille not aldığını biliyoruz. Fakat Kindî'den de çok Suhreverdi üzerinde duruyoruz."

"Suhreverdi mi?"

"Evet, onun ışık felsefesi daha önemli bizim için. Suhreverdi felsefesinde Hermes'in ayrı bir yeri vardır. Fakat ondan önce de Hermes'e yer verenler oldu. Müslümanların özellikle Şam ve Mısır'ın fetihlerinden sonra Hermetik felsefeyle yüz yüze geldiklerini söyleyebilirim. Bunda Sabiîlerin rolünü unutmamak gerekir. MS VI. yüzyılın yarısından itibaren bu düşüncenin Helenistik dünyada önemi nispeten azalınca Harran önem kazandı. Kendi insanları tarafından dışlanan Sabit Kurra (ö. 288 h.) isimli bir Harranlının Bağdat'a gelmesi ve Halife el-Mu'tedid'in onayıyla yeni bir okul kurması ile Harran'ın yanında Bağdat da Hermetik literatürün Müslüman dünyaya yayıldığı ikinci merkez haline geldi. Hicri ikinci ve üçüncü yüzyıldan itibaren Yeni-Pisagorcu ve Hermetik felsefenin bazı Müslüman çevrelerde yayılmaya başladığı göze çarpar.

İslam dünyasına böylece giren Hermes, İdris Peygamber olarak insanlaştırıldı. İdris, Kur'an'da dürüst bir peygamber olarak yer aldı. İslam geleneklerinde de Hermes 'filozofların babası' ve 'kendisine üç kere hikmet verilmiş kişi' olarak geçer ve İslam geleneğinde üç ayrı bilge kişi olarak yer alır; bunlardan birinin Tufan öncesi Mısır'da, diğerlerinin Tufan sonrasında Babil ve Mısır'da yaşadığı kabul edilir. İslamda da Hermes bir kültür kahramanı olarak ele alınmış ve tüm sanat ve bilimleri icat ettiğine inanılmıştır.

Hermetizm ise Hz. İdris'in (Hermes) tufan öncesi çağlarda insanoğluna verdiği öğretilerdir. Hz. İdris birçok ırk ve kavmin soy kaynağı olan Beni Adem (Ademoğulları) soyundandır. Tufan'dan sonra onun öğretisinin fragmanları dünyanın her yanına dağıldı. Bu tema sadece Sami dinlerin kutsal kitap ve efsanelerinde işlenmiş değil, bütün eski uygarlıkların yazma ve mitoslarında bulunur.

Kur'an'da, İncil ve Tevrat'ta adı geçen Hz. İdris, önemli peygamberler arasındadır. Durum böyleyken, bu üç kutsal kitapta, onun hakkında sadece birer satır yer alır. Dolayısıyla genelde bu üç dinin mensupları onun hakkında fazla şey bilmezler. Oysa Hz. İdris, birçok kadim eserde çok farklı din, bilim ve sanatı birbirine bağlayan bir anahtar konumdadır.

Kur'an'da onun hakkında geçen ayet şöyledir:

'Kur'an'da İdris'i de zikret, çünkü o da baştan ayağa doğruydu, haber veren peygamberdi. Biz onu yüksek bir yere kaldırdık' (19:56-57).

Tevrat'ta Hanok veya Enok ismiyle tanınan Hz. İdris hakkında şöyle yazıyor:

'...ve Hanok'un bütün günleri üç yüz altmış beş yıl oldu ve

Hanok Allah ile yürüdü ve gözden kayboldu; çünkü onu Allah aldı' (Tekvin 5/ 23-24).

İncil'de ise şöyle yazar:

'İmanla Hanok ölüm görmemek üzere naklolundu ve bulunmazdı, çünkü Allah onu nakletmişti; çünkü naklinden evvel Allaha makbul olduğu şehadet edildi...' (İbranilere mektup, San Paulus 11/5).

Ama şu da var ki Hermes felsefesi iyi ve kötü diye ayrılır. Hermetik dinin ana yapıları, iyimser ve kötümser perspektiften şu şekilde toparlanabilir:

İyimser Hermetik felsefenin savunusu:
Âlem iyidir, çünkü Tanrı'dandır. Görünmeyen Tanrı, doğa aracılığıyla kendisini gösterir.

Âlemin güzelliğine yönelik ilgi ve takdir, sahibini ulvi bir aşamaya ulaştırır.

Tanrı birdir ve her şeyi yaratan O'dur.

Bu felsefenin ilk ayağı Tanrı'yı, ikinci ayağı Doğa'yı kapsıyorsa, üçüncü ayakta da insan bulunur. İnsanın amacı son halkayı tamamlamak, huşu ile evreni takdir etmektir. İbadet gereklidir insan için.

Kötümser felsefenin savunusu:
Âlem, doğa, madde kötüdür. İlk Tanrı'nın işi değildir. İlk Tanrı aşkındır, varlığın sınırları içinde gizlenmiştir. Dolayısıyla Tanrı'ya ulaşmak isteyen, doğayı terk etmelidir.

Dünya kötülüklerle dolu olduğundan, bu dünyaya yabancı olmak gerekmektedir.

Nefislerinden kurtulmayan kişilerin ona ulaşma şansı da bulunmamaktadır. Her şeyden önce erdemli bir ruha sahip olmak gerekmektedir.

Razi ve İhvan'üs Safâ'da Hermes özellikleri görülse de Suhreverdi'nin felsefesi kadar ağırlıklı değildir."

Aren, çayları tazelemek için mutfağa gittiğinde buzdolabında hazır olan yemekleri gördü, tepsiye çay bardaklarını ve hazır yemeklerini koyarak Deniz'in yanına döndü. Yorgun oldukları her hallerinden anlaşılıyordu. Dalgın bir halde yemeklerini yediler. Deniz derin bir uykudan uyanır gibi, "Ben profesörün kızıyım," dedi.

Aren sakin bir halde yemeğini yemeyi sürdürdü. Bakışlarını yemekten kaldırmadan, "Çocukluğunda rüyalarında gördüğün ev de aynı mı?" diye sordu.

Deniz eve girerken bunu nasıl fark etmemişti, kapıyı sanki yıllardır tanıyormuş gibi anahtara gerek duymadan açmıştı. Girişteki Kurtuba Ulu Cami maketi, odanın tavanının filozofların figürleriyle süslü olması, "Elbette ya! Bu ev benim çocukluğumun birkaç yılının geçtiği ev! O zamanlar çok küçüktüm, rüyalarım olmasa bu evi tanıyamazdım..." dedi.

"Profesör Necdet, büyük bir sırrın peşinde olduğunu anladığında sen daha yeni doğmuştun, bir yaşında bile değildin. Medusa'nın lanetinin izini bulmuştu ve bu çalışmasından hiç kimsenin haberi yoktu. Bu nedenle ailesinden uzaklaşmak zorunda kaldı. Yoksa onlar da asistanı gibi bir kazaya kurban gidebilirlerdi. Annenin çektiği acıları hep uzaktan seyretmek zorunda kaldı. Sana şunu da söyleyebilirim Deniz, profesörün hayatına annenden sonra hiçbir kadın giremedi."

Deniz gözyaşlarına boğulmuştu, hıçkırıklar konuşmasını bölüyordu. "Bu yıllarca babamın kim olduğunu bilmeden yaşamam için bence iç rahatlatıcı bir açıklama değil. Demek sen de Profesör Necdet'in babam olduğunu doğruluyorsun," diyebildi. Yemek masasından kalktı ve yer minderlerinden birine oturarak kendine gelene kadar ağladı.

Son günlerde yaşadığı olayların sinirlerini ne kadar yıpratmış olduğunu tahmin edebiliyordu Aren.

Deniz'in yanına geldi. Onu kollarının arasına aldı ve bir süre öylece oturdular. Deniz, Aren'in omzuna başını dayamış halde uyudu. Kendine geldiğinde sabah olmak üzereydi. Kahvaltılarını yaptıktan sonra sakin denilebilecek bir ses tonuyla, "Aren, kaldığımız yerden devam edebiliriz, kaybedecek zamanımız yok!" dedi.

"Suhreverdi felsefesinde Hermes'in ayrıcalıklı bir yeri vardı. Medusa, gorgo kardeşlerden tek ölümlü olanıydı.

Bu yüzden insanların kahramanı Perseus tarafından öldürüldü. Perseus'un Medusa'yı öldürmesinde Hermes'in de yardım ettiğinden bahsedilir. Hermes'in (Merkür) ona verdiği orak ve Athena'nın verdiği ayna ya da kalkan ile onu öldürdüğü söyleniyor.

İşrakiye Okulu

Kod adı : Maktul, Şihabeddin
Temsilcisi : Şihabeddin Suhreverdi
Tarih : 1155

"İşrakilik, felsefe akımı olarak Meşşailikten sonra ortaya çıkar. Görüşlerinin çoğunu Şark'tan aldı. Hikmet al-Maşrikiye, yani Şark Felsefesi diye de anılır. İşraki'nin sözlük anlamı 'doğma' demektir.

Bu felsefi akımın en önemli temsilcisi olan filozof Suhreverdi'nin felsefi görüşünde ise 'işrak,' akli nurların parlaması ve akışı anlamına gelmektedir.

Temelini ise gerçeğin sadece kalp yoluyla ve işrak ile elde edilebilir olması oluşturur. Bu nedenle bu akımın takipçileri mantık ve akıl yürütmeye karşı çıkarak ilham ve sezgiye ağırlık verirler.

İşrakiye felsefesi özellikle de üç görüşün etkisi altında kalmış: Zerdüşt dini, Hermetizm ve Yeni Eflatunculuk.

Suhreverdi

Ona Şihabeddin ya da Şahabettin denmesi ise hemen hemen her alanda kendini yetiştirmesinden ve geniş bir bilgi birikimine sahip olmasından kaynaklanıyor. Şihab yıldızından etkilenerek bu isim verilmiş. İsmi 'aydınlatan', 'ışıklandıran' demek. Kendisi Halep'te bulunurken bilgisini kıskananların onu dinsizlikle suçlamaları üzerine dönemin yöneticisi olan Selahattin Eyyubi'nin emriyle öldürülür. Bunun üzerine Şihabeddin lakabının yanına bir de 'Maktul' eklenir.

Suhreverdi felsefesine göre ruh ve beden diye bir ayrımdan bahsetmek mümkün değildir. Ona göre ruh ve beden aynıdır. Diğer varlıklar gibi beden de karanlıktadır. Işığa doğru ilerlemesi ve yükselmesi gerekmektedir. Işığa yaklaştıkça aydınlanır ve sonunda Işık Âlemi'ne ulaşır.

Suhreverdi'ye göre işrak, gerçeklerin derece derece açılmasıdır. Bu açılma ışığa doğrudur. Yani karanlıktan (zulmet) aydınlığa (nur) doğrudur. Bu nedenle yükselen varlık için bir önceki mertebe bir sonraki mertebeye göre karanlıktır. Bu aydınlanma kulun Allah'a ulaşmasıyla son bulur. Bu sondan sonra herkes kendi yeteneğine göre varlığın ve insanın sırlarına erişecektir.

Suhreverdi, 'Nefsini bilen Rabbini bilir' hadisinden yola çıkarak insanın aracısız kendini bileceğini ifade eder. 'Işık'la nefs arasında bir bağlantı kurar. Kendi nefsini idrak eden bireyin aydınlanması Allah'a ulaşınca ortaya çıkar, çünkü bu aydınlanma bireyin kendi içinde değildir, dışarıda var olan Allah'tan kaynaklanmaktadır.

Bu ileri sürdüğü fikrini de Kur'an'daki 'Allah, onları iradesiyle karanlıklardan aydınlığa çıkarır,' ayetine dayandırır.

Sudûr Olayı (Evrenin Yaratılışı)

Ona göre Nurların Nuru'nda (Allah'ta) var olmayan bir şeyin ortaya çıkması mümkün değildir. Hareket ve zaman da ondan sudûr ettiğine göre onlar da ezelidir. Aynı zamanda Allah ezeli olduğuna göre ve âlemin sudûr nedeni de Allah olduğuna göre âlem de ezelidir.

Nurların Nuru'ndan çıkan ilk akla 'Külli Akıl' denilir. Külli akıl kendini bilir ve bu bir'dir. Nurların Nur'undan önce külli akıl değil de karanlık çıkmış olsaydı ondan sonra hiçbir şey sudûr etmezdi. Karanlık ölüm gibidir ve ölü de hiçbir şey yapamaz.

Her nurlu cevher, nurlukta kendinden önce gelenden daha az nurludur. Nurların Nuru'ndan başka nurlar çıkar ve İşrak zinciri böylece devam eder. Âlemde kötülük yoktur.

Suhreverdi'ye göre ruhun iki kuvveti bulunmaktadır:

1- Zahiri Kuvvet
2- Bâtini Kuvvet

Dokunma, tatma, koklama, işitme, görme (yani beş duyu organı) zahiri kuvvetleri; his, hayal, düşünme, vehim hafıza ise Bâtini kuvvetleri meydana getirir.

Suhreverdi kuvvetlerini bu şekilde açıkladıktan sonra ruhun Allah'tan meydana geldiğini, fakat dönüş yerinin de yine O olduğunu söyler. Ona göre ruh kadim olsaydı dünyadan başka bir âleme gitmesine gerek kalmazdı. Bu nedenle ruhun bedenle olan ilişkisi de belli bir süre içindir.

Ruhun bilgiye ulaşması onun bedenle olan bağlantısıyla orantılıdır. Eğer ruh bedeni kuvvetlerle meşgul olursa sonsuz bilgiye ulaşması mümkün değildir. Bedeni kuvvetlerden ne kadar uzaklaşırsa sonsuz bilgiye de o kadar yaklaşmış olur. Bu nedenle de sonsuz bilgiye ulaşan ruh ile ulaşamayan ruhun bedenden ayrıldıktan sonra yaşadıkları da farklılık arz eder. İyi amel işleyen ruh, bedenden ayrıldıktan sonra zevklere dalarken kötü amel eyleyen ruh, bedenden ayrıldıktan sonra koyu karanlık içerisinde kalır.

Sonsuz bilgiye ulaşmak isteyen ruhun yapması gereken ise bedeninin isteklerinden uzak durarak yemeği ve uykuyu azaltmaktır. Bundan sonraki aşama ise Allah'a yönelmektir.

Suhreverdi'ye göre üç çeşit ruh vardır:

1- Manevi temizliğe ulaşan ruh
2- Kötülük ve cehalette kalan ruh
3- Aydınlığa ulaşmış olan ruh

Ancak Suhreverdi, 'Hikmetin ilk adımı maddiyattan yüz çevirmek, ikinci adımı ilahi nurları müşahede etmek ve son adımı da sonsuzluktur,' diyor.

"Evet, haklısın ama Deniz, Sühreverdi'nin İşraki hikmetinin temelinde Hermesî felsefe yatar. Doğulu ve Batılı birçok mütefekkirin Hz. İdris (as) olduğu konusunda hemfikir oldukları Hermes, Sühreverdi'ye göre İşraki sünnetin babasıdır. Zira o İşraki sünneti, tarihi açıdan Hermes'e ulaştırır.

Hermesî felsefe İskenderiye'de yayılmaya başladıktan kısa bir zaman sonra civar şehirleri, özellikle Mezopotamya bölgesini etkisi altına aldı. Harranlı Sebailer, Hermesî eserleri mukaddes metinler olarak kabul ederler ve bunları semavi kitapları olarak tanıtırlar. Müslümanlar bu öğretinin etkisinde kaldıkları gibi Hıristiyan ve Manuiler de bu etkiden kendilerini kurtaramamışlar. Manuiler -Müslümanlardan önce- özellikle bu felsefenin tabiat hakkındaki nazariyesini, Hıristiyanlar da irfani boyutunu kabullenmişlerdir. Hz. İdris'in taraftarları olarak kabul edilen Sebailer, Hermes'in öğretilerini benimsemiş ve bu öğretileri başka bölgelere yaymışlardır. Sühreverdi Hermes felsefesinin kendi felsefesi üzerindeki etkileri hakkında, 'Senin için aşikâr kıldığım bu Nurlar ilmi ve buna bağlı diğer ilimlerin sırat-ı mustakimde gelişmesine yardımcı olan felsefe öncüsü Eflatun'dur. Tabii bu ilim ve İşraki hikmetin tarihi geçmişi, felsefenin babası olan Hermes'e kavuşur...' diyor ve ekliyor: 'Hermes'le başlayan hikmet, sonraları İran ve Yunan olmak üzere iki kola ayrılmış. İran kolu Kiyumers, Feridun, Keyhusrev, Ebu Yezid Bestami, Hallacı Mansur ve Ebu'l Hasan Harkani'yle devam etmiş. Yunan kolu ise Empedokles, Pisagor, Eflatun, Yeni Eflatuncular, Mısırlı Zinnun ve Ebu Sehl Tusteri'yle devam etmiş. Hermes'ten sonra iki farklı koldan varlıklarını devam ettiren bu felsefi düşünce, Sühreverdi'nin İşraki hikmetinde bir daha birleşir.

Sebailerin dini açıdan Hz. Yahya'ya inandıkları da biliniyor. Hıristiyanlığı benimsemedikleri için bölgelerinden hicret etmek zorunda kaldıkları da edindiğimiz bilgiler arasında.

Kaldı ki Hermes, Zeus ve Maia'nın oğludur. Yani Zeus'un habercisi. Tanrıların en kurnazıdır diyebiliriz. Büyülü bir değnek taşır. Üstün nitelikleri olan Hermes, söylenenlere göre daha bir günlükken ayağa kalkar, beşiğinden çıkar, kaplumbağa kabuğundan yaptığı bir liri çalıp ondan çıkan seslerle eğlenir. Bir gün kırlarda dolaşırken Tanrı Apollon'un koruması altındaki inekleri çalar. Apollon olayı öğrenince çok kızar; cezalandırılması için Hermes'i kolundan tutup Zeus'a götürür. Ne var ki Hermes'in lirinden çıkan sesler Zeus'u ve Apollon'u büyüler. Zeus cezalandıracağı yerde Hermes'e kanatlı bir başlıkla bir çift ayakkabı vererek onu tanrıların habercisi yapar. Haberci Hermes ölülerin ruhlarını yeraltına götürür, çobanlarla yolunu şaşıran yolculara kılavuzluk eder. Yaşlı Kral Priamos'u, Hektor'un ölüsünü almak için Aşil'in barınağına götüren de odur. Zeus, sevgilisi su perisi İo'yu kıskanç karısı Hera'dan kurtarmak için ineğe dönüştürür. Hera ineği armağan olarak ister ve alır. Kocasının kendisini aldattığından kuşkulandığı için, başına da bekçi olarak 100 gözlü canavar Argos'u diker. Argos uyurken bile birkaç gözü açık kaldığından, her şeyi görür. Bu yüzden ona yanaşmak çok tehlikelidir. İo'nun kurtarılması için Zeus, Hermes'i görevlendirir. Hermes canavarın yanına oturarak eline lirini alıp tatlı tatlı çalmaya başlar. Bu hoş müzikle Argos'un gözlerinin tümü ağır ağır kapanır, giderek derin bir uykuya dalar. Hermes de uyuyan canavarın kafasını keser.

Bazı düşünürler Hermes'in İdris olduğu kanaatindedirler. Hermes veya İdris geleneği Babil, Mısır ve Yunan düşüncelerinin temeli olmakla birlikte İslam düşüncesinin de temelini oluşturan yabancı kaynaklardandır. Bu nedenle de Hermes Roma mitolojisinde Merkür olarak anılır. Güneş'e en yakın gezegene onun adı verilmiştir. Hermes'in aslen Mısır Mitolojisi'ndeki Thot olduğu da iddia edilmekte."

Deniz elindeki bardağı antika masanın üzerine bıraktıktan sonra minderlerden birine uzandı. Aren onun vücuduna bakıp iç çekse de uygun vaktin şu an olmadığını biliyordu. Aren'in kendisine dikkatle baktığını hisseden Deniz, hafifçe ona doğru döndü ve bakışlarını Aren'e dikti. Aren, bu bakışlardaki kararlılığı görünce sevindi.

"Bugün çok yoruldum. Dinlenmek istiyorum," dedi Deniz. "Ne senin tanrıların, ne Medusa, ne de İslam felsefesi umurumda, sadece dinlenmek istiyorum."

Aren iç çekti. O da koltuğa uzandı ve vücudunun yorgunluktan ağrıdığını hissetti. Bir süre ikisi de dinlendi. Aren, Deniz'in çığlığıyla gözlerini açtığında Deniz kan ter içinde soluk soluğa duvarda gördüğü tabloların yanı başına dikilmişti bile. Aren koltuktan kalktı.

"Perseus, Athena tarafından gorgolardan Medusa'yı öldürmekle görevlendirilmişti. Athena ve Hermes de ona bu zor görevinde yardımcı olan tanrılardı. Medusa ölümlüydü. Gorgolar, boyunları ejderha pullarıyla korunan, yaban domuzu gibi dişleri olan dişi canavarlardı. Bronz elleri ve altın kanatları vardı. Üstelik bakışları o kadar güçlüydü ki baktıkları her şeyi taşa çeviriyorlardı. Medusa'nın kesilen kafasından Pegasos (Kanatlı at) ve Khrysaor adlı bir dev çıktı."

Deniz heyecanla Aren'in gözlerinin içine baktı. Aren hiçbir şey söylemeden odadan çıktı. Bir süre sonra elinde küçük bir kutu ile geri geldi. Ağaçtan yapılmış oymalı kutuyu açtığında bir ışık parladı. Deniz'in gözleri bu ışıktan kamaştı. Kutunun içerisinde duran yüzükleri Aren nazik bir şekilde çıkardı ve birini Deniz'in parmağına, diğerini de kendi parmağına taktı.

Aren mitolojiyi tamamladı.

"Perseus daha sonra Medusa'nın başını Athena'ya teslim etmişti. Yolculuğu sırasında Aithopia Kralı Kepheus ve Kassiopeia'nın kızı olan Andromeda ile karşılaştı. Kassiopeia kendi güzelliğini deniz tanrıçalarından daha üstün gördüğü için Poseidon'u kızdırdı. Poseidon kraliçenin bu küstahlığını cezalandırmak üzere Aithopia'yı yok etmesi için bir deniz canavarı gönderdi. Andromeda'yı zincirle bir kayaya bağladı ve canavarın gelişini bekledi. Perseus tanrıçayı kurtarıp onunla evlendi. Ancak düğünde Andromeda'nın amcası ve eski nişanlısı Phineus adamlarıyla geldi ve Andromeda'yı bu evlilikten vazgeçirmeye çalıştı. Hatta onu alıkoymaya kalktı. Perseus düğünü engellemeye çalışan Phineus ve adamlarını tek başına alt etti. Fakat bunu yaparken Medusa'nın başını kullandı."

"Medusa Doğu'da yeterince dolaşmıştı, artık öz vatanına, yani Avrupa'ya dönmesi gerekiyordu. Gazali felsefede yaptığı çıkışla bunu hızlandırdı," dedi Deniz.

Gazali'ye Reaksiyon/İbn-i Bacce

Kod adı : Endülüs'ün Farabî'si.
Batıdaki Adı : Avempace
Yer : Endülüs
Tarih : 1100'lü yıllar

"Başa dönersek," dedi Deniz, "Gazali ile felsefe bulunduğu coğrafyada artık barınamazdı. İslam filozofları için bütün yollar kapanmıştı. Fakat diğer ilimlerin gelişmesinde bir engel yoktu. Müslümanlar Endülüs'ü fethedince felsefe de kendisine yeni bir alan bulmuş oldu böylece.

II. Hakem'den beri yaygınlaşan felsefi eserleri anlama ve yorumlama konusunda filozof İbn-i Bacce'ye gelinceye kadar dikkate değer bir gelişme yaşanmadı Endülüs'te. Diğer düşünürler de birçok çalışmalarda bulundukları halde Aristo'yu anlamada İbn-i Bacce'nin seviyesine ulaşamadılar. Hatta İbn-i Bacce, İmam-ı Gazali'yi eleştirerek 'Bize Ebû Hamid El-Gazâlî denen adamın kitapları ulaştı, insanlardan itizal ederek büyük hazlara vardığını söyler. Bunların hepsi hak yerine kendince ikame ettiği şeylerdir' diyerek tasavvufu bir hata, ucuz mutluluk vaat eden bir yol olarak nitelendirdi."

Parmağındaki yüzüğe bir anlam veremese de Deniz yüzüğe bakarak konuşmasına devam etti. "Hatta İbn-i Bacce'nin de ölümü Suhreverdi'ye benzer. Hakkında söylenenlere bakılırsa İbn-i Bacce, kendisini kıskanan biri tarafından zehirlenerek öldürüldü.

Onun akla önem veren bir filozof olduğunu söyleyebiliriz. Farabî'nin düşüncelerinden çok etkilendiğinden Farabî'nin öncülüğünü yaptığı Meşşaî akımının Endülüs'te ilk temsilciliğini yaptı. İnsanlar mükemmele ulaşacak kapasiteye sahipse felsefe de onları Allah'a yaklaştırır görüşünü savundu. Felsefesinde Aristo'nun görüşleri ağır basıyor görünse de Yeni Eflatuncu akımın görüşleri de yer alır. Tek farkı sudûr olayına yer vermeyişi.

İbn-i Bacce varlıkları ikiye ayırarak değerlendirir. Varlıkları boyut ölçüsünde ele alarak onları:

Buut (boyut) sahibi olan sayılar

Buut (boyut) sahibi olmayan sayılar olmak üzere ikiye ayırır.

İnsan, taş gibi varlıklar buut sahibi varlıklar iken cimrilik, barış gibi kavramlar da buut sahibi olmayan varlıklardır.

Bu nedenle varlıkların boyut sahibi olup olmamalarına göre hareketleri de ikiye ayırır:

1- Müfret olaylarla ilgili hareketler (canlıların belirli olaylarla ilgili belirli hareketleri)

2- Mutlak hareketler

Kuşun uçması, arabanın sürülmesi müfret hareketler iken aletlerin çalışmasını, yıldızların dönmesini sağlayan kuvvet ise mutlak harekettir. Bu hareketlerin başı ve sonu yoktur. Bu nedenle hareketi sağlayan akıl ezeli iken hareketi alan varlıklar sonludur.

Fasit olan her varlık da suret olarak üçe ayrılır:

1- Umumi ruhani suret ki buna akli surette denir.

2- Hususi ruhani suret

3- Cismani suret

Nefsin kuvvetleri ise altıya ayrılır:

1- Fikriyye

2- Ruhaniye

3- Hassase

4- Müvellide

5- Gaziye

6- Ustukusiyye. Bu kuvvetler zorunlu ya da ihtiyaridirler.

İbn-i Bacce'nin akıla önem veren bir filozof olduğunu daha önce söylemiştim; ona göre sağlam ve kesin bilgiye akıl sayesinde ulaşılır. Bu kesin bilgiler sayesinde insanlar, basitten karmaşığa her şeyi bilirler. Bu nedenle mutlu olmak ya da mutluluğu elde etmek istiyorsak yolumuz yine akıldan geçer. Ahlak da bu noktada akla bağlıdır.

İbn-i Bacce aklı da kendi arasında üçe ayırır:
1- İnsani akıl
2- Faal akıl
3- Külli akıl

Faal akıl yapısı gereğince insani aklı etkiler. Böylece bilgiler, insani akla geçer. Ölümden sonra ise bilgiler faal akla geçer.

Akıl nasıl ki doğru bilgi elde etmenin, mutlu olmanın yoluysa ilme ulaşmanın yolu da yine akıldır. Ona göre bilgi duyumlar ve kıyaslamalar yoluyla elde ediliyorsa bilgidir, deney yoluyla elde ediliyorsa bilgi değildir ve hiçbir ilmi değeri de yoktur. Aklın yolundan geçmeyen bilgi bu nedenle bilgi değildir. Elde edilen bilgi, insanı etkileyen faal akıl ile de uyum içerisindeyse 'bilgi' olduğu ispatlanmış demektir, çünkü faal akıl, Allah'tan gelen akıldır ve insanı da Allah'a ulaştıracak olan bu akıl olduğuna göre hem ilim hem de felsefe öğrenilmeli ki insan öğrendiği bilgilerle Allah'a ulaşsın. Yoksa elde edilen bu bilgi boş bir bilgi olmaktan öteye gidemez ve insanı da Allah'a ulaştıramaz.

Devlet

İbn-i Bacce öyle bir devlet olgusu hayal eder ki onun kurduğu ya da hayal ettiği devlette hastalıkları iyileştiren doktorlar ve de suçluları cezalandıran hâkimler yoktur. Bu devletteki insanlar, doktor ve hâkim kelimelerini tanımazlar, çünkü günlük hayatlarında bu kavramlar yoktur. Çünkü bu devletin bireyleri kendilerini öyle yetiştirmişlerdir ki yedikleri şeylerin zararlı olanını bilirler ve bu zararlı yiyecekleri asla yemezler. Ayrıca ne kendilerine ne de çevrelerindeki insanlara zarar verirler. Onlar adaletin ve de doğruluğun peşindedirler ve bu nedenle de adil ve doğru olmaya çalışırlar. Gittikleri bu yola 'iyilik yolu' denir. Bu nedenle İbn-i Bacce'nin hayal ettiği bu devlette hakimlere ve de doktorlara yer yoktur.

Ayrıca İbn-i Bacce'ye göre devleti oluşturan bireyler akıl yönünden ne kadar üstünlerse devlet de o kadar üstündür. Yani kısacası devletin üstünlüğü, devleti oluşturan bireylerin akıl üstünlüğüne bağlıdır. Bireylerin akıl üstünlüğüne bağlı olmasının nedeni de devleti bireylerin oluşturuyor olmasıdır. Bu bireyler, kendilerini her alanda öyle yetiştirecek ki psikologlara bile bu devlette yer olmayacak, çünkü bu bireyler edindikleri bilgi sayesinde asıl doktora, Allah'a ulaşmış olacaklar, bu nedenle de psikolojik bunalımlara girmeyeceklerdir. Kendini iyi yetiştirmiş bir birey, İbn-i Bacce'nin bahsettiği gibi bir devlette yaşamıyor da tam tersi bir devlet yapısında yaşıyorsa o zaman bu birey diğerlerine örnek olacak şekilde yaşamalıdır.

İnsan Felsefesi

"İbn-i Bacce'nin felsefesinde sudûr (yaratılış) kavramına yer yoktur demiştim, bu kavramın yerine onun felsefesinde 'insan' vardır. İnsanı en ince ayrıntılarına kadar ele almaya çalışır. Birçok filozofun insan hakkında söylediği görüşü İbn-i Bacce de söyler ve 'insan, evrenin küçük bir kopyasıdır' fikrini savunur. İbn-i Bacce felsefesinde insanı bu yönüyle ele alır. İnsanın 'küçük âlem' benzeri bünyesinde evrendeki bütün varlıklardan belli oranlarda taşıdığını söyler. İnsanı diğer varlıklardan ayıran en temel özelliği ise felsefesinin temelini oluşturan 'akıl' yönüdür.

Yaratılışı gereği, dünyaya bağlı bir yanı ile bir de ruh varlığı vardır. İnsanı insan yapan aklıdır ve bu nedenle aklın desteklemediği hiçbir davranış insani bir davranış değildir. Yani şu şekilde söyleyebiliriz: Öfke anında elindeki bardağı karşısındaki kişiye fırlatan birinin bu davranışı insani değildir, insani olmadığı gibi aynı zamanda ahlaki de değildir, çünkü öfke anında bardağı fırlatma düşüncesinde aklın payı yoktur ve bu nedenle de bu davranış hayvanidir.

Her insanda var olan aklın geliştirilmesi ve üstün seviyeye çıkarılması insanın elinde olan bir durumdur.

İbn-i Bacce, bu nedenle nefsi Eflatuncu görüşün üçlü nefis tasnifine uygun olarak,

1- Bitkisel nefis,

2- Hayvani nefis,

3- İnsan nefis olmak üzere üçe ayırır. İncelerken özellikle bu son nefis türü üzerinde yoğunlaşır. Ona göre insan nefsinin temel özelliği düşünmedir.

Şunu da belirteyim ki bu düşünceleriyle Avrupa'da yüzyıllar sonra Spinoza'nın felsefesinin arka planını oluşturacaktı."

Deniz parmağındaki yüzüğü çevirmeye başladığında aklına bir fikir düştü. "Aren, hemen gitmemiz gerek!" diyerek ayağa fırladı. Planında evden gitmek olmadığı için bu defa şaşırma sırası Aren'deydi. "Düşünmeyi bırak ve gidelim." Kolundan tuttuğu gibi hızla yürümeye başladılar.

Şehrin arka mahallesinde gecenin karanlığında bir hareketlilik göze çarpıyordu. Siyah Audi marka bir araba, yıkık dökük mahallede hızla ilerleyerek sokaktaki evlerden ışığı yanan bir evin önüne geldi ve durdu, güneş ufuktan doğmak üzereydi. Siyah cüppeli bir adam, evin kapısında belirdiğinde arabadan da biri inmişti. Kapının önünde durmakta olan adama yaklaşınca, "Efendim, kızın yerini tespit ettik. Laneti gerçekleştirmek için hiç zaman kaybetmeyelim," dedi.

Siyah cüppesinin düğmesiyle oynayan adam, "Kızın yerini tespit ettiniz ama bir salaklık yapıp elinizden kaçırırsanız yüzyıllardır beklediğimiz an büyüsünü kaybeder ve bir daha asla bu anı yakalayamayız," dedi.

"Bize güvenin efendim. Bu defa hataya yer vermeyeceğiz," dedi diğeri.

"Buna inanmamı nasıl beklersin! Profesörü elinizden kaçırdınız. O kızın laneti bozacak güce sahip olduğunu çok önceleri size söylemiştim. Fakat siz aşkınız uğruna buna inanmadınız."

"Bunun aşk ile bir ilgisi olmadığını siz de çok iyi biliyorsunuz," dedi genç olanı.

Siyah cüppeli ve diğerinden daha yaşlı olduğu anlaşılan

adam ise, "Bunun yalan olduğunu gayet iyi biliyorsunuz. Asla Medusa'nın iki kanı birleşmez. Bunu görün artık! İyilerle kötülerin savaşı laneti gerçekleştirene kadar sürecek! Sizden bu defa istediğim, kızı ne pahasına olursa olsun durdurmanız! Yoksa..."

Genç adam açıkça tehdit edildiğini anladı. "Haç şu anda bizim elimizde. İşaretler de tek tek gerçekleştiğine göre zaman kaybetmemizin anlamı yok! Onu elimizle koymuş gibi bulacağız, inanın bana!"

Audi marka arabaya bindiler, araba gecenin karanlığında asfalt yoldan çıkarak dağ yoluna girdi. "Bu güzelim arabayı bu yolda kullanmak hiç de akıl işi değil," dedi şoförün yanında oturan adam.

Arka koltukta oturmuş, yüzyıllardır bekledikleri anın gelmesinin verdiği heyecanla geçtikleri yolları izleyen adam ise, "Şimdi arabaya üzülmenin sırası değil. Arabayı düşüneceğine kıza nasıl ulaşacağını düşünsen daha iyi edersin," dedi. Şehrin en yüksek tepesine çıktıklarında araba durdu. Ağır adımlarla arabadan indiklerinde serin esen rüzgâr tenlerine çarpmaya başladı.

Genç olanı siyah cüppeli adama dönerek, "Bu koca şehirde ikisini bulmamız çok zor. Fakat laneti gerçekleştirdiğimizde herkes taşa dönüşecek. Eğer Deniz tahmin ettiğimiz gibi saf kan ise bu lanetten etkilenmeyecektir. Herkesin taşa çevrilmesinden endişeye kapılarak bizi kolaylıkla Hermes'in sihirli değneğine götürecektir," dedi.

"Umarım düşündüğün gibi olur. Yoksa bu fırsat bir daha ele geçmeyecektir," dedi siyah cüppeli adam.

"Merak etmeyin. Deniz'i çok iyi tanırım. Beni yanıltmayacaktır."

Siyah cüppeli adam asırlık haçı da yanına alarak dağın yamacının ucuna geldi. Sabah güneşi yavaş yavaş ışıklarını göstermeye başladığında sislerle kaplı şehre yönünü döndü ve haçı şehrin üstüne bir silah gibi çevirdi. Arkasındakiler ise ışıktan etkilenmemek için ayna tutuyorlardı.

ağ yamacından aşağıya inen arabada sessizlik hüküm sürüyordu. Dağ yolu bitip de asfalt yola çıktıklarında Aren, Deniz'e baktı. Deniz bu bakışla Aren'in nereye gittiklerini merak ettiğini anladı. "Mağaranın olduğu sokağa gidiyoruz," dedi Deniz.

İbn-i Tufeyl

Batı dünyasında adı : Abentofail, Abubacer
Yer   : Endülüs
Tarih   : 1106

"Endülüs'te İbn Bacce'den sonra felsefe hareketlerini İbn-i Bacce'nin iki öğrencisi yürüttü. Ebü'l-Hasan Ali, İbn-i Bacce'nin fikirlerini yaymak ve eserlerini çoğaltmakla uğraşırken diğer öğrencisi İbn-i Tufeyl, kendine özgü felsefesini oluşturmakla meşguldü. Ortaya koyduğu bu özgün felsefesiyle İbn Bacce'den sonra, Endülüs felsefe tarihinin ikinci önemli filozofu oldu. En tanınmış eseri *Hayy bin Yakzan*'dı.

Bu eserinde eleştirdiği üç filozofun görüşlerinden etkilendi. Bu üç filozof Farabî, İbn-i Sina ve Gazali'ydi. İbn-i Tufeyl felsefesinin adını Hikmetü'l-İşrak koydu. Hikmetü'l İşrak felsefesine göre insan, Allah'ın varlığına ve diğer varlıkların bilgisine duyularla ya da organlar yoluyla ulaşamaz. Allah'ın ve de diğer varlıkların bilgisine ancak ve ancak temiz bir ruh veya temiz bir nefs ile ulaşılabilir. Bu görüşten yola çıkan İbn-i Tufeyl, Allah ve varlıkların bilgisine ulaşırken herhangi bir dinin öğretisine ya da önderine ihtiyaç duymadı. Ona göre insan, bir dini öğreti olmadan ve aynı zamanda dini bir önder olmadan da bu bilgilere ulaşabilirdi. Yani dine ve peygambere gerek yoktu."

Aren şaşkın halde Deniz'e baktı. "Şaşırma sırası galiba bende," dedi.

"Olabilir. Arabayı daha hızlı sürebilir misin?"

"Tabii ki. Yani sen İbn-i Bacce'nin öldükten sonra dirilmeye ve insanların Hz. Adem ile Hz. Havva'dan çoğaldığına inanmadığını söylemek istiyorsun."

"Evet, Aren. Fazla vaktimiz kalmadı. Güneş doğmadan mağarada olmamız gerek."

Yoldan geçerken gördükleri insanlarda bir tuhaflık vardı. "Deniz, şu insanlara bakar mısın? Ne kadar tuhaf görünüyorlar."

"Aren, arabayı daha hızlı sür. Lanet başladı!" diyebildi Deniz. Parmaklarındaki yüzükleri dağdan gelen ışığa çevirmiş, ışıktan etkilenmeden yollarına devam ediyorlardı.

Sudûr Olayı

"İbn-i Tufeyl ne diyordu Aren? Onun sudûr felsefesini bir düşün."

İbn Tufeyl, insanın Allah'a ve diğer bilgilere ulaşmasında peygamberin ve dinin gereği olmadığını savunmasına rağmen felsefesinde sudûr olayına yer verir. İbn-i Tufeyl'e ve felsefesine göre ruh, Allah'tan gelmiştir. Bu nedenle de insan Allah'ı yansıtan bir aynaya benzer. Allah'ı yansıtan aynaya dönebilmesi için de insanın diğer bütün suretleri yok etmesi ve ayna gibi parlaması gerekmekte."

"Aynadan yansıyan ışığı görüyorsun, değil mi? Onların böylece nerede olduklarını öğrendik. Peşimizde değiller. Ama acele etmemiz gerek!" dedi Aren.

Mağaranın önüne geldiklerinde arabadan hızlıca indi Deniz. Geçtikleri bütün yollarda insanlar taşa dönüşmüştü ve kendilerini arayanlar rahatlıkla ulaşabilirlerdi.

Tam güneş doğmak üzereyken mağaradan içeri girdiler. "Aren, sen dışarıda bekle. Gölgeni görmem gerek," dedi. Aren şaşırdıysa da Aristo'nun mağara teorisiyle birlikte Alaaddin'in "gün gelir mağara hayat kurtarır!" dediğini hatırladı. Loğ üzerindeki şekillerinde mağara önünde öpüşen iki insan olduğu gözlerinin önünde canlandı. "Tanrım!" dedi heyecanla Aren! "Bunu daha önce neden çözemedim ben!" *Sandığımdan daha akıllı çıktı bu kız*, diye geçirdi içinden. Deniz güneşin yavaş yavaş yükselmesini beklemeye koyuldu. Mağaranın duvarlarından gözlerini ayırmıyordu. Sonunda şekiller belirmeye başladı. At üstünde giden bir adamın elinde ok vardı. Oku nereye attığı belli değildi ama Aren'in de duvara gölgesinin düşmesiyle birlikte ok Medusa'nın gözlerine değil tam kalbine isabet ediyordu. Aren'e içeri girmesini söylediğinde çoktan mağaranın etrafı tarikatın adamlarıyla dolmuştu. Ellerindeki silahlarla Aren'in üstüne doğru yürüyorlardı. Genç adam ne yapacağını bilemez halde şaşkın şaşkın üstüne doğru gelmekte olan adamlara baktı. Bu esnada kalabalık içerisinde tanıdık bir yüz göründü. Bu Mustafa'dan başkası değildi. Gözlerindeki öfke Medusa'nın bakışlarından daha korkunç gibi geldi Aren'e bir an.

"Deniz, mağaradan çık!" diye seslendi Mustafa. Deniz sesin Mustafa'ya ait olduğunu anladığında bir an ne yapacağını bilemedi. Aren'e bir kötülük yapmasından korktuğu için yavaş adımlarla mağaranın ağzına geldiğinde Mustafa'ya acıyan gözlerle baktı. İbn-i Haldun'u hatırladı.

İbn-i Haldun

Kod adı : Sosyoloji, mimari ve tarih ilimlerinin
            gerçek kurucusu
Yer   : Tunus
Tarih   : 1232

İbn-i Rüşd'ün öğrencisi. Antik çağ filozofları dahil hiçbir filozofun ilgilenmediği tarihe, felsefesinde büyük bir yer verdi.

Mustafa, Deniz'in bakışlarına aldırmadan, "Bize Hermes'in sihirli değneği nerede, onun yerini söyle!" dedi öfkeyle.

Deniz ise mağaranın önünde dalgın bir halde duruyordu. "İbn-i Haldun gelene kadar hiçbir filozof ciddi manada tarihi ele alıp bir felsefe konusu yapmadı. İlk defa İbn-i Haldun tarihi ciddi anlamda ele aldı.

İncelemelerini özellikle İslam devletleri üzerine yapan İbn-i Haldun'un en çok dikkatini çeken nokta İslam devletlerinin belli bir dönem gelişme evresi yaşadıktan sonra kaçınılmaz olarak yıkıma gidişiydi. Yani bir devlet kuruluyor, gelişiyor, ve sonra yıkılma dönemine girip tarihten siliniyordu. İbn-i Haldun bu noktadan hareket ederek kurulan her devletin eninde sonunda yıkılmaya mecbur olduğu görüşünü çıkardı.

Bu çıkarımdan sonra üzerinde düşündüğü diğer bir olay ise kurulan bu devletleri yükselmeden sonra yıkılmaya götüren faktörlerdi."

"Şu an yeryüzünde bizden başka kimse yok! Seni ve sevgilini birilerinin gelip kurtaracağını sanıyorsan yanılıyorsun. Sabrım tükenmek üzere... Felsefeyi bırak ve sihirli değneğin yerini söyle!" diye tekrar etti Mustafa.

Denizse, "İşte burada filozof kendisine şu soruyu yöneltir: "Devletler önce kuruluyor, yükselme evresine giriyor, sonra da gerileme dönemi başlıyor. Gerileme döneminin başlaması ve de devletlerin yıkılmasının nedeni ne olabilir?

İbn-i Haldun, bu soruyu kendine sorduktan sonra aklına başka bir soru daha takılır: Peki, insanları devlet kurmaya sürükleyen neden nedir? İnsanlar, neden devlet kurma ihtiyacı duyar?

İbn-i Haldun kendisine sorduğu bu soruların cevabını yine kendisi verir," diye devam etti Deniz. Bu defa bakışlarını Aren'e çevirdi. Sonra içinden, *kendi sorularımın cevabını kendim vermeliyim*, diye düşündü ve parmağındaki yüzüğü güneşe çevirdi.

Aren'le mağaranın önünde aynı hizaya geldiklerinde, "İnsanların dayanışmaya ihtiyacı vardır," diyerek birbirlerine sarılıp öpüşmeye başladılar. Bu esnada parmağındaki yüzük etkisini göstermiş, dağ başındaki aynayı ters çevirerek siyah cüppeli adamın taşa çevrilmesine neden olmuştu. Etraftaki insanlar tekrar yaşama dönmüş, gündelik işlerinin peşinde koşmaya başlamışlardı. Mustafa ve adamları ise lanetin bozulmasıyla birlikte bütün güçlerini kaybetti ve oldukları yerlerde kalakaldılar.

Aren'le Deniz öpüşmeye ara verdiklerinde Aren, "Laneti nasıl çözdün?" diye sordu. Deniz gülümsedi ve, "Gözler kalbin aynasıdır ve kalp hangi düşünceyi taşırsa gözler o ışığı saçar. Medusa'nın kalbi de kötülüklerle doluydu ve baktığı her şeyi bu nedenle taşa çeviriyordu!" dedi.